你的爱情有多重

徐雄 著

长江出版传媒 | 长江文艺出版社

图书在版编目（CIP）数据

你的爱情有多重 / 徐雄著. -- 武汉：长江文艺出版社， 2020.8
（湖北草根作家培养计划丛书）
ISBN 978-7-5702-1661-1

Ⅰ. ①你… Ⅱ. ①徐… Ⅲ. ①长篇小说－中国－当代 Ⅳ. ①I247.5

中国版本图书馆 CIP 数据核字(2020)第 120389 号

责任编辑：雷 蕾 付玉佩　　　　　责任校对：毛 娟
封面设计：周 佳　　　　　　　　　责任印制：邱 莉 胡丽平

出版：长江出版传媒　长江文艺出版社
地址：武汉市雄楚大街 268 号　　　邮编：430070
发行：长江文艺出版社
http://www.cjlap.com
印刷：武汉市首壹印务有限公司

开本：700 毫米×1020 毫米　　1/16　印张：17.25　插页：1 页
版次：2020 年 8 月第 1 版　　　2020 年 8 月第 1 次印刷
字数：214 千字

定价：56.00 元

目　录

001　相　见

009　相　识

027　一吻定情

034　公司巨震

042　前女友成了现女友的老板

049　去完美应聘

055　旧爱和新欢之间的战役（上）

066　旧爱和新欢之间的战役（下）

079　杨冰晶住院了

089　徐诩上门周芸捣乱

099 谁的青春没有浅浅的淤青

108 陈年旧事

116 约　定

125 同学会成了冤家会

133 每个人都有自己的生活

141 水有点深

150 水越来越深

157 暗流涌动

167 一物降一物

184 二十多年的等候

193 无　赖

200 程晓冉的报复

211 母亲眼睛里的孩子

216 天上掉下一个哥哥来

222 来势汹汹

229 心里的孩子

234 三个女人

239 赊个戒指去求婚

245 风起云涌

253 陈言秋入股完美解困局

258 烟消云散人团圆

264 爱情最重的时候

相　见

　　都说熟睡的女人最美，杨冰晶正流着口水美着呢，突然被一阵急促的手机铃声唤醒。

　　喂——谁啊？

　　晶晶你怎么还睡呢？你今天要代表销售部就公司夏季新品的营销策划案做 PPT 展示，这可是关系到我们部门业绩奖金的头等大事，我昨天跟你千叮咛万嘱咐的，你忘了？杨冰晶的同事兼闺蜜，销售部总监助理严筱月火急火燎地打电话过来，杨冰晶隐隐约约记得有这么一档子事，扭头一看闹钟，整个人像触电了一样，翻起身，光着脚冲进了卫生间，嘴上还喊着，迟到了，要迟到了。

　　等到杨冰晶出门的时候，映入眼帘的又是另一番景色，白色印花裙，红色高跟鞋，两鬓的头发用发卡卡住，露出亮眼的耳钉，浅粉色的唇膏，即便是神情慌乱的她依然会让人忍不住多看几眼。半路上，她把车开到了 70 码，嘴里一直念叨着，要迟到了，快，快，快。漂亮的姑娘一般都有好运，今天的杨冰晶也不例外，路上没有堵车还一路绿灯，赶到公司的时候，时间刚刚好。

　　晶晶，你怎么才来啊？快点，快点，会议马上就要开始了，我可不想被那个恶魔总监扣掉半个月薪水，那样的话，我心爱的 BURBERRY 包包就要被别人提回家了。严筱月一副可怜兮兮的样子。

小月月，你这个没良心的家伙，我给你带过多少杯脱脂奶不加奶油摩卡，我为你处理过多少张 EXCEL 表格，我替你请过多少回病假，我陪你逛了多少次街，到今天我才知道，我在你心里竟然还不如一个包包。

严筱月笑嘻嘻地说，好了啦，我知道你最好啦，晚上请你吃好吃的，安慰我们漂亮可爱的小晶晶那受伤的心灵。快把 U 盘给我，会议要开始了，我的包包全靠你今天的发挥了。

把心放在肚子里，这样的策划案陈述又不是第一次，你慌什么呀！

进入工作状态的杨冰晶一改平时的呆萌和慵懒，从里到外都透着一种干净和利落，清晰严密的陈述，精准完整的数据分析，详细入微的市场调查，配合新一季产品的突出特点和适用人群，杨冰晶的营销策划案极具说服力，从总经理吴明到销售部总监刘长东都是一脸的赞许。等到杨冰晶汇报完，会议室里响起了一阵阵的掌声。

今天我要宣布一项重要的人事任命，鉴于杨冰晶在销售部三年的出色业绩，经上海总部集团董事会讨论通过，升任杨冰晶为公司销售部经理，协助刘长东处理销售部的全部事宜。吴明的话刚说完，严筱月直接从椅子上跳了起来，大声尖叫，比公司发年终奖的时候还要开心。

冰晶，三年前是我把你招进公司的，你这三年的成长和进步大家有目共睹，希望你能够继续保持，再接再厉，和公司一起前进。你的办公室已经帮你整理好了，就在刘长东的旁边，你们二人要通力合作，带领好公司的销售团队。吴明握着杨冰晶的手，对自己当初的慧眼识珠十分地引以为傲。

放心吧，吴总，我会的。杨冰晶神情笃定，与三年前的稚嫩相比，现在的杨冰晶一言一行既专业又得体。

吴明走后，刘长东递过来一杯咖啡说，以后在我这个恶魔身边工作，压力不要太大。

在你这个恶魔身边，这几年我的压力有小过吗？刘总，一见到你我就能想起一首词："林花谢了春红，太匆匆。无奈朝来寒雨晚来风。胭脂泪，相留醉，几时重。自是人生长恨水长东。"听听,长恨长东啊!杨冰晶声情并茂地说完后,又换成另一种委婉的语气,对了,我不喝速溶咖啡,谢谢。

刘长东看着她的背影,噘了噘嘴,把手中的咖啡一饮而尽。

太好了,太好了。会议结束后,严筱月抱着杨冰晶大声欢呼,今天晚上销售部所有的姐妹和同事一起去酒吧庆祝晶晶升职,我请客!

小月月,我升职怎么能让你请客?你的包包不买了吗?

包包虽好,也不及我最亲爱的姐妹好。

这话是挺肉麻的,算你有良心,心意领了,还是我来请。

今天一天连续面试了好几个人,徐诩的脑袋本来就有些大,他是真不知道自己手底下的人在筛选简历的时候怎么会把如此的极品通知到他面前。下午给公司的几个实习生做完今天的入职培训,徐诩已经开始有些怀疑人生了,他还只是一个小小的部门主管,不知道何年何月才能爬到经理和总监的职位。

在职场里,HR 是最不招人待见的,相比其他部门,距离企业最终需求价值产生的核心区域更远。特别是在一些目光短浅的企业老板那里,HR 所带来的相较于销售部门实实在在的业绩而言,人力资源部门确实是一个重要又不重要的部门。薪酬成本对一个公司来说是一块较大的成本支出,在有的公司甚至能占到成本支出的一半。徐诩一直致力于优化公司的薪酬成本,通过招聘渠道和资源配置逐年降低招聘预算,毕业季招贤纳士的时候是他,部门经理炒人鱿鱼帮人擦屁股的还是他,身为主管却干着经理的差事,即便如此,依然不招老板待见,与财务、销售、市场和公关等部门相比,HR 简直就是个笑话。这就是徐诩做了五年 HR 的独门心得。

近几年,外企优待渐少,徐诩有想过全身而退,只是还没有合适的机会,他也觉得自己应该换一个工作环境了,心里有些郁闷的他决定晚上去酒吧喝两杯。

一辆红色的保时捷 911 停在了杨冰晶上班公司的门口,吸引了好多上班族惊羡的目光,尤其是一些涉世未深的小姑娘。

王羽尘靠在车门上，一身暗灰色的格子西装，头发油光瓦亮的，看见杨冰晶从新世纪大厦里出来，捧着一束鲜花就迎了上去。

杨冰晶同学，小的这厢有礼了，恭候多时只为约你共进晚餐，一叙当年同学之谊。拳拳之心，日月可见，万望姑娘成全，以解相思之意。王羽尘手捧鲜花，跟演讲一样，滔滔不绝。

王羽尘，都这么多年了，想不到你还是贼心不死。杨冰晶不屑地说，你以为你开辆车就能把本姑娘带走吗？那街上的出租车司机岂不是人见人爱花见花开，是个姑娘都要打着滚儿扑上去咯？

严筱月也义愤填膺地说，就是，我们晶晶今天升职，不缺钱。你瞧你这副尊容，整天把泡妞两个字写在脸上，生怕别人不知道一样。

小姑娘嘴挺厉害呀！我们老同学见面有你什么事？就算嫉妒本公子英俊潇洒也不要表现得这么明显好吧！不知道有多少姑娘想上本公子的车，本公子也不是个随便的人。至于你嘛，本公子还得考虑考虑。

你——严筱月气得面红耳赤，上去就踢了王羽尘一脚。

你个小丫头片子，居然敢踢我，看我怎么收拾你。王羽尘说完就准备对严筱月动手，吓得严筱月大惊失色，杨冰晶立即挡在了她前面。

杨冰晶说，喂，王羽尘，你有事吗？没事的话送我们去追梦人酒吧，本姑娘的车今天恰巧送去保养了。

王羽尘说，去追梦人做什么？我已经在日料餐厅订好了位子，绝对高端大气上档次。

今天晶晶升职，在追梦人请公司的同事一起庆祝。严筱月忍不住插了句嘴。

王羽尘冲到严筱月面前，直勾勾地盯着她的眼睛说，小妹妹，你这说实话的习惯我还是十分喜欢的，想不想要我的电话号码呀？

严筱月像受惊的飞鸟一样又躲到了杨冰晶的身后。

王羽尘大笑地上了车，按了几声喇叭说，还愣着干吗呢？走啊！

这个时候的徐诩坐在追梦人的吧台前已经快一个小时了，一瓶啤酒只喝掉了一半，看着在舞池里一群发疯的恨嫁女和小姑娘，不禁冷笑了一声。他没有注意到走进酒吧的杨冰晶和王羽尘等人，继续喝剩下的半瓶啤酒。

杨冰晶看见李冉和李依依她们已经先到了，正在和财务部的几个男同事玩摇骰子的游戏，销售部的美女大聚会，其他部门的男同事都闻风而来。

杨冰晶，说好你请客的，你怎么迟到了？罚酒，赶紧的。先到的同事们大声嚷嚷着。

杨冰晶端起酒杯正准备喝，王羽尘却把酒杯一把夺了去，一饮而尽。

一杯够吗？不够的话，这瓶里剩下的我全干了！王羽尘又抓过酒瓶，喝了个精光。王羽尘不愧在酒吧夜店里混迹多年，把杨冰晶的小伙伴们都惊呆了。

李依依说，杨冰晶，这位大侠是何方神圣啊？你也不介绍介绍。

他是我的大学同学，叫王羽尘。

哦——好棒呀！公司的几个女实习生大声地尖叫，不知道是说王羽尘名字很棒还是人很棒，也可能是都很棒。

王羽尘这家伙很快就跟杨冰晶公司的同事打得火热，他的社交能力那是杠杠的。王羽尘摇摇晃晃地站起身说，今天是晶晶的大喜日子，大家放心地吃，放心地唱，放心地喝。这个追梦人我太熟了，老地方了，我无以为报，已经提前把单买了。男人嘛，怎么能让女人花钱，男人不就是用来买单的吗？

一听说有人买了单，所有人都乐疯了，掌声尖叫声混成一片，比任何祝福性的客套话都管用。

徐诩扭头看了那群疯子一眼，无言以对，一瓶啤酒终于喝完，起身走进了洗手间。

杨冰晶也没少喝，本来酒量就不行的她渐渐地觉得头有些重，吃力地站起来，也往洗手间走。

徐诩在洗手间里自言自语，为什么如今的姑娘比男人都疯？现在这个社会对男人的要求那么高，中国的光棍儿那么多，养家糊口的压力那么大，现在的姑娘哪儿来的那么多不满和烦恼啊！

徐诩叹了口气，正准备出去，突然迎面撞上了一个姑娘。

不是吧，我不就说了几句实话吗？这么快就有人找上门了？徐诩差点给吓着，对方走路摇摇晃晃的，徐诩看不清楚她的脸，这才想起是在男士洗手间里，好心提醒她，姑娘，你走错地方了，女士洗手间在对面。

杨冰晶只觉得胃里一阵翻滚恶心，徐诩还在不停晃着她的脑袋，催促她清醒清醒。杨冰晶终于没有忍住，吐了他一身，徐诩白色的衬衣瞬间丰富多彩，内容充实。

喂——你这个人怎么这样？我好心提醒你走错了，你怎么还吐了我一身？徐诩有些恼怒，急忙抽了几张手纸擦拭自己的衣服，杨冰晶却扑通一声倒在了地上。

徐诩费了半天的劲，扶起不省人事的杨冰晶去找她那群"狐朋狗友"，结果却发现一个人都没有，服务生递给徐诩一个女士包，说是杨冰晶的，徐诩翻出她的手机，结果不出所料，在这种关键时刻总是会没电。徐诩只能吃力地抱起她，出了追梦人，上了一辆出租车，把杨冰晶带回了自己的小户型房子。

电梯，过道，杨冰晶吐的到处都是，徐诩看了看客厅里的时钟，已经快11点了。

杨冰晶一身的酒味，徐诩只好先把她放在客厅的沙发上，杨冰晶软软地躺倒在那里，似乎没有筋骨。没过多久，杨冰晶突然哼了一声，然后就支支吾吾地喊热，徐诩伸手摸了摸她的额头，额头滚烫滚烫的，徐诩束手无策，这可怎么办？难道再把她背到医院去？

俗话说得好，远亲不如近邻。徐诩只得去找邻居帮忙，他的邻居是一个很热心的中年大妈，徐诩平时都叫她张大妈。

张大妈在吗？睡了吗？徐诩敲响了张大妈家的门。

你这孩子，这么晚了还不睡觉，又有什么不得了的事？张大妈打开门，闻到徐诩一身的酒气，你怎么又喝这么多酒啊！你们这些独自在外打拼的孩子，父母不在身边，老是这么不注意爱惜自己的身体，喝酒熬夜。是不是又难受了？大妈给你煮碗醒酒汤去，喝了以后再去洗个热水澡。

徐诩急忙解释说，王大妈，我没喝多。是我在追梦人酒吧里遇到了一个醉得不省人事的姑娘，她手机没电了，我又找不到认识她的人，实在不忍心把她一个人扔在那儿，这大晚上的，也不安全，所以我就给带回家来了。

王大妈笑着说，原来是这样，你来找大妈，是因为她？

是啊！这么晚了还打扰您休息，实在是不好意思。我就是想让您过去给她换个衣服，帮她清洗一下，这事儿我实在是动不了手。

走吧。王大妈说完，关上自家的门，跟着徐诩一起进到了客厅里。

徐诩指着倒在沙发上的杨冰晶说，就是她。我把她背回来可费劲了。

王大妈说，行了，你把这姑娘抱到卧室里，剩下的事就交给大妈了。

徐诩却嫌弃了一句，可她身上这么脏。

大妈知道你有洁癖，可如今你都已经把人带回来了。再说了，人家好歹是个姑娘家，你就别计较了。

徐诩有些无奈，只能把杨冰晶抱进卧室里。王大妈接好半盆热水，拿上徐诩洗脸用的毛巾，走进卧室后，关上了门。

大约半个小时以后，王大妈打开门说，小徐，过来把这盆水拿去倒了。

徐诩从王大妈手里接过水盆，屏住呼吸，他都不敢去闻这盆水的味道，三步并作两步地把水倒进了卫生间里。

王大妈关上卧室的房门，又把一大堆衣服塞到徐诩的怀里，拍了拍手说，这都是那丫头身上的脏衣服，这大晚上的，还要辛苦你给洗干净，不然那丫头明天一早醒了怕是没衣服换了。好了，大妈先回去了。

徐诩抱着一堆满是酒气的衣服说，王大妈，太谢谢您了，改日我买只土鸡去看您。

王大妈却笑着说，小徐啊！你年纪也不小了，我瞧这姑娘就不错，你们年纪也合适，大妈看着也喜欢。

王大妈，您想哪儿去了，怎么可能啊！我连她叫什么名字都不知道。

王大妈倒是说了一句意味深长的话，这个世上，因为爱情，很多事都有可能。好了，大妈先回去了，过会儿她若还是发烧，你可以喂她喝些姜汤，散热驱寒。这姑娘只是喝多了，没什么大碍。

王大妈走了以后，徐诩可算是轻松了不少。

没一会儿，杨冰晶又开始喊热，徐诩摸着她的额头，还是有一些烫。

徐诩关上灯，关上卧室的房门，把她的脏衣服一股脑儿全塞进了洗衣机，打开自动烘干模式后进了厨房，将家里几块生姜全部切了出来，拌上枸杞和桂圆，用水煮沸，最后放了几勺老红糖，开小火煨了十分钟。煮好了以后，徐诩又蹑手蹑脚地进了卧室，一口一口地喂杨冰晶喝了大半碗才如蒙大赦。

我是疯了吗？我怎么会做这么疯狂的事？这女的谁啊？我为什么要管她？当初我对周芸都不过如此。徐诩一边叠着杨冰晶的衣服，一边连续地问自己。

收拾完一切已经是深夜了，徐诩倒在沙发上就睡着了，连澡都没洗，直到第二天一早被杨冰晶的一声尖叫给惊醒。

相　识

　　怎么了？怎么了？发生了什么事？徐诩天真地冲进了房间，还以为他好心收留的这个女的会对他千恩万谢，甚至会感动地扑到他的怀里哭得稀里哗啦，虽然不至于以身相许，但是最起码的感激还是会有的。

　　徐诩错估了杨冰晶，她看见徐诩进来，哪里有什么感恩的态度，全身上下都写着名节不保四个字，而且马上就开始口不择言，语无伦次，这是哪儿？你是谁？我怎么会在这里？你有没有把我怎么样？

　　随着徐诩的靠近，杨冰晶慢慢地向后退，蜷缩在墙边，把自己紧紧地裹在被子里，像一只受惊的小鹿。徐诩轻蔑地一笑，说，问题还挺多的，怎么着，你活过来了？如果我真的把你怎么样了，你是不是还要报警抓我？我究竟有没有怎么样难道你自己会没有感觉？笨女人。

　　臭流氓，我就是要报警抓你这个变态，死变态！死变态！杨冰晶情绪有些失控，陌生的房间，陌生的男人，让她整个人都显得好慌张。

　　你这个笨女人还讲不讲理了？昨天你喝醉了，吐得到处都是，我好心好意收留你，没让你露宿街头，你还说我变态？真是不知好歹，狗咬吕洞宾。徐诩说完，想走过去到衣柜里拿自己换洗的衣服，他发现自己身上都已经馊了。

　　头皮发蒙的杨冰晶突然意识到了什么，她轻轻地把被子揭开一个角，然后又是一声尖叫，啊——我怎么没有穿衣服？我的衣服呢？你这个死变态，你居然脱了我的衣服！

杨冰晶用被子缠住身体，拿起枕头使劲地敲打徐诩的脑袋，站在床上边打边骂，你这个混蛋，臭流氓，你昨天晚上到底对我做了什么？

徐诩懒得搭理她，只顾着用手抵挡住她反复攻击的枕头，杨冰晶没注意自己身体动弹的幅度，身上的被子突然一松，然后，就没有然后了。徐诩感觉自己的卧室里仿佛引爆了一颗重磅炸弹，杨冰晶的尖叫声让他头皮发麻。

啊——啊——出去！滚出去！杨冰晶尖叫着抓起被子挡住身子，把旁边的几个抱枕、包括床头柜上的杯子、闹钟、还有一个老式的音乐盒，跟扔手榴弹一样全朝徐诩扔了过去，徐诩拿上换洗的衣服就跑，关上门，然后靠着墙长吁了一口气，心却依然怦怦乱跳个不停。

过了一会儿，徐诩听房间里没了动静，又敲了敲门说，笨女人，你的衣服我已经洗干净放在门口了，我现在要去洗澡，你赶紧起床，换好衣服走人。至于我是谁，这是哪儿，你完全没必要知道。还有，像你这种喝得烂醉如泥满身酒味而且比猪都重的女人就算是脱光了放在我面前，我也是绝对不会对你做什么的，你身上的衣服是我让隔壁的张大妈帮你换的，所以请千万不要有什么心理上的负担。

滚！杨冰晶骂完，又不知道把什么东西砸在了房门上，徐诩吓了一跳，他隐隐约约地听见房间里的人哭了。

等到徐诩洗完澡出来，杨冰晶已经走了，卧室里的床单被子都已经整理得很干净，被摔坏的音乐盒下面压着一张字条，上面写着：对不起，谢谢你。

徐诩哑然一笑，说，她居然还知道谢谢。

看着已经碎裂的音乐盒，徐诩不知道应该怎么处理，这个盒子即便没有被杨冰晶摔在地上，也早已经响不起来了。这是他妈妈在和他爸离婚的那一年留给他唯一的东西，徐诩还清晰地记得这个盒子打开以后唱的是一首叫做《你是如此难以忘记》的老歌旋律。

到了晚上，徐诩一直都睡不着，因为被子上全是她的味道。徐诩拿出手机，打开微信，一不小心点开了附近的人，上头尽是一些虚假的人和事。突然，他看到了一个熟悉的图像，昵称叫卖萌的胖头鱼，点开以后，看了看她的照片，全是一些跟公司同事在一起吃饭嘟嘴剪刀手、唱歌嘟嘴剪刀手、参加户外活动还是嘟嘴剪刀手的自拍照，徐诩确定她就是昨天晚上在他家过夜的杨冰晶，居然在微信里也能碰到她，徐诩没觉得自己有多幸运，也不知道自己是不是犯贱，居然还去打了个招呼：喂，胖头鱼，以后不能喝就别喝，免得麻烦别人。

更让徐诩没有想到的是，对方居然把他加为好友了，还随即发来一条消息，要你管，死变态。旁边还有一只调皮的猴子，站在那里吐口水，似乎是在向他示威。

幼稚！徐诩把手机往床上一扔，洗脸刷牙去了。

就在徐诩离开的这段时间里，他的手机在床上就没消停过，一直有消息的提示音在响。

徐诩昨天晚上被这只胖头鱼搅得没有睡好，泡了杯牛奶，准备喝了睡觉，听见手机一直在响，没怎么在意就直接拿起来一看究竟。

胖头鱼居然在一个字一个字地给他发消息，就连呵呵这样的词，也要拆开发两次，连起来的意思大概是说徐诩是个流氓以及怎么耍流氓，最后，那只嘴里说着 Yes 的猴子又跳了出来，徐诩喝了半口的奶全喷了。他拿起手机直接回击，我说你是不是吃饱了撑着的？

哎哟，人终于来了，臭流氓，老实交代，你昨天晚上到底有没有对我做什么？

徐诩也不打字了，索性语音，用挑衅的口气说，除了帮你倒洗脚水，帮你洗衣服，早上看了不该看的以外，就没别的了。

你这个没良心的死变态！胖头鱼不甘示弱，也直接用语音开骂。

我没良心？你这条恩将仇报的胖头鱼，昨天晚上要不是我喂你喝了姜汤，你现在早躺医院去了，还能在这里跟我嚷嚷？

你有那么好心？你用什么喂的？该不会在里面加了泻药吧？我现在肚子还不舒服呢！胖头鱼接着又把那只呕吐的猴子发了过来。

徐诩干脆甩了一句狠话出去，我用嘴喂的，一口一口，喂了十几分钟，是真的累人哪！

你这个臭流氓！我要杀了你！

好啊！我已经把我的实时地理位置发过去了，反正你也来过，随时欢迎。小爷我要睡觉了，再见！徐诩发完语音，把手机调成了免打扰模式，闻着被子上她留下的味道，没一会儿就睡着了。

杨冰晶倒是气得不行，她觉得自己受了奇耻大辱，心里盘算着该怎么修理那个臭流氓。

第二天公司开完例会，杨冰晶还在为昨天晚上的事情上火，她突然心生一计，刚才还气急败坏的小脸瞬间喜笑颜开，可恶的混蛋，看我今天怎么收拾你。

杨冰晶打开微信，给徐诩发了一条很温柔的语音：为了感谢你的救命之恩，今天晚上 7 点我在橘子香水酒店请你吃饭哦，不见不散。

徐诩收到她的语音后，觉得这里面似乎有"阴谋"，可他还是勇敢地回了一句：就算是鸿门宴，我也会准时到。

这段时间，徐诩的工作不是很忙，近期只有一个户外培训的任务，生活上依旧是一个人。他妈跟他爸离婚了以后不知所踪，只有父亲一个人住在老家镇上的老房子里，父子俩如今都是一个人生活，徐诩一直想给父亲找个老伴儿，父亲总是说先把你自己的个人问题解决了再说。徐诩的妈妈离开他大概有二十几年了，这二十多年里，没有一个电话，没有一封信，徐诩就是在这样的环境里上了大学，五年前周芸离开他以后，徐诩留在 A 市工作，自己买房子，自己看病，自己做饭，徐诩觉得自己的心已经长出了厚厚的一层茧，应该再也觉察不到痛了，直到昨天无意中看了杨冰晶的身体，徐诩才有了久违的心跳加速的感觉。

晚上，徐诩下班回到家，把自己收拾得跟新郎官一样，一身帅气西装，拦了辆车，径直前往橘子香水酒店，他对吃饭并不感兴趣，真正让他感兴趣的是他就想看看那条胖头鱼能翻出几朵浪花。

徐诩在酒店大厅找了一圈都没有看见她的影子，只能掏出手机找她：人在哪儿呢？如果想放我鸽子，我就走了。

胖头鱼回复的倒是很快：2楼VIP区，笨蛋！

徐诩顺着楼梯走到2楼，远远地就看见她正坐在落地窗旁边的一个圆形的大理石餐桌旁，餐桌上点着6支蜡烛，胖头鱼还是一身的职业套装，徐诩估计她是下班以后就直接来这里了。

杨冰晶上下打量了徐诩一通，嘲笑他，就是吃个饭，你至于穿成这样吗？你不热呀？

徐诩拉开椅子坐在她对面，随即反击，不就是一不小心看了你没穿衣服吗？我又没把你怎么样，你至于到现在还耿耿于怀吗？我穿成这样是我有礼貌。

杨冰晶气得怒目圆睁，拿起桌上的杯子，猛喝了一口水。

菜点了吗？我都饿了。徐诩脱掉西装外套，卷起袖子。

点了。保证你满意。

没多久，服务员上了一桌子的菜，有什么尖翅，分不清是鸡的还是鸭的，有鹅肝、水煮牛肉、烤生蚝、猪肝、海鲜，还有鱼内脏什么的，当然了，外加两杯红酒。徐诩举着筷子说，这都什么呀？全是你喜欢吃的吧？

杨冰晶夹了一块不知道什么肉放进嘴里嚼了嚼，然后喝了一口红酒，满足地说，真好吃！

徐诩叼着筷子，看着她吃的样子，哑口无言。红酒酸涩，徐诩没怎么喝，他从头到尾只吃了一碗米饭和几片藕，外加一杯水。胖头鱼竟然把一桌子的菜全吃了，徐诩还听见她打了一个饱嗝。

我怎么觉得你今天不是请我吃饭，你是让我来看你吃饭的吧？化愤怒为食欲也不用这样啊！

对呀！你还挺聪明的嘛！我是借花献佛，既满足了自己的食欲，又还了你的人情，还解了我心头之恨。臭流氓，我把刚才吃的每一片肉都想象成是你的肉，必须吃完我才解气。

我真的应该为你这种报恩方式点个赞，真是比我面试的实习生还要厉害。徐诩抱拳致敬，佩服，佩服！

杨冰晶翘着嘴说，是你自己不吃的，我又没拦着不让你吃。

买单的时候，杨冰晶在包包里翻找了半天也没找到现金或者银行卡。

怎么了，鱼？吃饱了喝足了，发现没带钱？

杨冰晶突然像个小姑娘一样可怜巴巴地看着徐诩说，嗯，我忘了拿钱包了。

徐诩抓狂地说，怎么着，你的意思是这单我买？我可就吃了一碗饭和几片藕，你觉得合适吗？

帮帮忙嘛！杨冰晶居然使出了撒娇技能，我会还给你的。

服务员用一种诧异的眼神看着徐诩，还劝他说，既然你女朋友没带钱包，你就帮忙买了吧！

徐诩一脸无辜地说，谁说她是我女朋友，你觉得我们俩像一对儿吗？

服务员点着头说，像！

徐诩没有办法，拿出银行卡结了账，这一顿下来，他小半个月的工资没了。

出了橘子香水酒店，杨冰晶提出要送他回去，被徐诩拒绝了，他实在是受不了了，他需要一个人冷静冷静。

杨冰晶在上车之前递给他一张名片，上面写着，完美化妆品股份有限公司销售部经理，杨冰晶，后面还有她的电话号码。

明天给我打电话，我把钱转给你，或者你到我公司来拿也行，对了，还没有问你叫什么名字。

我没带名片，我叫徐诩。

徐讷？跟你的网名亲爱的小孩一样，没水准。杨冰晶说完，关上车门，一脚油门，消失在夜色里。

我再没水准，也比你的胖头鱼有水准得多！徐讷冲着车开走的方向吼了一句，站在原地火冒三丈。冷静下来以后，徐讷又想，这丫头该不会是在欲擒故纵吧？

徐讷回到家，洗完澡以后躺在床上翻手机，也不知道是哪根筋搭错了，徐讷还是跑到杨冰晶的朋友圈里看她记录的生活。突然看到了她的全家福，她的爸爸妈妈，她居然还有一个妹妹，长得挺可爱的，而且就在徐讷的母校上大学，算得上是校友了。徐讷翻着翻着，杨冰晶突然一个信息发过来：喂，你还好吗？

徐讷直接回了两个字：死了。

哦，明年清明我会给你烧纸的。这次她没有发那只呕吐的猴子，发了一只得意的猴子。

有事说事，没事滚蛋！徐讷有些不耐烦。

我本来是想问你的银行卡账号的，现在看你这么嚣张，我改主意了，明天下午5点在我公司楼下候着，否则，我就拿着你的钱去买化妆品了。

徐讷生怕自己的血汗钱要不回来，赶紧一个电话拨了过去。

那是我的钱，你凭什么拿去快活？那是我的钱，是我的钱！徐讷强调了好几遍。

杨冰晶在电话里说，你一个大男人，这么点儿小钱至于吗？

当然至于，这卡里的钱是我留着娶老婆的，如果你能考虑嫁给我，我倒是可以不至于。

滚！别看你长得人模狗样的，心里怎么这么变态？杨冰晶在电话里骂着骂着，居然憋不住笑了起来。

徐讷问，你笑什么？

看了你朋友圈里的一张照片，那条狗没咬到你的屁股吗？哈哈，这照片谁拍的呀?

徐诩记得那张照片,说,那是我上大四的时候,寝室室友王修泽带回的一条拉布拉多犬,叫小布丁,是他朋友要他帮忙照顾两天,也不知道是不是几天没喂食了,那两天把我们全寝室都祸害了,到处找吃的。但是小布丁十分听话,会自己上厕所,晚上也十分安静,后来寝室的室友都喜欢它。至于这照片是我大学同学钱然拍的,我的摄影也是跟他学的,算得上他半个徒弟了,钱然现在是 A 市都市报的首席记者。那天王修泽故意整我,在我牛仔裤的屁股兜里藏了一根火腿肠,结果我走哪儿,小布丁就跟哪儿,最后实在憋不住了,就直接朝我扑过来了,也就有了这张照片。我前些时候听王修泽说,小布丁已经怀孕了,我准备要一条幼犬来养。

杨冰晶羡慕地说,我也想养一条,好可爱啊!比你可爱多了。

徐诩说,那我们一起养,过两天我再问问他,看看小布丁什么时候下崽儿。

好呀!

对了,你别忘了,明天把钱还我!

臭流氓,你就知道钱,明天来我公司找我。杨冰晶说完就挂了电话,整个人不禁一笑,她突然觉得,跟这个家伙聊天还挺有意思的,而她心里的那些怒气早就烟消云散了。

徐诩拿着杨冰晶的名片躺在床上若有所思,想到她那天喝醉后的种种丑态,想到她站在自己床上走光时候的样子,也不禁一笑。

第二天下午 5 点,杨冰晶做完本季度的销售情况统计表,拿上包包和车钥匙,刚走出一楼大厅,就看见徐诩像根电线杆子一样杵在大门口,杨冰晶故意一副面无表情的样子走了过去。

你这讨债够积极的呀!

徐诩看了看手表说,我没有迟到,赶紧的。

杨冰晶掏出一沓钞票说,我现在只有这么多,剩下的找时间再给你。

不是吧,你还个钱还带分期付款的?看你这打扮也不像缺钱的人,干吗老是跟我过不去啊!

两个人正说着,李冉和李依依走了过来,问了一句,晶晶,这是你男朋友吗?

杨冰晶很无奈地说,你们俩瞎啊!我会喜欢他?

二位姑娘来得正是时候,你们杨总昨天晚上约我吃饭,自己没带钱,非要拉我付账,说好今天还我,结果只付一半,哪有这样的,你们给评评理。

李冉说,如果你是晶晶的男朋友,这一切就都合理了。

李依依说,帅哥,你怎么这么笨呀!晶晶既然只还一半,说明她还想再见你呀!你怎么连这个都不懂?常规套路啊!

徐诩听了李依依的话,觉得十分在理,他看了看有些局促的杨冰晶,白嫩的小脸上已经不自觉地泛起了红晕。

你们两个不是下班了吗?赶紧走,赶紧走。杨冰晶急忙把李冉和李依依两个多事的给赶跑了。

小晶晶,这位是谁啊?严筱月看着徐诩,一脸的花痴。

徐诩神情自若地说,债主。

严筱月又继续花痴地问,感情债?风流债?

就在杨冰晶手足无措的时候,徐诩的手机突然响了,一看竟是父亲打来的,徐诩转身就跑,似乎已经忘记了刚才发生的所有事。

杨冰晶和严筱月看着逃跑的徐诩,两个人面面相觑。

徐诩在路边拦了一辆出租车,直奔火车站。

杨冰晶还在原地愣着出神,严筱月歪着脑袋问她,你的债主是他呀?你们俩是怎么认识的?

你还好意思说呢?你这个不靠谱的闺蜜居然把我一个人扔在了追梦人里,不管我的死活。

严筱月委屈地说,我以为你先走了,那个王羽尘简直是个极品,我从来没有见过如此厚颜无耻之人。你不在了以后,公司好多女同事都被他灌晕了,他老是有意无意地摸我的手，还想亲我，被我推开了，要不是跟着同事一起逃走，说不定我也羊入虎口了。那家伙居然还死皮赖脸地要我的电话号码，我没有给他。

杨冰晶说，你干吗不给他？他那么有钱，可以给你买很多很多的包包。

严筱月笑嘻嘻地说，自己喜欢的人要自己去争取，自己喜欢的包包要自己去买。

哇——这话还真不像是你小月月说出来的。杨冰晶吃惊地看着她。

我答应你，以后我绝对不会丢下你不管了。严筱月见杨冰晶还是不高兴，就搂着她的腰说，不要生我的气啦，明天正好是周末，小月月负荆请罪，陪你逛街，然后请你吃好吃的，好不好嘛？

杨冰晶打掉她的手说，你少来这一套。

徐诩在火车站的出站口等了半个钟头，终于看到了一个温暖而熟悉的身影。

爸，你怎么突然来了？也不事先告诉我一声。

不想在家里混吃等死，想儿子了，所以就来了。怎么了，我就不能过来视察一下你的工作和生活？

能！当然能，随时欢迎啊！徐诩接过箱子说，老爸，你都快两年多没来我这儿了，我想死你了。

徐父说，你少来这一套。今年你必须给我带个儿媳妇回来，不然我就赖在你这儿不走了。我都一把年纪了，你舍得让我没孙子抱吗？

爸，敢情您这回是来逼婚的？可这事儿它一时半会儿也急不来啊！

我不管，昨天晚上我梦见你爷爷了，你爷爷托梦给我，命令你今年务必找个媳妇儿回来，我是来替他老人家传达指示的。

徐诩对父亲竖起大拇指说，您老这一招真是绝啊！连爷爷都搬出来了，那爷爷有没有命令你找个老伴儿回来？让我好歹也有个新妈。

臭小子，拿你老爸开心是吧？小心老子揍你！

得，得，得，我不说了行不行？我今年一定努力。

父子俩回到家，徐诩问徐父，您老晚上想吃点儿什么？我给您做去。

徐父摆了摆手说，不用那么麻烦，随便炒两个小菜，再来盘花生米，咱爷俩喝两杯。

得嘞！您老等着，马上就好。徐诩说完，系上围裙，进了厨房就开始忙活，与职场里那个精明善辩的人力资源主管相比，完全是两个人。

徐诩刚准备开始杀鱼，他的手机又响了，杨冰晶突然发了一条微信过来，你忙什么呢？剩下的一半钞票还要不要了？

徐诩想都没想，秒回了一句，废话，那是我的钱，我的钱！我正在给我爸做红烧鱼呢，老爷子今天来我这里视察工作，不说了。

忙活了大半个小时，徐诩做好了四个菜：红烧鱼、盐水毛豆、油酥花生米、排骨藕汤。

四个菜摆上桌，热气腾腾的。

徐诩找了瓶二锅头出来，提醒还在看电视的父亲，老爸，快过来吃饭了，尝尝您儿子的高超手艺。

来了！徐父站起身，这个时候突然有人敲门。

徐父打开门，看见了一袭红裙的杨冰晶，老人家两眼直冒光，问她，姑娘，你找谁呀？

杨冰晶甜甜地说，我听徐诩说您老来A市了，就过来看看您，还给您带了一些礼物。

徐父急忙抓住杨冰晶的手，亲自把她领进屋，还帮她拿东西，给她倒茶，这待遇，徐诩从来都没有享受过。

姑娘叫什么名字啊？哪儿的人啊？家里都有谁啊？多大了？有没有对象？徐父一脸慈祥的微笑，拉着杨冰晶一直没撒手。

杨冰晶笑着说，我叫杨冰晶，是徐诩的朋友，本市人，平时自己一个人住，周末的时候会跟父母和妹妹住在家里，今年25岁，还没有对象。

徐父一听杨冰晶说没有对象，大笑着说，好！好！太好了！

爸，好什么呀？谁来了？徐诩走出厨房，看见了杨冰晶，不解地问，你怎么来了？

我就不能来看叔叔吗？杨冰晶买了一大堆东西，有水果，有营养品，有防滑的健步鞋，有一条厚厚的围巾，还有两瓶好酒。杨冰晶把东西全塞给了徐父。

徐诩把杨冰晶拉到一边说，你这"贿赂"做得要不要这么明显？号称是我的朋友，居然没有一件东西是买给我的。

怎么没有？这水果不是吗？杨冰晶据理力争，哦，对了，买这些东西用的是你的钱，这是买完以后剩下的六块钱。杨冰晶说完，从兜里摸出六个硬币放在徐诩手里。

喂，你用我的钱去讨好我爸？这账我可不认。徐诩一脸黑线地看着手上的六个硬币。

这钱还给叔叔跟还给你有区别吗？杨冰晶说完，蹦蹦跳跳地跑去找徐父了，一边跳一边喊，吃饭咯。

来，你多吃一点，我们家的客人。徐父不停地给杨冰晶夹菜。

杨冰晶特别有礼貌地说，谢谢叔叔，真好吃！

徐父温柔地看着杨冰晶，徐诩发现，父亲的皱纹似乎平展了很多。这一幕让徐诩觉得应该尝试着去认真面对自己的感情了，不仅是为了婚姻，为了孩子，更多的是为了对父亲的孝，逃避没用。看着父亲和杨冰晶在一起哈哈大笑的样子，徐诩的心似乎被什么东西彻底俘虏了。

不知道是不是因为杨冰晶的关系，徐父的兴致很高，一人狂饮，喝了半斤二锅头，结果自己把自己喝趴下了。徐诩和杨冰晶一起把徐父扶到卧室躺下，徐父迷迷糊糊中还在试着去抓杨冰晶的手，嘴里含糊不清地说，好姑娘，好姑娘……

时间已经不早了，徐诩把杨冰晶送到楼下，在杨冰晶要上车的时候，徐讷突然拉住了她的手，虽然有一些鲁莽，但还是勇敢地开了口：杨冰晶，做我女朋友好吗？

杨冰晶觉得自己的心陡然间跳得好快，她提醒自己要冷静，于是缓缓地转过身对徐讷说，你想追我？可以啊！完成我交代给你的三个任务，我就是你的女朋友。

不是吧！追你还需要完成任务？你这个女朋友还真是特别。说吧，无论是上九天揽月还是下四海捉鳖，都没问题。

杨冰晶生气地说，谁是你女朋友？我还没答应你呢！当心我让你完成三百个任务。

徐讷从她的话里听得出来，她其实已经答应了，不然又何必刻意地去强调任务的多少呢？

明天是周末，我要和我的闺蜜严筱月一起出去逛一逛，你的第一个任务就是要得到她的认可。

你这是什么任务啊？为什么我追你还要经过另一个人的同意？你的闺蜜跟我有什么关系？我要你做我的女朋友，又不是她，这演的是哪一出？再说了，你们如果定向设卡或者事先密谋，我基本上毫无胜算。徐讷一脸蒙圈地看着她。

杨冰晶狡黠地眼珠一转，说，怎么了，这就把你难住了？连这么一点小小难度的任务都完成不了，你还想让本姑娘做你女朋友？美死你！杨冰晶发动了车，驶进了城市的夜色里。

第二天一早，杨冰晶打电话把徐讷吵醒，劈头盖脸就是一顿指责，你这个可恶的家伙，我昨天还以为你是认真的呢！你就是一个彻头彻尾说话不负责任满嘴谎话的大骗子。

徐讷被杨冰晶说得是一头雾水，他坐起身，把手机从左手换到右手，开腔反击，喂！请问我什么时候说谎了？我什么时候不负责任了？第一，你昨天是说要陪你的闺蜜严筱月一起出去逛街，但是你没有设定具体的时间，既然上午、下午和晚上都有可能，我干吗不多睡一会儿。第二，我倒是想对你负责任，可是你对我设置了三个任务，所以到目前为止你还不是我女朋友。想当初我从酒吧把你背回家，帮你洗衣服，喂你喝姜汤，发乎情止乎礼，自始至终对你都没有丝毫的不轨企图，我对我个人的思想操守和人格修养还是很有信心的，所以你这个不负责任的指控是不成立的。第三，至于我满嘴谎话，我不清楚你具体指的是哪一句话，你要记住，在昨天晚上之前你可以认为我满嘴谎话，但是昨天晚上我对你说的那句，杨冰晶，做我女朋友好吗？这句话不仅是我的心里话，也是我父亲希望的，我看得出来他有多喜欢你。我到现在都不知道我妈跑到哪里去了，父亲老了，我觉得我应该为他做一件我能做到的事情，我要你做我的女朋友，这是对你的爱，也是对他的孝。

电话那头突然半天不出声，徐诩轻声问了一句，你在听吗？

我在楼下等你。杨冰晶的话伴着混乱的呼吸，她感到自己的心被什么东西拨动了一下，她知道她刚才的一顿指责已经不成立了。

徐诩叼着一块面包下了楼，出了电梯之后看见坐在车前排的两个姑娘在争抢着什么东西，走近一看，居然是在抢一个包子，最后还是严筱月技高一筹，把包子塞进嘴里以后，无比满足。抢完包子，二人同时看向走过来的徐诩，徐诩被两个姑娘的美给惊着了，嘴里的面包也不慎掉到了地上，逗得车上的两个姑娘哈哈大笑。

上车！杨冰晶戴上墨镜，对徐诩做了一个跟我走的手势。

徐诩一脸睡意地坐在车后排，听着车载音乐里放的一首彭佳慧的老歌《相见恨晚》。

你说是我们相见恨晚
我说为爱你不够勇敢
我不奢求永远
永远太遥远

却陷在爱的深渊

听完一整首歌。徐诩的睡意彻底醒了。

徐诩说，相较于《相见恨晚》，我还是更喜欢《走在红毯那一天》。

杨冰晶有同感地一笑。严筱月回过头对他说，有机会能听你唱一唱吗？

徐诩想都没有想，张口就来：

　　走在红毯那一天

　　蒙上白纱的脸

　　微笑中流下的眼泪一定很美

　　走在红毯那一天

　　戴上幸福的戒

　　有个人厮守到永远

　　是一生所愿

三分多钟的歌，徐诩唱着唱着，杨冰晶已经悄悄关掉了车载音乐的外放。

严筱月说，同样是彭佳慧的歌，《走在红毯那一天》的歌词似乎更有画面感。

徐诩冲她竖了一个大拇指说，英雄所见略同。

我叫严筱月，是晶晶的好朋友，上次太匆忙，都忘了自我介绍了。严筱月伸出手，和徐诩握了握，对闺蜜要考察的这个男人的第一印象还不错。

徐诩掏出一张名片递给严筱月，严筱月接过以后说，我知道你，徐诩嘛，晶晶最近老是提起你，听都听成熟人了。

杨冰晶没有在意他们的谈话，还沉浸在徐诩的歌声里。

杨冰晶的心意他自然清楚，见到严筱月以后，徐诩觉得这个姑娘不仅单纯、善良、脾气比杨冰晶好、没有杨冰晶那么爱记仇，而且还是一个比较容易沟通的女孩儿。即便如此，徐诩还是会不自觉地去在意杨冰晶任何一个细微的表情和动作，那种吸引来得莫名其妙。

严筱月对徐诩说，今天我们活动的内容是上午逛商场，中午吃美食，下午酒吧KTV，晚上电影院，你觉得怎么样？

徐诩实在不想违心地答应这样的安排，就实话实说，你们俩平时就是这么辜负自己的青春时光吗？年轻人不能老是沉溺于商场、餐厅、KTV这样的地方。我提个建议吧，上午去郊区的生态农庄，中午吃农家菜，下午去打网球，至于晚上，你们两个姑娘这样折腾了一天，体力肯定不够，还是先回家睡觉休息，明天还要上班。至于看电影，杨冰晶，我下周末约你去看《画皮》怎么样？

杨冰晶点了点头说，听上去你的主意还不错。至于要不要跟你去看电影我得慎重考虑考虑。

而严筱月偷偷地俯在杨冰晶的耳边说，他还挺有主见的。

徐诩在车上给杨冰晶指路，车开上环城公路，顺着望京路一直往北，看着路边远处天空下涌动的金色麦浪，看着波光粼粼的湖面上来回游过的小鸭子，看着菜地里一个个冒出头的大南瓜，看着一路上都滔滔不绝的徐诩，杨冰晶的目光就像她微微抿动的嘴唇一样柔软，一样诱惑。

下车以后，两个女孩儿像两个顽皮的孩子，在草莓地和石榴园里到处乱跑。

徐诩已经来过很多次了，跟这里的负责人还有一些工人都很熟络，他付了押金，带着两个姑娘在偌大的农庄里采摘、游玩、拍照。

照了很多照片，徐诩被杨冰晶头戴石榴花的一张照片彻底俘虏了，偷偷地存在了手机里。

徐诩钓鱼的时候，两个姑娘就站在岸上朝水里扔石头。

徐诩摘蔬菜的时候，两个姑娘就拿一些辣椒互相攻击。

徐诩有些累了，躺在湖边的躺椅上休息，她们两个却还在湖边打闹，真是有折腾不完的精力。

啊——有蛇！杨冰晶突然一声尖叫，在岸边的严筱月被吓得花容失色，没站住脚，身子一歪，掉进了湖水里。

杨冰晶吓坏了，她知道严筱月不会游泳。徐诩三步并作两步跳进水里，没一会儿就游到了严筱月落水的地方，轻而易举把她推上了岸。

徐诩一身水淋淋地站在岸上说，岸边的湖水不太深，只有三米多而已。杨冰晶，那边有一个带医疗站的应急服务中心，你去那里帮她把身上的衣服洗干净烘干，应该很快。徐诩说完，挽起地上的那条蛇，那是这里的一个工人养的一条宠物蛇，竟也把严筱月吓了个够呛。

严筱月全身湿漉漉的，衣服都紧紧地贴着皮肤，暴露出她婀娜的身段，严筱月一脸羞答答的，不敢抬头看徐诩的眼睛。

杨冰晶问徐诩，那你呢，你身上也全湿了，要不要和我们一起去？

徐诩摆了摆手说，我没事，太阳这么大，到中午吃饭的时候差不多就可以干了。再说了，我皮糙肉厚的，没那么多讲究。

杨冰晶她们走了以后，徐诩把裤子脱了，晾在一棵桃树上，把衬衣也脱了，拧干了水，晾在一棵银杏树上，然后穿着短裤和背心趴在躺椅上晒太阳。

快到正午的时候，徐诩穿上半干的衣服，带着两个神清气爽的姑娘去吃农家菜。四菜一汤，清新爽口。干煸四季豆、农家小炒肉、家常豆腐、豆角鸡蛋和胖头鱼汤。

两个姑娘看见徐诩点的菜，口水都流了出来，吃货的本相暴露无遗。

徐诩指着胖头鱼汤对杨冰晶说，这个你要多喝！补脑的！我特地给你点的。

杨冰晶做了一个灭口的动作，她正吃着起劲，顾不上跟徐诩斗嘴。

一个上午的时间对于两个第一次来这种地方的姑娘来说显得很短暂，快离开的时候，他们是那么恋恋不舍，徐诩把摘好的新鲜蔬菜、水果和鱼搬到车上，结完账，和两个姑娘一起返回市区。

车一直开到 A 市体育馆，三个人来到网球区，换了运动装以后，杨冰晶和严筱月都把头发扎了起来，看着两个人玲珑俊俏的面孔，徐诩都有些无心恋战了。开始的时候还算正常，打到后面就越来越乱，两个姑娘气不过，就把手里的网球当成炮弹，对着徐诩一阵狂轰滥炸，徐诩无力回击，尽顾着挨打和捡球了。

玩了一天，杨冰晶先把徐诩送到了家。徐诩下车前对两个姑娘说，水果我让他们混装了，草莓、葡萄、石榴、火龙果都有，你们俩一人一箱，我就拿走鱼和蔬菜了。

我们也要吃鱼和蔬菜！杨冰晶和严筱月异口同声。

徐诩说，你们俩得了吧，今天出去花的全是我的好吧！

严筱月说，你真小气！

徐诩想到了自己的爱情任务，无奈地说，明天中午，你们俩可以来我家里吃鱼和蔬菜，这总行了吧？

杨冰晶拍着手说，就等你这句话了。

徐诩关上车门后请示杨冰晶，这第一个任务我应该算完成了吧？

杨冰晶会心地一笑，没说话。

车开走的时候，杨冰晶和严筱月都把一只手伸出了车窗，做了一个 OK 的手势。

一吻定情

第二天中午，徐诩刚把昨天钓的几条鲫鱼端上桌，杨冰晶和严筱月就结伴来敲门了。

两个姑娘还买了一些吃的带过来，尽是方便面、火腿肠、饼干、薯片一类，徐诩看到这些东西头都大了，当真不如买一些面粉或者食用油什么的。

对于两个姑娘的到来，徐诩还是有些吃惊，你们还真来啊？

严筱月和杨冰晶齐声反问，我们不能来吗？

徐诩点头哈腰地说，能，能，能，二位美女屋里请。

本来还是一本正经看报纸的徐父一听见有女孩子的声音就坐不住了，从房间里跑出来，还明知故问，是谁来了啊？徐父如今见到姑娘就高兴，出来一瞧，来的还是两个，笑得更合不拢嘴了。

杨冰晶和严筱月扶着徐父坐到餐桌旁，把徐父乐的呀，完全找不着北。

徐父高兴地说，儿子啊，这两个姑娘都不错，你赶紧的，我跟你爷爷也好有个交代。

徐诩急忙打断了父亲的话，爸，你想哪儿去了，她们是来蹭饭的。

哦哈哈——姑娘们饿了吧？都坐吧！都坐吧！徐父乐得哈哈大笑。

吃饭的时候，徐父还把徐诩小时候的一些糗事拿出来跟两个姑娘分享，逗得她们笑岔了气，徐诩只能埋头吃饭，一句话都没说。

吃完了饭，杨冰晶和严筱月还帮着收拾碗筷，徐父拉着两个姑娘家长里短地聊了半天，三个人还凑在一起斗地主，临走以前，徐父还是很舍不得她们离开。

两个姑娘从徐诩家里出来的时候开心地笑着，在她们上车之前，徐诩走上去直接攥住杨冰晶的手，把她拉到旁边一棵大樟树的树荫下。

杨冰晶害羞地挣开他的手，说，你干吗呀？有事就说。

我爸可能住不了多长时间就要回老家去了，到时候我希望可以带着你一起去送送他，了了他的一个心愿。你能不能把剩下的两个任务快一点告诉我，最好能在他老人家离开之前。

杨冰晶红着脸答应了他，好。

徐诩上楼了以后，杨冰晶回到车里，严筱月笑嘻嘻地说，讲什么悄悄话呀？看你这眉开眼笑的样子，他该不会是跟你求婚了吧？

瞎说什么！杨冰晶说完，开始动手惩罚取笑她的严筱月，车里一阵一阵的尖叫声，谁也不知道两个姑娘在车里的战况如何。

回到家，徐诩对父亲抱拳致敬，爸，您太牛了，都到了这个岁数，这哄姑娘的本事依旧炉火纯青，佩服，佩服。

徐父得意地说，那当然，当爹的就是儿子的榜样，你赶紧的，别让我着急。

爸，既然您这么招女人喜欢，赶紧找个老伴儿啊！不然您一个人我怎么放心得下。您是不是还想着我妈呢？她到底去哪儿了？你们当初为什么离婚？

徐父本来炯炯有神的眼睛突然黯淡了很多，他摆了摆手说，我困了。

看着父亲往事不堪回首的样子，徐诩知道这里面有很多他不知道的事情。

周末，杨冰晶打来电话，今天告诉你第二个任务，陪我一起去看电影。

徐诩兴奋得直接从床上蹦了起来，一边蹦一边唱，今天是个好日子，心想的事儿都能成。

赵薇、陈坤和周迅主演的《画皮》最近太火了。

徐诩虽然是一个不随大流的人，但是杨冰晶喜欢，两个人还是一起走进了电影院。

看到中间，徐诩发现杨冰晶的脸红得好可爱。特别是在看到电影里孙俪给周迅验妖印的时候，徐诩又想起了杨冰晶那天早晨尴尬的样子，真的是像一朵水莲花不胜凉风的娇羞。

电影看到后面，看到那只岩石下的小白狐，杨冰晶的眼圈居然红了，徐诩温柔地替她擦着眼泪，杨冰晶倒在他的肩膀上一直到电影结束。

从电影院出来以后，等到观众都散尽了，杨冰晶才说，你不是说你喜欢我吗？那你可以把你的心给我吗？

徐诩说，在我背你回来的那一天晚上，你就已经把我的心偷走了。再说了，我的爱情比我的心重多了。你没看电影里演的吗？吃了那么多的心，没有情，终究还是敌不过的。

杨冰晶机智地看着他，言语里有些怀疑地问，噢——那你的爱情有多重？

对于杨冰晶的这个问题，徐诩看着杨冰晶的眼睛说，关于这个问题，答案很长，我要用一生的时间来回答你，你准备好听我讲了吗？

杨冰晶羞答答地看着徐诩，她那么聪明，怎会不知徐诩这样回答的用意。

今天她突然约自己看电影，又有言语上的种种暗示，徐诩看着她微张的双唇，整个人仿佛失控的汽车，不顾一切地迎了上去，看着杨冰晶脸上浅浅的绒毛，徐诩用力吻湿了她的双唇，杨冰晶就这样心甘情愿地把自己交给了他，徐诩火热的吻让她晕眩。

徐诩觉得今晚的 A 市特别地美，他牵着杨冰晶的手，故意选了一条最远的路回家。

小晶晶，把你的最后一个任务告诉我。

杨冰晶调皮地说，最后一个任务我要留着，留到我需要的时候再和你说。

徐诩把她拉进怀里逗她，防范意识还挺强的，你还怕我跟别人跑了？

杨冰晶红着脸不吭声，转移话题问徐诩，你为什么不买辆车呀？这样多不方便。

徐诩说，我的钱是要留到娶你的时候交给你的，不能乱花。再说了，公司距离我住的地方不远，我一般步行或者骑车过去就行了，买车不是浪费吗？还不环保。

哈哈，那你有事做了。杨冰晶把自己的车钥匙放在徐诩手里说，从明天开始，你要接我上班，接我下班，陪我吃饭、逛街、做头发、看电影。总之，你有时间就要陪着我，没时间也要尽量陪着我，不许挤时间去干别的，更不许挤时间去招惹其他的女孩子。

徐诩拿着车钥匙在手指上转，说道，小晶晶，你这是要套牢我呀！

杨冰晶用双手缠住他的脖子，整个人都拴在徐诩的身上，徐诩吻着她软软的唇，一直都舍不得松开。

回到家里以后，徐诩一直都睡不着，这个晚上，他彻底失眠了。

第二天，徐诩还是心不在焉的，工作中状况不断，就连简历都拿反了，他的生活已经被杨冰晶彻底打乱，眼前全是她迷人的样子。中午回到家，他跟父亲刚准备吃饭，杨冰晶一个电话打了过来，要徐诩火速支援，救她于水火之中。

徐诩问她，你到底怎么了？

杨冰晶偷偷摸摸地说，我在相亲呢！你快来，我趁着上洗手间的间隙给你打电话，地址我已经发给你了，快点！

杨冰晶相亲的地方离徐诩的小区不远。徐诩找到她以后，在旁边的一个座位后面猫着，故意不过去，他就想看看杨冰晶着急等他的样子。

杨冰晶一直都假装着笑，还不停地跺脚，徐诩知道她心里在说什么，一定是在骂他怎么还不来。

徐诩站起身，走到杨冰晶的身边温柔地说，亲爱的，这么着急地呼唤我，究竟是怎么了？

杨冰晶如蒙大赦，直接跳了起来，抱着徐诩的脖子说，你怎么才来呀？

徐诩搂着她纤细的腰肢，故意秀恩爱，路上堵车，对不起，等着急了吧？对面的哥们儿见发生了这一幕，气得头也不回地走掉了。杨冰晶得逞地一笑，然后就对徐诩使出各种求安慰的花招。徐诩问她，这是你家里安排的吗？你还没告诉他们我们俩的事？杨冰晶说，你觉得我应该现在告诉他们吗？迟早都要说的，想瞒也瞒不住啊。我怕我爸妈会嫌弃你，他们一直都盼着我能嫁给一个有钱人，还说什么嫁人是女人的第二次生命，一定要嫁一个有钱有势的。杨冰晶有些为难地说，我是想等我们的感情稳定以后再告诉他们。反正到时候，就算他们反对我也不怕。

徐诩一眼深情地看着杨冰晶，握着她的双手发了一番肺腑，我不怕面对你的父母，他们是把你带到这个世界上的人，我应该感激他们。虽然我没有富二代有钱，也没有显赫的社会地位和家庭背景，但是我可以通过我的努力得到我想要的生活和爱情，我可以通过我的努力给你幸福的生活。我会做饭会唱歌，我会油嘴滑舌也会嘘寒问暖，我会听你的话会努力工作，我也会惹你生气让你忘不掉我，我不会山盟海誓只会让你忍俊不禁，我会带着你去经历我已经感受过或者即将感受的美好，我不会每分每秒都在你的身边，但我会在你需要的时候寸步不离。

杨冰晶看着他，眼神迷离地看着他，动情地亲了一下他的唇，说，你会的已经够多了，不管他们会不会同意我们的爱情，我会把我自己嫁给你。

那我可以回去告诉父亲我们的事了，我可以让他以后不用再为我操心了，他太累了。徐诩说，来，咱们拉钩。

你都这么大了，还相信拉钩这样的约定？

当然了，我一直都信。

杨冰晶扑哧一笑，伸出手钩住他的小指，然后把拇指合在一起说，拉钩上吊，一百年不许变。走了走了，这个地方我一看见就生气，以后我再也不来了。

徐诩牵着她的手说，现在从这里走到我家，然后开车送你去公司，时间应该差不多。

杨冰晶嘟着嘴说，我突然不想上班了，就想跟你在一起待着。

哇——你这个样子简直就是不想上学的孩子啊！

哎，小徐同学，既然你会的东西那么多，现在就请唱一首歌给我听吧。

徐诩说，《你的眼睛》，会不会唱？我们一起合唱好不好？我唱熊天平的部分，你唱许茹芸的部分。就像现在你的眼睛，总是深深吸引着我，让我目不转睛。

我会。杨冰晶点了点头。

爱你 忘了苏醒

我情愿闭上眼睛

任凭此生此世长睡不醒

你就是我的来生

爱是绝境

幸福的人不远行

断了春去秋来苦苦追寻

宁愿和你飘忽不定

不让你的眼睛

再看见人世的伤心

投入风雨里相依为命

用我的痛吻你的心

看着你的眼睛

有太多太多泪不停

心疼你每一步爱的艰辛

苦难的梦特别真心

……

接下来的几个周末，两个人整天都腻在一起。山林小路、乡村鱼塘、碧水湖畔、渔舟唱晚、旋转木马、水上乐园、童年教室、月亮星光。徐诩把自己能想到的所有的浪漫地方全部付诸行动，只为让杨冰晶感受到他爱情的重量。每天晚上，两个人打电话都要聊到深夜，有时候徐诩还要在电话里唱歌哄她睡觉，就连自己微信的头像都换成了那个头戴石榴花的姑娘。

公司巨震

星期一早上，徐诩把杨冰晶送到新世纪大厦的门口，杨冰晶从车上下来，正准备要走，徐诩突然叫住她，我说，你们上班打卡吗？

那当然啦，不打卡要扣全勤奖的。

从今天起，你在我这里也要打卡，不打卡可是要扣爱情分的。徐诩说完，指了指自己的脸。

杨冰晶害羞地俯下身，很认真地亲了亲徐诩的脸，像是在用心作答一个简单而生动的习题。

杨冰晶说，这样可以了吗？

徐诩扶着方向盘，很享受地说，嗯，满分。杨冰晶同学，我今天才觉得我这个男朋友是货真价实的，要不然，你这下了车就跑，别人还以为我是个司机呢！

小气鬼！我走了，中午记得来接我。杨冰晶急匆匆地跑掉了，徐诩目送她蹦蹦跳跳地进了新世纪大厦，在她的身上，有徐诩关于爱情全部的幻想和期待。

杨冰晶走进自己的办公室之前，整个销售部门的员工都在议论纷纷。

李冉说，公司人力资源部总监吴晴今天突然离职了，没有任何征兆，她的副手傅宜也同时向公司辞职了，还有我们部门的王蕙也离职了，我怎么觉得她们是商量好了的。

李依依感慨万千地说，吴晴还真是无情，她现在出去找个工作，也不见得有她总监的薪水高啊！现在的人怎么了，都说走就走，一点契约精神都没有。

你懂什么，一定是早就找好了下家，不然能这样吗？她们这一走，公司行政和人事两个部门的工作全都要瘫痪。李冉说，我刚才路过吴总的门口，他办公室的电话都快被打爆了。当初吴晴是吴明亲自招进公司的，听说他们两个还是亲戚，吴明当时没有选择回避，已经是违规了，加上吴晴现在又无故离职，如果上面追查下来，够吴总喝一壶的。反正当年吴晴这个总监空降到公司的时候，很多人都不满，据说还向上面反映了，结果却不了了之，肯定是被吴明给挡下来了，也不知道这两个人究竟是什么关系，现在吴晴来这么一手，不是陷吴明于不义吗？

李依依和李冉正议论着，公司一楼大厅的电视屏上突然播出了一条爆炸性新闻：据我市完美化妆品股份有限公司内部知情人士透露，完美化妆品股份有限公司生产的夏秋季防晒护肤和美白系列产品中存在砷、镉、汞等重金属物质超标的问题，有消费者使用了一个月就出现了中毒症状，针对上述情况，我市都市报记者采访了完美化妆品公司的吴明总经理，但是吴明总经理并未对此事作出回应，关于事态的进一步发展，我们将会持续关注。电视里的一个女记者神态自若地做着完美化妆品公司的报道，新闻中并没有播放具体中毒的消费者在医院接受治疗的镜头和中毒症状的详细说明，只是把完美化妆品公司系列产品的包装都依次曝了光，甚至还有相关产品的成分、原料配方和计量规格，一共生产了多少，都发往了全市的哪个卖场以及全国各地的哪些地方。杨冰晶和李依依看到这个新闻，感觉脑袋都炸了，耳朵里嗡嗡响。

这究竟是怎么回事？我们公司的产品怎么可能有质量问题？杨冰晶完全不敢相信新闻里说的，如果新闻里的报道属实，那她前段时间做的新品营销策划简直就是坑蒙拐骗的虚假宣传。

我们也不知道啊！李冉和李依依更是不知所措。这个新闻一出，过了没几分钟，销售部和售后部的电话几乎同时响起，A市食品药品监督管理局的领导甚至直接给吴明打来了电话，说调查人员已经在去的路上了，要求公司配合调查，如今的完美化妆品公司已经乱成了一锅粥。

随着阵阵北风把初秋的最后一点火热带走，整个城市开始了连续多日的阴雨天气。

徐诩开始忙着一些薪酬方面的事情，公司最近有很多人员的调动，包括一些实习生的转正。

A市食品药品监督管理局的调查人员把相关的问题产品进行了抽样取证，所有涉嫌的问题产品都进行了异地封存，在检验报告没有出来之前，任何人都不许接触这批货物。

随着事件的持续发酵，完美化妆品公司相关产品的销售量和市场占有率连续下降，大量订单被取消，完美集团的股价受到剧烈波动，当天就已经跌停板了。上海总部董事会针对事态发展已经连夜召开了紧急会议，要求所有分公司的部门主管同时参加网络视频会议。刘长东坐在杨冰晶旁边嘀咕，杨经理，如今真的是山雨欲来风满楼，这次事件不是我们销售部的问题，是一场内外勾结的利益战争，是奔着完美的市场份额来的，你想想，这次完美一出事，谁获益最大？你那么聪明，我不用说你也知道，一定是MT公司。而且我敢拍着胸脯说，吴晴跟某些内应肯定去了MT了。

杨冰晶看了刘长东一眼，说，刘总，整个销售部就你一个通透之人，我觉得你可以向总部申请出任A市完美总经理一职，那样我就能名正言顺地接任你的位置了，说什么协助你工作，我这个销售部经理实际上就是你刘总的一个助理。

刘长东很官腔地说，年轻人不要心浮气躁嘛，来公司三年就想当上部门总监？先把个人问题解决了再说。上个月我去总部开会，周恒远董事长还在我面前提到你，对你这几年在公司的业绩以及在公司年会上的表现赞不绝口，你升职是迟早的事。

杨冰晶笑着说，等这次风波过去，公司人事一调整，你肯定升副总了。

我都一把年纪了，就算当上了副总，也已经到头了，我也不奢望进入集团董事会，算是在公司这么多年的一个鼓励奖吧！刘长东叹了口气，对于这样的安排很满足。

晚上，杨冰晶在电话里跟徐诩聊着公司发生的变故，对于完美化妆品公司最近的风波，徐诩也有所耳闻。

徐诩说，听你这么一说，我敢肯定，一定是你们公司内部员工出了问题，公司产品的详细数据和客户资料都属于核心商业机密，不是一般人可以接触到的。你可以去调取一下公司内部的监控，说不定会有所收获。

有道理，我明天就去公司查看相关的监控录像。谢谢你，徐诩，这么晚了还要听我倒苦水。

是我应该谢谢你愿意让我分享你的喜怒哀乐，这是一件很荣幸的事情，我愿意听你说这么多，我愿意去了解你更多，我愿意是因为我想更好地去爱你。徐诩说完，电话那头突然没了声音，他又试探着问，喂，你在听吗？

杨冰晶害羞地说，你总是说一些肉麻的话，人家不理你了，睡觉去了。

你睡觉也没有用，一样要在梦里想我。

杨冰晶又讨厌又舍不得徐诩这撩人的情话，骂了他一句，就挂了电话。

第二天，总部集团在公司内部网站上宣布了关于吴明停职的通知，吴明被总公司调回上海接受调查，不再担任 A 市完美化妆品公司的总经理一职，集团很快将对 A 市分公司委派新的总经理。在此期间，公司的大小事情全由刘长东代为处理。同时，重组公司人事部门，并公开向社会招聘新的人力资源总监，不走内部流程，由新来的总经理亲自负责聘用和任命。

杨冰晶很快就调取了公司内部的监控录像，人力资源部的傅宜和销售部的王蕙确实在下班之后到吴明的办公室里窃取过公司电脑里的资料。

杨冰晶将视频截取保存之后，送到了刘长东的办公室。

刘长东看过之后说，这个事情你怎么看？

杨冰晶说，能内部处理就内部处理吧，万一处理不了就移送公司法务部，尽量维持公司内部稳定。我刚才看了看现在的市场数据，我们公司产品的市场份额已经掉到了历史最低，损失很惨重。

跟我预料的一样，只是没想到对手下手会这么狠，这是想彻底把我们整死在这场危机里。

要不要我去一线的柜台和代理商那里做一下工作？

刘长东说，现在最关键的是要消除消费者对我们公司产品的误解，重塑完美的口碑，我们还是先等市食品药品监督管理局的检测报告出来了以后再说。

刘总，不好了！严筱月慌慌张张地跑进来说，我们公司生产线的原料供应商也不知道怎么回事，全都要求涨价，否则的话就要终止合同，停止供货了。

肯定是 MT 故意抬高收购价格拉拢，想釜底抽薪。杨经理，这次恐怕又要辛苦你了，你直接飞去广州，找到我们的两家供应商，先不着急谈判，稳住他们，等我们这边的检测报告有结果了再跟他们谈。

严筱月马上也举手说，刘总，晶晶一个人去不安全，我也要去。

刘长东摆了摆手说，行了行了，一起去吧，等这次事件平息了，我给你们两个请功。

当天下午，杨冰晶和严筱月一起坐上了飞往广州的航班。

两个姑娘在广州跟两家供应商周旋了几天依然没有什么实际效果，对方也不着急，他们似乎是在等 A 市的那把火烧得再大一些。

与杨冰晶和严筱月的火烧眉毛相比，徐诩过得比较郁闷，一连好几天，杨冰晶没有给他打过一个电话，没有发一条微信，也没有更新朋友圈。在看到完美化妆品公司的招聘公告以后，他决定忙完手上的事情就从公司离职，他要去完美，有时候眼睛里看不到一个真实的她，徐诩就会觉得她从自己的生活里消失了，就好像从来没有出现过一样，那种感觉让他慌张。

徐诩打开邮箱，按照完美化妆品公司招聘的要求，直接附了一份个人简历发到了完美化妆品公司负责本次招聘工作的邮箱里。

完美集团上海总部派往 A 市分公司的总经理就是周芸了，周恒远的独生女儿，集团的第二大股东，徐诩的大学同学，初恋女友。徐诩当时并不知道她的家族背景，对于周芸当年突然要求分手的决定只能选择接受，徐诩还记得王修泽那个时候怕他自杀，又把小布丁带回了宿舍里，陪了徐诩好长的时间。周芸毕业后前往哥伦比亚大学商学院读硕士，学成回国，一直在总部担任副总经理一职。

周芸来到周恒远的办公室里说，爸，我不想去 A 市，我待在上海挺好的。

周芸是在 A 市上的大学，那里有她不愿意触碰的回忆，有她不敢面对的人。五年了，自从毕业以后，她再也没有回去过。

你这个傻丫头，你不去分公司出任老总，以后怎么回来接我的班？我为你安排好的这一切都是出于这个目的，你现在最需要的就是分公司的管理经验，A 市的环境跟上海这边差不多，周恒远摸着周芸的小脑袋说，芸儿该长大了，什么事情都应该勇敢去面对，而不是一味地选择逃避。

周芸努了努嘴说，那好吧，反正有你这个老爸在，我也不怕把公司搞砸了。

周恒远大笑着说，闺女你只管放手去做，出了什么事，老爸替你担着。

晚上，徐诩终于忍不住打了一个电话过去，他实在是受不了了。

哎，杨冰晶，我是野生的吗？你几天都不管我，知道你出差了，你至少应该问一下我吃了没有，睡了没有，想你了没有，这全天静音是个什么意思？赶紧开视频，让我看看你，几天不见你，想你想得伤心又伤肝的。

杨冰晶对着手机一笑，说，你这又是哪里学来的新技能？都让我不忍心骂你了。

旁边的严筱月突然挤进屏幕里说，别在视频里喊什么想啊想的，有种你就过来，那才是真的想，我们就住在这边的橘子香水酒店 2308 号房间。

小月月，你又胡说八道什么呢？

怎么了，我说错了吗？本来就是嘛！

亲爱的，对不起，我这边有公司的电话进来了，先不聊了，等我回去一定好好补偿你。杨冰晶说完就挂断了视频和电话。

徐诩想着严筱月说的话，马上就订了一张连夜飞往广州的机票。

徐诩所乘的航班在白云机场落地的时候已经是后半夜了。在外企工作的这几年里，徐诩有很丰富的谈判经验，他知道杨冰晶这次面对的是原料供应商趁火打劫。徐诩找了个酒店，根据现在的市场报价、断供的风险评估以及尚未明朗的局势分析，连夜拟定出了一个新的谈判方案跟合同细则。

第二天一早，徐诩昏昏沉沉地到了杨冰晶和严筱月下榻的橘子香水酒店，找到 2308 号房间，直接敲响了门。

严筱月还以为是 room service 给她们送早餐来了，衣服都没换就跑去开门，看到满眼黑眼圈的徐诩以后，严筱月惊得一声尖叫，慌忙钻进了卫生间里。

谁啊？杨冰晶在房间里问了一声。

徐诩说，还能是谁？我。

杨冰晶蓬松着头发，穿着玫瑰红的蕾丝边睡衣就出来了，可能是在徐诩面前出糗的次数太多了，加上徐诩又是她喜欢的人，杨冰晶全然没有严筱月的那种惊慌失措，特别的淡定从容，刚刚起床的杨冰晶有一种无法言喻的美。

你怎么来了？杨冰晶把梳子拿在手里，停止了梳头发的动作，徐诩的出现让她忘记了其他的一切。

徐诩张开双臂说，你还等什么呢？我飞这么远来找你，赶紧过来给我"爱的抱抱"。

杨冰晶乖乖地走进了徐诩的怀里，让徐诩抱着她，终于又闻到了她熟悉的味道，徐诩才觉得自己恢复了正常，等到严筱月从卫生间里蹑手蹑脚地出来，两个人才不好意思地分开。

严筱月披了件衣服说，没想到你还真来了。

就像你说的，我真想她了，所以就来了。徐诩打了个哈欠，他实在太困了。

过了十几分钟，两个姑娘打扮好了从房间里出来，杨冰晶穿着一条白色的百褶短裙，搭配白色衬衫和黑色高跟鞋，站在徐诩面前犹如一朵清香扑鼻的栀子花，看着她，已经困得不行的徐诩似乎又清醒了很多。严筱月穿着雪纺双层白色连衣裙，腰间搭着的一个蝴蝶结显得特别灵动，穿着纯色系的高跟鞋，站在杨冰晶身边就像一朵白色的茉莉，毫不逊色。

　　徐诩稍稍凝了凝神说，你们今天是要找那两家供应商谈判吗？我昨天连夜做了一套方案跟合同细则，你们拿着，应该对你们的谈判会有帮助。

　　杨冰晶看过以后，惊喜万分地亲了一下徐诩的脸，然后拉着严筱月就跑了。杨冰晶一走，徐诩来到里面的房间，倒在床上就开始打呼噜了。

前女友成了现女友的老板

A市食品药品监督管理局的检测报告已经出来了，完美化妆品股份有限公司旗下的全部抽检产品并未检测出汞、砷、镉等有害元素，其他的各项检测数据也全部合格，属于优质产品。

刘长东拿着检测报告长吁了一口气，现在他可以召开新闻发布会对网络上的各种诋毁和同行之间的污蔑展开全面反击了。刘长东把检测报告传真给了远在广州的杨冰晶，杨冰晶和严筱月拿着检测报告和徐诩制订的谈判方案成功说服了两家原料供应商，并且代表完美化妆品股份有限公司与两家原料供应商重新签订了合同。

三个人完成任务后连夜飞回了A市。在出租车上，徐诩趁杨冰晶打瞌睡的时候，把她手里的检测报告拍成照片，发给了钱然，让这位老同学通过传统媒体帮帮忙造造势。

第三天的时候，A市都市报的头版头条就是完美化妆品公司产品质量检测合格且无任何副作用的正面宣传。网络上的诽谤和同行之间的倾轧也在第一时间黯然消失了，甚至有一些产品的订单已经发到了公司的销售部，虽然量不大，却是一个好的开始。

回到公司以后，杨冰晶把跟两家供货商新签订的合同文本交给了刘长东，谁知严筱月多了句嘴，把徐诩这次帮忙的事也一起讲了出来，杨冰晶想拉都没拉住。

刘长东不解地问，徐诩是谁？

严筱月嘴上完全没有个把门的，继续说，哦——是晶晶的男朋友，这次在广州可帮了我们不少忙。

刘长东大笑，拍着杨冰晶的肩膀说，干得漂亮啊，杨经理，看来这次我要提前祝贺你接任我的位置了，来公司三年就能当上销售部总监，你绝对是第一个。

杨冰晶不好意思地说，刘总，你别听筱月胡说，徐诩也就是出了一个谈判方案，总之，能帮到公司我就觉得挺高兴的，可不敢居功。

你在这次风波中出了这么大的力，公司理应给予奖励，你就别谦虚了，等新老总来了，我会如实上报。刘长东拿着合同，笑得合不拢嘴。

A市这几天的天气都转好了，艳阳晴空，虽然是秋天，却热得让人感觉回到了夏天。

中午，徐诩打电话约杨冰晶出来吃饭，亲爱的，我这个首功之臣你准备怎么奖励啊？我手上还有一份重礼，不知道你有没有兴趣看一看。

行啊！中午请你吃火锅，就在新世纪大厦街对面新开的那家火锅店，我正想去呢！

徐诩说，火锅就火锅，媳妇儿请吃饭，泡面也是大餐。

少贫嘴，赶紧开车过来，路上慢一点，不要违章，我的车至今可都是零违章，你要是敢开这个先例，我让你晚上跪搓衣板。

徐诩兴奋地说，小晶晶，你这话是什么意思？你是要约我晚上去你那儿吗？

滚！我已经快到了，等你啊。杨冰晶一笑，挂了电话。

徐诩在途中去了一家珠宝店，买了一个昂贵的手镯。他记得妈妈还在身边的时候手腕上就戴过一个手镯，那是奶奶生前留下的手镯，当时妈妈对小徐诩说，以后你要是喜欢谁就买一个手镯戴在她的手上。小徐诩当时就摘下了妈妈的手镯，然后又重新戴在了妈妈的手上，妈妈当时笑得都哭了。从珠宝店出来以后徐诩把车开到了新世纪大厦对面的停车场，找到那家火锅店后，拿着报纸走了进去。

杨冰晶看见徐诩进来，挥着手说，这儿呢！

徐诩把报纸扔在桌子上，然后坐到杨冰晶对面，跷着二郎腿说，看看吧，准备怎么谢我呀？这可是头版头条。

杨冰晶看了报纸上的报道，嘴里的一声耶刚出口，整个人突然就跳了起来，直接亲了徐诩一口。

你这个女人真是的，我都不知道怎么说你，亲我脸干吗呀，赶紧帮我擦了。

杨冰晶放下报纸，从旁边抽出一张纸巾，仔仔细细地给徐诩擦着脸上的唇膏印。

趁着火锅店里的人多，很多人都扭头来看尖叫的杨冰晶时，徐诩以迅雷不及掩耳之势在杨冰晶的唇上用力一吻，吻得她一脸木讷，整个人仿佛触电一般，都呆住了。

徐诩宣示主权的企图得逞，故作平静地说，这下咱俩扯平了。从现在起，你就是我的人了，接下来，我就准备正式使用媳妇儿这个称呼了。

杨冰晶气得一拍桌子，拿起筷子敲打他的脑袋，徐诩挨了一会儿打以后，突然抓住了她的手，把一个漂亮的玉镯套在了她的手腕上。

这是我刚买的，不知道你喜不喜欢，反正我挺喜欢的。

杨冰晶的情绪就像在坐过山车，刚才还生气，现在又感动得不行，她只能抿着嘴巴半天不说话。

服务员把汤和配菜都上齐了，徐诩已经先吃了，杨冰晶却还在摩挲着手腕上的镯子。

徐诩放下筷子，擦了擦汗说，行了，我跟你说，我爸那里还有一个镯子，是我妈当年走的时候留给我爸的，那镯子本是一对，应该是他们当年定情结婚的信物。我奶奶好像也留下过一个手镯，我小时候见过，是老的，不过被我妈带走了，估计价值不菲。你可要做好当哪吒的准备，到时候你手上都戴不完，得戴到脚上去了。

杨冰晶抬起双眸痴情地看着他，徐诩用手指擦掉她眼角的眼泪，说，好了，先吃饭，别这么含情脉脉地看着我。

这一顿火锅吃了一个多小时，徐诩吃饱了以后不知道给杨冰晶擦了多少次眼泪，他都不知道怎么会把杨冰晶感动成这样，看来听妈妈的话真的很对。

徐诩牵着她的手走在路上，杨冰晶突然转过身抱着他的腰说，谢谢你，徐诩，谢谢你对我这么好。

徐诩摸着她的头发说，先别着急谢我，我也有一件事情想跟你商量。

杨冰晶抬起头问，什么事？

我记得我对你说过。这个周末我爸就要回去了，我想要你跟我一起去火车站送一送他，他那么喜欢你，作为儿子，我希望看着他快乐地回去，不再为我担心。

嗯。好啊。

徐诩诧异地说，你这么爽快就答应了？我还怕你觉得唐突呢！

杨冰晶说，我是你的女朋友，当然要去送一送叔叔了。

徐诩说，冰晶，谢谢你。哦，不，媳妇儿，谢谢你。

讨厌！杨冰晶看着他，又把脑袋藏在了他的怀里，到了下午上班的时间都不舍得分开。

周芸乘坐的航班在当天下午抵达了 A 市国际机场。刘长东带着杨冰晶和严筱月到机场接机。

这是杨冰晶第一次见到周芸，流动的眼睛，软润的脸颊，柳叶似的眉，桃绽似的唇，再搭配她白色的及膝长裙，美得有一些没有道理，给来接机的杨冰晶和严筱月一种说不明白的紧张感。

刘长东笑脸相迎地说，周总，欢迎来到 A 市，欢迎欢迎啊！

杨冰晶和严筱月也齐声说，周总好！

周芸却很平静地说，严助理，你记一下，这次 A 市分公司出了有损完美集团声誉的恶性事件，要严惩主要责任人，同时奖励在危机处理中有突出贡献的员工。另外，通知人力资源部尽快筛选出符合完美化妆品公司人力资源总监职位的应聘者资料，尽量优中选优，面试者不要超过三人，我会亲自参与和主持面试的工作。还有，刘总监，具体名单出来以后直接送到我的办公室。

好的，周总。刘长东和严筱月被周芸的气场弄得紧张得不行。

你们不用陪我，我下午不会去公司，通知公司全体员工，明天上午开会，迟到或者不到的以后都不用来了。周芸说完，转身出了机场大厅，拦了辆出租车先走了。

杨冰晶和严筱月都松了一口气，刘长东更是一脸茫然，他是第一次见这样的老板。

周芸独自一人去了 A 大的校园，去了当年她和徐诩在一起的时候待过的每一个地方，现在的她完全没有了刚才分公司老总的气势，只是目光呆滞地坐在一棵女贞树下的长椅上，这里曾经是她和徐诩晚上自习以后常去的地方，周芸想着，这一幕仿佛还发生在昨天。通过王修泽，周芸找到了徐诩住的地方，她没有打徐诩的电话，只是在楼下痴痴地等了一个下午，太阳西下的这个时候，徐诩正和杨冰晶一起去她单身时居住的房子。

徐诩说，亲爱的，你这样光明正大地邀我去你住的地方，难道就不怕我欺负你？

你要是敢欺负我，我就喊。

你平时一个人住的时候害不害怕？要不要我搬过来陪你？

杨冰晶摇着头天真地说，我不怕，我妹妹没课的时候会来我这里陪我。

车开进一个高档的小区，停在了一个三十六层的楼盘下。

这个地段的房价可不低啊！徐诩感叹地说，我以后是不是也改行干销售算了。

少贫嘴，快上来！杨冰晶按下了电梯，她住在十九楼。

杨冰晶拿出钥匙打开门，徐诩把她向后一拉，搂在怀里以后一个转身，压上门锁，吓得杨冰晶把身体紧贴在房门上，还没等她开口，徐诩就直接吻住了她。杨冰晶的手缠着徐诩的脖子，手里的钥匙和包都掉在了地上。徐诩抱着杨冰晶，又吻了吻她微红发汗的额头，杨冰晶像醉了似的，幸福而满足。

曾经有一个人我做梦都想跟她在一起，我全心全意地付出，从她的学业成绩到一日三餐的日常花销，从她在学生会的日常事务到每年纪念日的浪漫设计和意外惊喜，四年里，我从来不曾有丝毫的怠慢。都说要不抛弃，不放弃，我却被她放弃了，还是被缺席宣判的，她一个电话打过来，说分手就分手。徐诩若有所思地回忆着他的过去。他痴痴地看着杨冰晶说，从今天开始，我的一切只属于你，包括我的命。

杨冰晶的眼神妩媚而迷离，她只是轻轻应了一声，嗯。

第二天上午，完美化妆品公司的会议室座无虚席。杨冰晶穿着一件雪白长袖带红色圆点的连衣裙，一条黑色的腰带束住腰肢搭配黑色的高跟鞋，绛朱色的嘴唇搭配迷人的微卷发，吸引了所有公司同事的目光，她身上的美是在向外绽放，是在向外宣示，我恋爱了。

会议室的男同事看到走进来的杨冰晶，全都看傻了。

严筱月冲过去和杨冰晶抱在了一起，兴奋地说，晶晶，你今天为什么打扮得这么好看呀？

杨冰晶也不掩饰，诚实地说，我跟徐诩已经住在一起了。

啊——真的呀！严筱月高兴地跳了起来，那以后你们出去玩，吃好吃的，一定要带着我！

喂，有你这样的闺蜜吗？对我不闻不问，就想着吃，想着玩，你不怕我找错了人啊？

严筱月聪明地说，算了吧，傻子都知道徐诩喜欢你，你也喜欢他，两情相悦，我干吗要平白无故地去做个坏人。

杨冰晶狡猾地一笑，似乎很满意这个回答。

在周芸的办公室，刘长东把严筱月整理出来的人力资源部总监面试人员名单和简历放在了周芸的面前，刘长东指着徐诩的简历说，他就是杨经理的男朋友，在广州洽谈供货商的事情上功不可没，好像这次报纸的宣传他也起了很大的作用，是一个不错的人选。周芸心里一惊，看到简历上的照片，那张脸是如此熟悉，那微笑是如此亲切，瞬间将五年前所有的记忆全部唤醒。

周芸说，我知道了，你先去忙吧，我马上来会议室。

刘长东出去后，周芸红着眼眶看着徐诩简历上微笑的照片，伸出手指抚摸着那张熟悉的脸，她曾经可以真真切切地把这个男人捧在手里，却因为家族的安排，被自己轻易地放弃了。

周芸拿出手包，给自己重新补了补妆，拿起一个文件夹起身走向会议室。周芸一进门就看见了美丽无比的杨冰晶，有一些吃惊，眼神装作不经意地从她的脸上掠过，然后又急忙收回来，提醒自己镇静。

周芸打开手里的文件夹说，下面我宣布几项任命，原销售部总监刘长东升任公司副总经理，原销售部经理杨冰晶接替刘长东出任销售部总监，原销售部总监助理严筱月调任总经理特别助理，原销售部职员李冉升任销售部总监助理，原销售部职员李依依调到人力资源部，等新的人力资源总监任命以后，升任人力资源部总监助理。此次相较于其他部门的慌乱，公司销售部在危机处置和应对上所做的工作最为有效，所取得的成绩最为突出，我已经通知财务部对销售部的全体员工发放奖金。最后，免去吴晴人力资源部总监的职务，免去人力资源部副总监傅宜的职务，开除销售部职员王蕙，其违法违规问题交由公司法务部全权处理。完美集团董事会。

周芸宣读完任命以后，会议室里响起了一阵掌声，杨冰晶没有鼓掌，她觉得那是一种伤害。周芸站起身跟刘长东和杨冰晶依次握手，特别是在和杨冰晶握手的时候，周芸的眼睛里多了一些内容，两个美丽的姑娘面对面站在一起，谁都不知道她们之间将开始一场旧爱和新欢的战役。

去完美应聘

吴明在去上海总部的前一天去看守所探望了吴晴。

吴明问她，你为什么要这么做？这么做有什么好处？难道我对你还不够好？傅宜和王蕙已经全部交代了，说是你指使她们做的。

吴晴说，虽然我们之间是同父异母的兄妹，虽然我凭着跟你的关系当上了人力资源部的总监，可是我还是被人看不起，公司里的人一直对我议论纷纷，这些年我活在唾沫星子里早就受够了。上学的时候因为找关系去了重点中学被人看不起，你爸跟我妈离婚了以后，我跟着你们住在一起被周围的人看不起，说我是拖油瓶什么的，谈个恋爱被男朋友看不起，我有什么错？我就应该被人看不起吗？如果这次谋划成功了，我就是 MT 公司中国北区的总裁。那样，就再也不会有人看不起我了。吴晴说着说着，哭了。

在吴晴被看守所的民警带走之前，吴明站起身说，我会想尽一切办法救你出来，我不会看不起你，因为我是你哥。

吴晴回头看了他一眼，黯淡无神的目光似乎明亮了几分。

徐诩没有把自己要去完美应聘的事情告诉杨冰晶，他是想给杨冰晶一个惊喜，可徐诩没想到，杨冰晶作为公司销售部总监也要参与这次面试。负责面试的公司高层几乎全来了，但是谁都知道，这次面试只有周芸一个人说了算。

早上起床之后，徐诩把自己捯饬得很精神，他自信又自恋地觉得自己还不错，从头到脚更是一丝不苟。

徐诩穿上杨冰晶买给他的西装，套上皮鞋，开着杨冰晶的车，直奔完美化妆品公司。

到了完美的会议室外，加上他，一共就三个人，两女一男。这一眼下去，徐诩感觉自己还是很"稀罕"的，以前经常去面试别人，想不到现在自己也要被别人面试了。

面试采取的是三人同时面试，也就是所谓的群面，但相较于百八十人而言，徐诩觉得三个人跟一个人也没什么区别。

严筱月从会议室里出来，通知在外等候的三人进场，看到了前来面试的徐诩，严筱月调皮地一笑，还上来拍了他一下。徐诩整个人突然放松多了，他是真的感谢杨冰晶能有这样的好朋友。

杨冰晶看到徐诩进来，整个人都蒙了，她都不知道发生了什么，徐诩的出现让她的脑子有点乱，他要干吗？在外企待着好好的难道要跳槽？他来完美干什么？杨冰晶开始胡思乱想，她只能等面试结束了以后再去好好地问问他。

进入会议室的时候，徐诩一眼就认出了坐在对面的周芸。什么感觉都有，惊讶，埋怨，憎恨，可笑等等。

徐诩看到杨冰晶以后，却一脸坏笑，偷偷冲她吐了吐舌头。杨冰晶做了一个想打人的动作，还狠狠地瞪了他一眼。周芸看着两个人幸福搞怪的样子，自己竟不知不觉地走了神。

毕竟是总监级别职位的面试，面试一共两轮，第一轮是总监提问，根据面试者的回答，确定进入最后一轮的两个人，最后一轮由周芸亲自提问并挑选适合职位的那个人。

刘长东和杨冰晶问的问题大同小异，两个人都是照本宣科，问的都是关于 HR 的一些专业性问题，像薪酬、招聘、培训、考核等等，虽然每个人的问题不相同，但是对于在职场上至少是个 manager 级别的徐诩而言，这样的问题都没有什么难度。

财务部总监万芳玲问徐诩的问题是，你觉得你作为一个专业的 HR 有什么优点？

徐诩说，我不会刁难任何一个面试者，作为一个专业 HR，我能做的就是服务，争取让公司的每个部门都像喜欢我一样喜欢人力资源部，而不是一见到 HR 就绕着走。

公关部总监刘淼淼问徐诩的问题是，你从上一家公司离职的原因是什么？

徐诩说，因为我要去追求我爱的人。徐诩说完，眼神又回到了杨冰晶的脸上。周芸看着徐诩望着杨冰晶的眼神，心里五味杂陈。

第一轮结束以后，部门总监形成了一致意见，把最终的二人名单递给了周芸。周芸看了一眼之后说，徐诩留下，你们可以走了。

徐诩看了周芸一眼，她还是老样子，让人来就来，让人走就走。

坐在周芸面前，徐诩的脸上没有任何表情。

周芸想了好久，一直都不说话，就是两眼发直地看着他，最后也不知道是不是她控制不住了，才慌张地站起身说，明天来公司报到。

周芸急匆匆地从会议室跑了出去，五年了，她还是没放下。

徐诩其实知道她想问什么，无非就是你好吗？这几年过得怎么样？或者再想问问他和杨冰晶之间的关系什么的。

刘长东走过来握着徐诩的手说，欢迎来到完美！

徐诩谦虚地说，谢谢。

万芳玲、刘淼淼等部门总监也都过来跟他握手，对徐诩的加入表示欢迎。

完美化妆品公司的会议室里很快就只剩下徐诩和杨冰晶两个人。杨冰晶上来就是一拳，气恼地说，你怎么跑这里来了？你来面试怎么事先也不告诉我一声？

徐诩说，我光明正大来面试，怎么了？本来想给你一个惊喜，你怎么还不领情？

惊喜？惊吓还差不多。怪不得你今天没来送我上班，原来是憋着坏呢！你老实交代，你跟我们公司的周总是什么关系？她刚才怎么会有那么大的反应？

徐诩撒谎说，我怎么知道？大概是因为我太优秀、太帅了吧！你买的西装真合身。他不敢把周芸是自己前女友的事情告诉杨冰晶，如果这个时候坦白了，那三个人之间的关系就太乱了。

杨冰晶生气地说，别人都说职场最大的忌讳就是两个相爱的人待在同一家公司里，你可倒好，还上赶着往我这里凑。

我不是来求职的，我是来求爱的。我就想每天能够看见你，能够离你近一点。如果，我是说如果，万一到哪一天我们的感情太好了，好到不能长时间挨得太近，我就再离开呗。

杨冰晶把徐诩往门外推，打趣着说，好了，快走了，徐大总监。

徐诩站在电梯门口对她说，这个周末我爸要离开A市回老家了，你别忘了跟我一起去送他。

杨冰晶说，你真啰唆，我知道了，你都说了一万遍了，这还没七老八十呢，你就这么啰唆，真讨厌。

你再说一遍？

君子动口不动手，你要是敢放肆，我就喊非礼了。杨冰晶躲在会议室的门口，生怕徐诩过来。可等徐诩走进电梯以后，杨冰晶又突然觉得心里空落落的，爱一个人就是这么美妙。

吴明回到上海完美集团总部，直接找到周恒远，两个人在一起聊了很久。吴明说，感谢您和公司这么多年对我的栽培和信任，都是我的错。我愿意放弃我在公司的全部股份，我愿意辞职，愿意放弃所有，只希望您能答应我一件事。

周恒远说，老吴啊！你这么些年对公司的贡献我是知道的，你的为人我也是知道的，我已经请示公司董事会了，给你一笔退休金，让你安安稳稳地退休。我知道你想让我答应你什么，无非就是吴晴的事情，你放心，我会让周芸办好的，我会让她来上海，给她安排一个职位，这样也方便你们兄妹经常见面。

吴明泪眼婆娑地握着周恒远的手，一句话也说不出来。

当天晚上，周恒远打电话给 A 市的周芸，女儿，让公司法务部撤销对吴晴的起诉，让她离开 A 市的分公司，回上海直接找我就行了。至于傅宜和王蕙，交由公司人力资源部内部处理。

什么？出了这么大的乱子，就这样解决吗？周芸有些不敢相信父亲说的话，在她眼里，周恒远绝对是一个眼睛里容不得沙子的人。

周恒远有些无奈地说，女儿，你就按照我的话去做，公司董事会这边，我会安排的。

第二天，徐诩前脚刚进完美的大门，严筱月上来就是一句指示，周总让你立即去她办公室。这小姑娘摆明了是在这里等他的。

徐诩走进总经理办公室，看到周芸背对着他，只能识趣地敲了敲门。

进来吧！我知道是你。你的步调，你的气息，还是跟当初一样。

徐诩哑然一笑，说，你这么早把我找来应该不是来叙旧的吧？

周芸看着徐诩面无表情的脸，只能公事公办地说，总部已经决定撤销对吴晴的诉讼和指控，决定把傅宜和王蕙的问题交由公司人力资源部处理，你这新来的总监总要有个态度吧？

周总你是什么态度？

周芸说，辞退，补发一个月工资，仅此而已。

傅宜和王蕙这样的员工被完美辞退以后，你觉得别的公司还敢录用她们吗？我做 HR 这些年，即便是辞退员工也是为了他们可以有更好的发展或者去更适合他们的地方，而不是踩着他们的尸体，去找更好的替代者。用人要么不用，用了就应该对人负责。我希望给她们一个机会，即便不能留在公司里，送她们去一线的销售专柜也是一个比辞退更好的办法。更何况她们是受吴晴指使，城门失火，何必殃及池鱼呢？

周芸思索了一下，点头说，好吧，我没有意见，你去执行吧。

徐诩离开以后，对于父亲的决定，周芸似乎想明白了，公司刚刚稳定，内部团结大于一切。

从上海回来以后，吴明就一直站在看守所门口，吴晴一脸憔悴地从看守所里出来，看到吴明站在她的面前，终于忍不住叫了一声，哥。

吴明说，跟我去上海。

周末，徐诩开车，带着女朋友杨冰晶送父亲去火车站。徐诩本来想订张机票，可徐父不让，说太贵了。

徐父拉着杨冰晶的手说，好姑娘，希望我下一次来的时候是参加你们的婚礼。

杨冰晶激动地说，嗯，我答应您。

徐父颤颤巍巍地从裤子里摸出一张银行卡，交到徐诩的手里说，这是我一辈子的积蓄，拿着，老爸不缺钱，你给冰晶买一些首饰和衣服什么的，千万不要舍不得花钱，女孩子就应该漂漂亮亮的。当年你母亲离开我，说来说去，就是因为我的舍不得。既然留不住，越是死抓着不放，她就越是痛苦啊。

徐诩急忙把卡推了回去，爸，这钱还是您自己留着养老吧，我们不缺钱。

谁说是给你的，这是给冰晶的见面礼，拿着。徐父又把卡塞到了杨冰晶的口袋里。

杨冰晶连忙还了回去，叔叔，这可使不得。

拿着！听话！徐父把卡又塞给了她。见徐诩和杨冰晶不再拒绝，这才上了火车。

火车开动以后，徐父把脸贴着车窗玻璃望着月台上的儿子和杨冰晶，露出了由衷的微笑。随着距离越拉越远，徐父的脸也被玻璃压得越来越扁，直到再也无法看见。

旧爱和新欢之间的战役（上）

　　叔叔的卡还是放在你这里吧，这可是叔叔一辈子的积蓄，不到万不得已，里面的钱不能动，现在的年轻人买房买车都惦记着父母的那点养老钱，自己不知道努力，简直是人格扭曲。杨冰晶说完，还是把银行卡交到了徐诩的手里。

　　徐诩佩服地说，小晶晶，能追到你真是我三生有幸，你以后绝对是一个好老婆好妈妈。没问题，等我娶你的时候，我爸的卡和我的卡连同我的人一起都交给你管。

　　呸——杨冰晶红着脸，一个人先跑出了火车站的站台。

　　喂，你等等我，别跑那么快，当心摔着。徐诩这话刚说完，杨冰晶就应声倒地，坐在地上，半天也不起来。

　　徐诩冲过去问，怎么了？摔哪儿了？疼吗？

　　杨冰晶支吾了一声，嗯。

　　徐诩小心地把杨冰晶抱起来，杨冰晶搂着徐诩的脖子，看着徐诩一脸心疼的样子，情不自禁地亲了亲他的脸，徐诩一愣，幸福地抱着杨冰晶往停车场走去。

　　徐诩把杨冰晶直接送回了家，又赶去药店买了消毒酒精、棉签和纱布，给她处理完膝盖上的伤口，又到厨房里做好了晚饭，这才走到杨冰晶的身边说，伤口不能沾水，晚饭我已经做好了，你吃了以后尽量早点睡，我明天早上再来接你上班。

杨冰晶看着徐诩千叮咛万嘱咐的样子，很温柔地说，我知道啦。

你什么都知道，就是毛手毛脚的，我走了。徐诩刚准备关门离开，又听见房间里一声尖叫。

怎么了？怎么了？徐诩慌张地冲进房间，却看见坐在床上的杨冰晶冲他坏笑。

杨冰晶拉着徐诩的手，撒着娇说，你今天不要走了，陪我好不好，我脚受伤了。

好，都听媳妇儿的。徐诩捏了捏她可爱的脸蛋儿，找了一双拖鞋换上，徐诩穿着粉红色的拖鞋站在杨冰晶面前说，这谁的鞋啊？你妹妹的吗？太小了，根本不合适。

杨冰晶说，应该是，这种粉色的鞋只有她穿。你就将就着穿吧！我饿了，你来喂我吃饭。

徐诩说，是用勺子喂，还是用嘴喂？就像我第一次把你带回家的时候，用嘴给你喂姜汤一样吗？

流氓！杨冰晶羞红了脸，想站起来追他，结果腿使不上力，人没站住，徐诩在她摔倒之前就抱住了她，杨冰晶也不惊慌，她坚信徐诩一定会抱住她，那是一种信任的安全感，信任他因为爱情而衍生出的保护欲。

好了好了，我不喂你了，我抱你过去吃饭。徐诩把杨冰晶放在餐桌旁坐下，杨冰晶看到桌上的菜，没等徐诩把饭盛过来，就用手开始偷吃了。徐诩看着她调皮的样子，真是可爱极了。

晚上，徐诩帮着打水，帮着给她洗脚，给她剪脚趾甲，还讲了几个笑话，唱了一首梅艳芳的《亲密爱人》哄她睡觉。

杨冰晶睡着了以后，徐诩拿着被子在客厅的沙发上凑合了一宿。

早上杨冰晶醒来的时候徐诩还在打呼噜，杨冰晶蹑手蹑脚地走到沙发旁边，用自己的发梢去蹭徐诩的鼻子和眼睛，徐诩一个喷嚏把自己从梦里打醒，杨冰晶笑得前俯后仰，徐诩气不过，翻起身就去抓她，两个人在屋里你追我躲，徐诩把杨冰晶从客厅追到卧室，又追到厨房，最后追到了卫生间里。杨冰晶关上卫生间的门，躲在里面不敢出来，徐诩守在门外说，小红帽，你最好主动出来认错，不要逼我使用武力。

杨冰晶还嘴硬，我就不出来，你这个坏蛋。

我数三下，你要再不出来，我就进去了。

哼——你数三十下我都不怕。杨冰晶刚说完，只听见卫生间的门锁咔的一声开了，徐诩冲了进去，先把杨冰晶拉进怀里，再搂住她的腰，然后一把抱了起来，让她无法逃脱。徐诩坏笑着说，你跑啊，你跑到天涯海角我都能把你逮回来。

杨冰晶挣扎了半天都挣脱不掉徐诩的手，她索性就让徐诩这样抱着她，徐诩闻着杨冰晶的头发，给了她一个深深的吻，过了好久，徐诩才松开她，看着杨冰晶迷离柔情的眼睛，他觉得那就是他的整个世界。

好了，乖，不要闹了，让我先看看你的腿。徐诩把杨冰晶放在客厅的沙发上，撩起她真丝睡衣的裤脚，看到受伤的膝盖已经结了痂，这才放心地笑了。

快去洗漱，早上时间紧，下碗面条比较快，我再给你卧俩鸡蛋。徐诩说完，转身就进厨房忙活去了。

杨冰晶开始快乐地刷牙，一边刷牙一边哼着歌，哼的就是昨天晚上的《亲密爱人》，她觉得有徐诩在身边的感觉真的很贴心，很温暖。

吃面条的时候，杨冰晶看着自己碗里的两个虎皮鸡蛋说，你的呢？

徐诩说，我不吃鸡蛋，你冰箱里就剩最后两个鸡蛋了，我全给你做了。

杨冰晶心里一阵感动，她从自己碗里挑出一个鸡蛋放在徐诩的碗里，然后傻乎乎地说，爱情要懂得分享，无论是甜蜜的还是痛苦的。

听着杨冰晶的话，徐诩把这碗面吃得连汤都不剩。

徐诩在新世纪大厦门口停下车，杨冰晶刚打开车门，严筱月就把脑袋伸了过来，吓了她一跳。严筱月直奔主题地问，你们两个同进同出同来同住，这感情不是一般的好啊!

徐诩惊讶地问,你怎么知道我昨天住她那儿了?

小晶晶在朋友圈里发了图,把你做饭的照片拍得那叫一个美呀!真是让人好生羡慕啊!严筱月把手机掏出来说,这张照片现在已经在公司的员工群里了,反响那叫一个大呀!

杨冰晶红着脸说,谁发在公司的聊天群里的?

严筱月说,你自己在朋友圈里晒幸福,别人随便复制粘贴就行了。

那也别往公司群里发呀!徐诩才来公司没多久,这样对他的影响多不好。

这有什么呀,你情我愿的事情根本用不着藏着掖着,我觉得,这个秋天,人力资源总监和销售总监更配哟!

徐诩满意地说,严筱月,就冲你这句话,今年年终考核我一定给你一个好评。

严筱月兴奋地在原地蹦了起来,杨冰晶拽着徐诩的袖子说,你要不要这样啊?

徐诩说,我觉得一个公司的员工敢于说真话也是一种人格和工作能力的体现。徐诩掏出手机,看了看微信群里的照片,自恋地说,哇,我原来这么帅呀!

杨冰晶和严筱月对自恋的徐诩投以鄙视的眼神,两个姑娘头也不回地走进了新世纪大厦。

这个时候的周芸正看着聊天群里的照片发呆,她的手机里还存着当年她和徐诩在一起时的照片,如今她放不下的人陪在别人身边,她好不甘心,她决心要不顾一切去争取,她不想让自己的感情留下任何的遗憾。

杨冰晶刚到销售部总监的办公室,公司的内线电话就响了,严筱月在电话里通知杨冰晶立即去周芸的办公室。

杨冰晶有些忐忑地问她,小月月,能不能透露一下,她找我干什么呀?不会是因为照片的事情吧?

严筱月压低声音说，这个我还真不知道，她好奇怪啊，刚才在总经理办公室，见人就训斥，我还因为少拿了一个文件被她说了一通，你最好当心，她今天肯定是吃了枪药。

走到总经理办公室的门口，杨冰晶提心吊胆地敲响了门，以前吴明在的时候她都没有这么大的压力。

进！杨冰晶听见里面发话了，这才推开门走了进去。

周总，你找我。

周芸微笑着说，明天你和徐诩跟我一起去上海总部参加为期一周的工作会议，你赶紧把销售部的工作安排一下，我会马上通知严特助去预订机票。

杨冰晶问她，人力资源部那边得到通知了吗？

周芸说，集团总部刚刚给我打的电话，我还没来得及通知徐诩，要不麻烦你跑一趟，你们俩不是已经在一起了吗？连照片都发到公司的聊天群里了。

对不起，周总，那个不是我发的。

没关系。我看得出来，徐诩很喜欢你，不，他很爱你。

杨冰晶羞赧地低下头，幸福而满足地掰弄着手指，不好意思地说，那我先出去了。

周芸点了点头，她面前的这个姑娘确实很可爱，从杨冰晶的言谈举止和一笑一颦当中，她知道徐诩喜欢杨冰晶身上的什么了。的确，徐诩喜欢的就是杨冰晶那种独特的柔软，而周芸的身上有的只是坚硬，虽然她也很美，可由于这种坚硬，这样的美反而让人不敢触碰，轻易触碰就会划破手指。在杨冰晶面前，周芸开始有一些不自信了。

离开周芸的办公室，杨冰晶迈着幸福的步子，高跟鞋踏得清脆而响亮，朝人力资源部走去。

李依依，李依依，让同志们加把劲，赶紧把公司岗位绩效考核方案弄出来，我都已经把框架给你们搭好了，能不能给点力？你们还想不想要年终奖了？徐诩站在人力资源部的员工工作区里一筹莫展。他手底下的一个人事经理生孩子去了，一个薪酬经理胃穿孔现在正躺在医院里，所以考核方案的两大部分都得他亲自来督办。

李依依有些担心地说，总监，你这套绩效考核的方案一出来恐怕要得罪很多人啊！

一个年轻小姑娘也站起来说，徐总，我听公司的老员工讲，我们公司人力资源部以前从来都没有做过绩效考核这一档事，而且听说当时吴晴在的时候，人力资源部都是维持以往的那一套，尽量少做，虽然存在感低，但是也不会出什么差错，不会承担什么责任。

徐诩看了看她的姓名牌，上面写着，人事部职员方凌。

徐诩说，方凌，李依依，还有你们这些在座的所有人，我想告诉你们一些我做 HR 多年的心得和体会，你们听了这些或许就会有工作的动力了。我在外企工作的这些年，见过无数被淘汰的职场菜鸟和经理，甚至也有我这个级别的人，尤其是在销售部和市场部这样的部门，一旦工作任务和预期的目标没有达到，走人是必须的，有的公司会让下属顶包，也有的会自己辞职不干。我不知道你们当初为什么会选择在人事和行政部门工作，如果你们觉得这里的工作技术含量低，可以混吃等死，那么我劝你们还是自己先把辞职信写好。如果你们想认真在这一行工作，那就努力吃透人力资源的所有工作和流程，在招聘、绩效、薪酬、培训、行政这些方面全部都能够独当一面，这样的话就算你们今后离开了完美，也一样可以凭着自己的本事吃饭。你们来工作是要提高自己在人力资源这一块的能力和水平，做到术业有专攻。如果只是为了混时间混工资，我觉得你们可以走了，不要让我请你们走。我能做的，就是提高你们在职场的生存能力，最起码要在人力资源这一亩三分地里处在食物链的上端，而在这之前，我会尽量保护你们，让你们完成从菜鸟到精英的过渡。

徐诩掏心窝子讲的这段话让整个人力资源部鸦雀无声，或许是徐诩的与众不同让他们惊讶，又或者是徐诩发自肺腑的陈述让他们深思。

好了，不要被我感动了，开始工作，完成完美化妆品公司历史上首个岗位绩效考核评估方案，我去找老板，给你们申请年终奖。徐诩说完，准备去周芸那里，讨论一下把年终的绩效考核列入公司章程以规范公司的行政人事管理的事情。谁知他刚出门就看见杨冰晶一身轻松地蹦跳而来，嘴上还哼着歌，周围一些路过的同事都一脸吃惊地看着她。

杨冰晶跳到徐诩面前问，你这是要去哪里呀？

徐诩说，准备找老板商讨一下年终考核的事情，把绩效考核与薪水挂钩，激发员工的积极性和危机感，你迈着这样的步伐来我们人力资源部是要开舞会吗？我没听公关部说最近有什么联谊活动啊！

你一开口就扫我的兴，我就不能来看看你吗？我走了！杨冰晶气得转身就走。徐诩见周围没什么人，把杨冰晶拉到转角的仓库房旁边，毫不犹豫地吻住了她，杨冰晶的火气瞬间消散。

徐诩笑着说，以后只要你生气我就吻你，吻到你不生气为止。

杨冰晶毫无抵抗之力，她缠在徐诩的身上，也不知道过了多久，徐诩才拍了她一下说，好了，说正事，找我干吗？

杨冰晶调皮地说，周总通知我们俩明天跟她一起去上海集团总部开会，为期一周。

徐诩说，就为了这个事？你打个电话不就行了？干吗非要亲自来一趟？是又想我了吧？

杨冰晶害羞得一步三回头，虽然嘴上不说，但是谁都明白。杨冰晶走后，徐诩便去了周芸的办公室。

看着一直在低头写着东西的周芸，徐诩心里沉淀了五年的苦涩被搅动。

徐诩？有事吗？周芸抬头看见站在门外的徐诩，有一些讶异，她没有料到徐诩会来找她。

我来就是想和你说一说规范公司人事管理的事情，我准备把公司岗位绩效考核纳入公司章程，考核的优劣会直接与工资以及年终奖等福利挂钩，连续考核不合格的员工可以由人事部门进行辞退或者更换工作岗位，以保持公司活力。希望这项工作能够得到周总的支持。徐诩很平静地说完了，他没有看周芸一眼，不敢看，也不想看。

周芸看着徐诩的样子，微笑着说，我同意，方案出来以后拿来给我签字，你负责执行。

好的，周总。徐诩说完准备离开，又转过身问了一句，这次完美人力资源部总监招聘，你是因为我们过去的关系才决定录用我的吗？

周芸看了他一眼，斩钉截铁地说，不是。

谢谢。谢谢你对我作为一个专业 HR 的肯定。

明天去集团总部开会的事情，杨总监已经通知你了吧？

徐诩说，是，我已经知道了。

徐诩转身准备走，周芸突然站起身，有一些失控地说，对不起，当年是我对不起你。

你不用觉得对不起我，是我高攀不起。徐诩说完，平静地关上门，走掉了。

周芸一脸落寞地看着门，无奈地一笑。

第二天一早，徐诩和杨冰晶两个人在 A 市机场的候机大厅里等着周芸。今天的周芸，穿的是一件白色的羊毛呢大衣，搭配紧身的牛仔裤和黑色高跟鞋，昨天还是卷发的她拉直了头发，从头到脚焕然一新。

周芸故意走到今天只穿着一身休闲装的杨冰晶旁边，有些刻意地展示自己的身材和漂亮的脸蛋。

杨冰晶不客气地说，周总，你这是要美翻天吗？

周芸摘下太阳眼镜说，我本来就很美，走了，check-in 了。

周恒远坐在客厅的沙发上看报纸，品着今年出的新茶。

老周，今天小芸回上海，你无论如何要跟她提相亲结婚的事情，女儿都多大了，你这个做父亲的也不着急。周芸的母亲孙玲一边做饭一边埋怨。

你闺女什么脾气你还不知道？这几年给她介绍的人还少吗？她还不是一

个都看不上。周恒远放下手里的茶杯，他这个女儿，他太了解了。

飞机在上海浦东机场落地的时候已经是中午了。三个人在完美集团总部附近的一家四星级酒店住下，这家酒店是集团的合作酒店。

杨冰晶说，周芸，你都回上海了，干吗不回家去住啊？我跟徐诩在一起，你在这里不觉得膈应吗？

周芸努了努嘴说，我不回去，我一回去，我妈又要逼着我相亲，烦死了。哎，杨冰晶，这次出来是来工作的，不是让你们俩来度蜜月的。我是你的老板，你就要听我的。

周芸的聪明不仅仅在于智商，大学的时候，徐诩想要任何小心思都会被她识破，徐诩觉得周芸简直就是女王级别的人物。

杨冰晶把手叉在自己的小蛮腰上，不服气地说，现在是在酒店，又不是在公司，我们不存在上下级的关系，难不成我跟我男朋友在一起你也要管？

周芸说，行啊你，小嘴挺厉害的，我估计你就是靠着这张厉害的嘴才勾到徐诩的心吧？

杨冰晶骄傲地说，那当然，我这张嘴不仅勾到了他的心，连他的魂儿都已经被我勾走了，不信你可以问他。

你这个销售总监真是没白当啊！无论到哪儿嘴都这么厉害。

没办法呀！干销售的如果嘴再不厉害，嘴边的肉都能被人抢走了，煮熟的鸭子都能飞了，这年头想活得好一点儿只能凭着嘴求客户赏口饭吃了。

周芸已经有些恼火了，她手下的这个部门总监根本不给她留什么面子，尤其还是在徐诩面前。杨冰晶何尝不是如此，她好不容易逮到机会，反正不在公司，正好发泄发泄。

徐诩看不下去，抱拳作揖求她们，我求你们别闹了行不行？你们这样哪里像总监和老总，简直就是两个小姑娘瞎胡闹嘛！周芸和杨冰晶摆弄着各自的行李，谁也不搭理谁。徐诩见局面稍有缓和，赶紧去前台办理了入住手续，由于是完美集团的高层，房间升级成了最高级别的套房，房费由总公司代行结算。

周芸入住酒店的消息第一时间就被周恒远知道了，他摇头一笑，这个女儿还是这么任性，有家不回，非要住在外面。

徐诩拿着两张房卡说，周总你一个人单独一间，我跟冰晶住另一间。

不行！想借着出差开会的名义假公济私？休想。周芸坚决反对。

你这人怎么什么都要管？杨冰晶据理力争。

周芸说，我就管了，在陌生的环境里，我一个人睡不着。

杨冰晶吃惊地说，不是吧！周总，你都多大了，还认生？

要你管！我就认生，怎么了？杨冰晶，你目无上级，看我不撕了你！周芸说完就冲上去，杨冰晶猝不及防，吓得她满大厅地飞奔，徐诩看得目瞪口呆，两个漂亮的姑娘纠缠在一起，杨冰晶被周芸的火力入侵弄得只有招架之功，打闹声引起了很多入住客人的注意，最后连酒店的保安都惊动了。

徐诩不好意思地跟前来的保安说，对不起，这两个疯丫头闹着玩呢！不好意思啊！

保安走了以后，周芸和杨冰晶立即停了手，两个人走过来指着徐诩的鼻子问，你说谁是疯丫头？

徐诩说，我没说你们，我哪儿敢呢！

帮我们拿行李！周芸和杨冰晶头也不回地走了。

徐诩莫名其妙地说，这怎么又冲我来了？

到了房间门口，徐诩又听见了她们的争吵声。反正就是周芸不能单独一个人住，杨冰晶必须跟徐诩住在一起，并且这两个祖宗谁都不愿意对方和徐诩住在一起。徐诩听完就跑到一楼大厅退了一张房卡。

等到徐诩回来的时候，她们已经从口头形式上升到了"动手实践"，两个漂亮的姑娘如今都披头散发，狼狈不堪。

你们两个今天到底怎么了？从 A 市出来以后一直吵架，在飞机上都不消停，能别让我为难吗？你们一个是分公司的老总，一个是销售部的总监，咱能不闹吗？说出去让人笑话。徐诩说完，用房卡打开房门后问道，你们进不进来？

杨冰晶和周芸冲进房间里质问他，你怎么就开了一个房间？

徐诩脱掉外套说，按照你们的强盗逻辑，只有我们三个人住在一起才能满足所有的条件，如果你们不满意可以再去开间房，或者周总回家去住，这样问题就全解决了。

杨冰晶放下行李说，对啊！周总你回家去住吧！你不就是上海人吗？

周芸突然叫了起来，我不回！我不回！

杨冰晶大吃一惊，哇——周总你还有这个技能呢！在公司里根本看不出来啊！

行了，晚上我睡沙发，你们两个祖宗睡卧室，这总行了吧？不要闹了，我头都大了。徐诩双手合十地拜托她们，我先洗个澡，你们两个祖宗该干吗干吗去，就是不要来烦我了，求你们了。

杨冰晶抢着说，我也要洗澡！

周芸说，我先洗。

不行！杨冰晶用身体把周芸挡住，不让她靠近卫生间。

徐诩忍无可忍，当着两个姑娘的面就开始脱衣服，周芸和杨冰晶齐声尖叫，然后就都跑出去了。

旧爱和新欢之间的战役（下）

徐诩洗完澡，一身轻松地躺在沙发上看网球比赛，回想起夏天的时候跟杨冰晶和严筱月一起在 A 市体育馆打网球，杨冰晶开心大笑的样子至今都记忆犹新，或许就是从那一刻起，他才真正地爱上了这个姑娘。

杨冰晶突然慌慌张张地冲进来对徐诩说，大事不好了！

徐诩莫名其妙地问，什么事不好了？

周芸跟几个男的打起来了！

什么？徐诩直接从沙发滚到了地上，还是有些不敢相信地问，真的假的？

杨冰晶害怕地说，是真的！刚才我们出去逛街吃东西，回来的时候遇到了几个陌生人，想欺负我们，周芸让我先回来找你，她跟那几个男的已经打起来了。

一个剃着平头穿着黑衬衣的大个子说，美女，别这么大火气，我兄弟已经躺地上了，想想怎么办吧？我也不为难你，你只要陪我们一晚上就行了。

后面的两个小喽啰也跟着起哄，你都流血了，让哥哥抱抱你。

去你妈的，要抱也是老子先抱。你们两个先上，把她的手给我按住了。

徐诩跟着杨冰晶一起去了她们出事的地方，见到地上已经躺着一个了，周芸满身的灰尘，右手胳膊上还有一个明显的伤口，正在和剩下的三个人周旋。

两个喽啰正准备动手，徐诩掏出手机装作报警，喂，派出所吗？在完美集团大厦这边，石东大街东面的这个叫什么路，我看看啊！徐诩拿着手机看了看路标后说，是江岸路，这里有四个流氓不知道是要抢劫还是要猥亵两个姑娘，对，他们手里还有刀具，你们赶紧来。

周芸面前的三个家伙瞬间慌了神，扶起地上的同伙转身就跑。

徐诩连号码都没拨出去，举着手机演了一场空城计，不战而退了敌。

杨冰晶和徐诩扶着周芸往回走，没多久，身后突然响起一阵摩托车的轰鸣声。平头大个子骑着摩托飞驰而来，很明显是来报复的。

摩托车越来越近，徐诩让杨冰晶和周芸往路的内侧走，可车来得太快，眼看要撞到两个姑娘，徐诩迅速地把杨冰晶和周芸往路边一推，自己却被急速的摩托车带飞了出去，徐诩的脑子就像电影卡壳了一样，他隐隐约约地听见了两个姑娘的哭声，然后就什么都不知道了。

等徐诩醒来的时候已经躺在了医院里，只是轻微脑震荡，撞人的大个子被警察带走了。主治医生进来检查了一下徐诩的身体后说，没什么大问题，如果不放心，可以留院多观察一天。

徐诩从病床上爬起来说，不用观察了，我的身体好得很。

躺下！周芸和杨冰晶又把他按倒在床上。

医生都说了，没什么大问题，你们能不能不要小题大做？这样，如果我有问题，你们俩再把我送来，行不行？徐诩躺在床上不耐烦地说。

不行！万一有内伤怎么办？杨冰晶慌张地说，医生，要不要做一个全面的检查呀？

医生说，我们已经给他做了核磁共振和腹部CT，他身体的各项指标也全部正常，尿常规也没什么问题，倘若患者有什么不适，可以随时来医院复查。

两个姑娘听医生这么说，也不好反对。

徐诩像猴子一样跳了起来，一溜烟跑出了医院，周芸和杨冰晶跟在后面。

徐诩本来不愿意问的，他还是没出息地开了口，周芸，你的右手还好吗？

周芸说，没事了，已经处理过了，这种伤不碍事。

真没想到，你居然有这么好的一身功夫。徐诩有一些吃惊。

周芸笑着说，没办法，谁让我长得好看呢？在美国留学的时候学了近身搏击，一直都是帅哥追我，没想到今天遇到了流氓追我。

杨冰晶实在受不了了，插了句嘴，有的人真是会自卖自夸，我看啊，是刚才那几个家伙学艺不精，才会被你这三脚猫的功夫给收拾了。还是我的徐诩最好了，总是能在最关键、最危险的时候保护我。杨冰晶故意把"我的"这两个字说得特别响亮。

小丫头占有欲还挺强的，当心抱得越紧，失去得越快。周芸看着上海街头晴朗的天空，有意无意地说着这话，似乎是在告诉杨冰晶关于她辛酸的过往。只不过她当初是听从周恒远的召唤，放弃了和徐诩的感情，与杨冰晶现在黏人的甜蜜状态相比，有一些南辕北辙。徐诩知道周芸说这话的用意，只能证明她吃醋了或者嫉妒了，这样才合乎情理。徐诩何尝不明白这段时间周芸对他的种种在意和照顾，可是他不会再回头去幻想或者觊觎什么，即使周芸的家境再好，人再漂亮，他现在也只能试着去原谅她当初的伤害，而他爱的人，只有抱着他胳膊的杨冰晶，这个温柔如水一样的单纯姑娘。

回酒店的路上，徐诩说口渴了，杨冰晶要买纯净水，周芸要买果汁，就因为这个，两个人在徐诩面前争论了十分钟，杨冰晶说果汁里添加了防腐剂，周芸说纯净水其实就是自来水，徐诩不得已只能把果汁和纯净水都拿了，两个人才放弃了争吵。

路过一家电玩城，杨冰晶和周芸又说要进去 PK 跳舞机，徐诩拉都拉不住，只能蹲在旁边喝纯净水和果汁。

两个美女 PK 跳舞机，引来围观的人里一层外一层，徐诩看着那些围观的人，除了一笑置之，也不知道该说什么。

好不容易等两个疯丫头跳完了一曲《快乐崇拜》，徐诩跑过去看成绩，这两个人跟事先说好的一样，玩个游戏最后得的分数都一样。

徐诩一脸黑线地说，怎么着啊！二位祖宗，你们看来是要跳附加赛了。我帮你们选一首能代表我心声的歌吧。赶紧的，明天就要开会了，我要是把你们二位 PK 跳舞机的照片发到公司群里，你们想想会是一个什么样的效果？

你敢！周芸和杨冰晶同时做了一个灭口的动作。

徐诩找了半天终于找到了，Celine Dion 的《I surrender》，徐诩只想赶快回去休息，再分不出胜负，他真的要投降了。

看着她们两个开心活泼的样子，徐诩渐渐发现自己心里对周芸已经没有怨，也没有恨了，五年了，他也该放下了，否则的话，对杨冰晶就太不公平了，他不允许自己在爱着一个姑娘的时候，还时不时地怨恨自己的前任，即使被伤害过，也不应该还对周芸念念不忘，就算不忘的是曾经的伤害，那也是对感情不负责任的，徐诩终于走出了这五年的盲区，他看着在跟杨冰晶较劲的周芸，脸上露出了释然的微笑。

哇——我赢了！杨冰晶跳到徐诩的怀里，指着屏幕上的分数，高兴得手舞足蹈，徐诩看着杨冰晶开怀大笑的样子，那眯成了一条弯如月牙的双眼，那一排整齐瓷白的牙齿，那点缀在无瑕圆润脸蛋上的小酒窝，徐诩觉得，倾国倾城也不过如此了。

周芸有两个步伐的键位没有踩到，遗憾落败。

PK 完了跳舞机，徐诩又陪着她们去抓玩具娃娃。

徐诩换了二十多个硬币，让这两个姑娘试手气，试到最后就剩一个硬币，她们俩还是一个娃娃都没有抓到。徐诩只有亲自出马，一击而中，抓到了一个可爱的皮卡丘。至于皮卡丘给谁，徐诩想都没想，直接放到了杨冰晶的怀里，杨冰晶感动得半天没说话，周芸气不过，一个人跑去换了一百个硬币，不抓到皮卡丘誓不罢休。徐诩拦住了周芸，退掉了九十个硬币，用十个硬币抓起了五个娃娃，给了周芸三个，杨冰晶两个，终于相安无事。

出了电玩城，距离酒店还有约两百米的路程，周芸刚才输得不甘心，站在杨冰晶的面前对她说，敢不敢再跟我比比？从这里跑回酒店，看看谁先到。

好啊！反正怎么比都是我赢。杨冰晶现在 PK 周芸已经有了盲目的自信了。

徐诩担心地说，晶晶，你前几天摔伤了脚，现在没事吧？要不还是别比了。

周芸听了马上就不答应了，愤愤地说，摔伤了脚有什么呀！我今天还被那几个流氓围殴呢！你就知道护着你女朋友，我还是你老板呢！

杨冰晶知道周芸不服气，走到周芸的身边说，小样儿，我会怕你？徐诩，你喊开始！

两个姑娘把手里的玩具娃娃都交到徐诩手里，徐诩只能顶着压力开始喊：各就各位，预备——开始！

周芸和杨冰晶体力真是好，逛了一下午，打架跳舞完了，居然还有这么充沛的体力，徐诩不佩服都不行。两个人同时向酒店跑去，徐诩摇了摇头说，这两个冤家，要闹到什么时候才是个头啊！

徐诩回到酒店的时候，两个人还在大厅里争论。

杨冰晶说，你堂堂一个分公司老总，居然抄近道，你不觉得丢人吗？

周芸摸了一下自己的鼻子，得意地说，是你自己死心眼儿，不能怪我呀！我看你平时工作肯定也是一成不变，不懂变通，我这叫以巧取胜。

以巧取胜，我看你是投机取巧。杨冰晶不服气地说，哪有你这样耍赖的。

徐诩走过去把杨冰晶和周芸分开，急忙做了一个暂停的手势说，你们俩这 PK 赛打了一下午了，累不累啊？我求你们了，二位领导，你们俩平分秋色，握手言和，就这么定了。折腾了一天，累死了，我去洗澡休息了。

周芸从徐诩手里拿走玩具娃娃，先上了电梯。

周芸走了以后，徐诩搂着杨冰晶的腰说，别生气了，好不好？

杨冰晶反手就是一拳，打在徐诩的肚子上，徐诩捂着肚子叫苦不迭，杨冰晶心情愉悦地抱着自己的皮卡丘上了电梯，还不忘送给徐诩一个飞吻。

晚上吃完饭，两个冤家也没闲着，徐诩又被她们拉了出去，想先睡觉都不行。灯光璀璨的国际会议中心、汇丰银行大厦、海关大楼、和平饭店，当然了，最光彩夺目的东方明珠塔和金茂大厦等地标建筑群让黄浦江的东西两岸绚丽多彩，徐诩几乎没有时间去欣赏这番国际都市的美景，他一直忙着给两个祖宗拍照，照片是拍了不少，虽然是用手机拍的，在这样迷人的背景下，两个女孩儿还是美得不可方物。

周芸和杨冰晶两个人没有合照，只照单人照，要合照也是跟徐诩合，最后三人合照也是徐诩站在中间，起一个"隔离危险"的作用。

晚上十点左右，徐诩又听见卧室里有动静，他坐起身一听，还是两个姑娘的闹声。徐诩想管也管不了，倒头继续睡，没一会儿，公司的手机微信群开启了疯狂模式，全公司的人都沸腾了，滴滴的信息提示音在往后的两个多小时里就没消停过。

徐诩打开手机，群里全是周芸和杨冰晶的美图。公司还有人做了一个带着计票器的投票墙出来，LOGO 上面还写着"A 市完美化妆品股份有限公司女神大比拼"的标题，两个人的人气票数不相上下，交替领先。

无聊！徐诩把手机关机，倒在沙发上就睡着了。卧室里依然充盈着她们俩的欢笑声。

至于接下来几天的工作会议，没什么新鲜的东西，都是各分公司的老总把到目前为止的公司业绩和下一步的工作计划做一个汇报就完事了。在上海的一个星期里，国际都市的繁华没有给徐诩太大的震撼，反倒是这两个祖宗，平时上班见不到的各种神奇画面这次在上海全见识了。

最后一天会议结束的时候，周恒远看见周芸急匆匆地想跑，提前一步站在了集团会议室的门口。

爸！你不要说了，我知道又是我妈的主意，催着我去相亲呗！我来总部开个会你们都要算计，这回又是谁呀？周芸看见周恒远堵在门口，一脸的不愉快。

是你爸爸我的一个老朋友，A 市的王叔叔昨天带着他的儿子王羽尘来上海了，王家跟我们很熟，你妈妈跟王羽尘的妈妈还是同学，这关系太近了，我也是没办法。

王叔叔的儿子？王羽尘？又是在哪里混的公子哥儿啊？爸，我求你不要再安排这种相亲活动了，好不好？

周恒远执拗不过，只好松口说，这是最后一次，最后一次，行不行，我的宝贝闺女？你妈非要我安排，我想来想去，王家在 A 市的生意很大，涉及地产、金融、商超、餐饮等多个领域，据说马上还要收购一家物流公司，你认识认识，多积攒一下人脉，对于以后 A 市完美化妆品公司的市场扩展也是很有帮助的。

看着周恒远一脸哀求的样子，周芸只有无奈地答应他，爸，你说的，这是最后一次，最后一次啊！下不为例。

周恒远大笑着说，乖女儿，老爸什么时候说话不算数了？你答应了就好，你不知道，这几天你妈她在我耳朵边天天叨叨这件事情，我实在受不了了。

哼——你们夫妻俩成天想着抱外孙，就会算计我，赤裸裸地逼婚。

你这丫头，我们是想让你早点结婚成家，怎么是算计你呢？爸爸待会儿给你卡里打笔钱，让你回 A 市后换辆新车，好不好？

周芸嘟着嘴巴说，好吧，你这个老爸就会说一些让我无法拒绝的话，不像我妈，老是在我耳朵旁边念结婚的紧箍咒。

父女俩聊了半天，周恒远这才看见周芸身后不远处站着的杨冰晶和徐诩，马上笑呵呵地说，杨总监，你们 A 市分公司的刘长东在我面前可不止一次地提到你，说你人长得漂亮，工作能力是相当出色，特别是在这次危机处理中起到了关键作用，今日一见，果然让人眼前一亮。

周恒远向杨冰晶伸出手，杨冰晶急忙握住说，董事长，刘总你还不知道，他就喜欢到处吹嘘他的部下，显得他领导有方。我就是做了一些该做的事情，在完美工作了三年多，要是连这么一点企业的荣誉感和使命感都没有的话，我都不好意思坐销售总监这个位子。

周恒远满意地点了点头，在看到徐诩的时候，周恒远的心里却是一惊，觉得似乎在哪里见过他，徐诩的样子让他想起了一个女人，一个很漂亮的女人。

周董事长好，我是A市完美化妆品公司的新任人力资源总监，我叫徐诩，这次是陪周总一起来上海开会。

周芸见老爸走了神，急忙蹭了他一下。

周恒远回过神，这才和徐诩握了握手说，好了好了，别站在这里了，我请你们吃饭，你们难得来一次上海，我一定要招待好，不然这丫头肯定饶不了我这把老骨头，哈哈哈。

爸，你说什么呢！周芸挽着父亲的手，催他快走。

四个人从完美集团大厦的39楼下到5楼，一家隶属于完美集团旗下的特色老店，这里的淮扬菜十分地道，口味清淡平和，咸甜浓淡适中，制作精细，风格雅丽，追求本味。

周恒远拿起菜谱点了六菜一汤，蟹粉狮子头，文思豆腐，松鼠鳜鱼，烫干丝，酿冬瓜，将军过桥外加一个肚丝汤。

周恒远点完了以后把菜谱递到三个年轻人的面前说，你们还想吃什么？可以自己点。

徐诩和杨冰晶说，不用了，董事长您点得特别好！

周芸说，可以啊，老爸！你现在也是上海的高段位吃货了，这菜点的，完全没毛病。

周恒远听了以后哈哈大笑。

这顿饭徐诩吃的是比较开心的，传说中的集团董事长并没有想象中的那样严肃，相反，很亲近随和。这里的淮扬菜真的很好吃，最重要的是，周芸和杨冰晶终于消停了，徐诩觉得卷入这两个美女的战役里实在是太要命了。

据古书记载，相亲是我国传统婚礼的礼节之一，古时称之为对看或者相门户，在议婚阶段互换庚帖后，由媒人牵线搭桥，双方父母见面议亲。古时男女当事人并不相见，由父母包办，通过媒人往来传话，男女双方约定日子见面，俗称相人、相女婿、相媳妇等，还有一部分是在集上和庙会上进行会面，这样要浪漫得多。

现在相亲就简单多了，男女直接见面，如今找老婆就像找工作一样，很多年轻人都把相亲当成了面试，徐诩就写过一篇《你情我未必愿》的文章发表在了 A 市都市报上，对于相亲，徐诩觉得无可厚非，只要是你真心喜欢就好，但是很多相亲都不是一帆风顺的，容易产生相亲后遗症，保持好对感情和自我的清晰认知以及对幸福生活的美好追求才是最重要的。

A 市完美化妆品公司有很多事情需要处理，刘长东的"追魂夺命 call"让杨冰晶和徐诩不敢在上海多作停留，当晚就飞回了 A 市。而周芸答应了父亲的相亲安排，推迟了返回 A 市的时间。

王羽尘的父亲王石川，A 市石川集团的董事会主席，王羽尘虽然身为石川集团的 CEO，跟了王石川好几年也没什么长进，集团的发展规划和重要决策都是王石川的决定，王羽尘就是大树底下好乘凉。

周恒远走进周芸的房间，笑呵呵地说，闺女啊！都已经安排好了，明天上午 9 点，在淮海中路的梦想之翼咖啡厅。你们两个见面之后慢慢喝，慢慢聊。

周芸不置可否地说，爸，我知道了。

周恒远出去以后，周芸无奈地嘟着嘴叹了口气，如今的家长安排子女相亲动不动就像要托付终身了一样，周芸怎么可能把自己交给这样一个一无是处的人，她是真看不出来自己和王羽尘在哪一点上相配了，双方家长却都跟打了鸡血一样，说是相亲，其实还是封建社会父母之命的那一套，两个陌生男女用得着这么上赶着见面吗？

周芸通过父亲的关系找到了王羽尘的个人资料，王羽尘大学毕业以后也在国外留学了几年，可是没有拿到学位，所修学科没有一门修满学分，就连最常规的英文基础都没有过关。周芸看完了一笑，说，这样的人也来跟我相亲？我好歹也是一上市集团分公司的老总，美国哥伦比亚大学 MBA。真不知道等王石川退休了或者干不动了，他的石川集团是准备挂牌出售还是宣布破产？或者到时候完美收购石川也不是没有可能。周芸这样一想觉得心情好多了，就当是前期的接洽和试探了。

晚上的时候，徐诩给老家的父亲打了一个电话，徐诩等了好久，徐父才接了电话。

徐诩说，爸，你干吗呢？是不是相中了哪个老伴儿？乐不思蜀了，所以过这么久才接电话。

臭小子，再胡说当心老子揍你！徐父没好气地说，你跟冰晶处得还不错吧？你要是欺负她，我就跟你断绝父子关系。

爸，我究竟是不是你亲生的？我是路边捡来的吗？徐诩一肚子委屈。

徐父说，少废话，让冰晶接电话，就说我想她了。

行，您老稍等。徐诩对还在卫生间里洗头发的杨冰晶大声说，小晶晶，我爸要跟你说话！

杨冰晶用毛巾裹住头发，从徐诩手里接过了电话。

杨冰晶和徐父有说有笑，徐诩想插话都插不进，只能在杨冰晶听电话的时候去挠她的痒痒，让杨冰晶防不胜防。

好的，叔叔，我知道了，叔叔再见！杨冰晶挂掉了电话以后，把手上的电视遥控器朝徐诩扔了过去。

徐诩接住以后把遥控器当成麦克风，拿在手里深情款款地唱着，你有好几次问我那是什么，这就是爱，这就是爱，这就是爱，这就是爱。

杨冰晶踢了徐诩一脚，命令他，滚！

徐诩立正敬礼，遵命！女神！

杨冰晶的脸上又露出了微笑，那笑容，好甜。

第二天，天气很好，阳光和煦，微风轻拂。是一个适合相亲的天气。

今天的周芸并没有刻意去打扮自己，头戴一顶夏秋款的巴拿马风草帽，白色的长袖 T 恤，九分的紧身牛仔裤搭配白色帆布鞋，上了一些淡妆，俊俏的脸似乎没有点缀的必要，漂亮的长发让她看上去简单干净而又不失女人味。

梦想之翼咖啡厅的确是适合情侣约会的场所。上午已经有一些年轻的男女坐在一起甜蜜地对视着，微笑着。浓醇的咖啡香又让周芸想起了已经离开的徐诩，她发现自己又开始情不自禁地想他了，周芸把帽子放在桌上，眼下的这场相亲她心不在焉，她只想赶快回到 A 市去。

突然，咖啡厅外传来一阵刺耳的刹车声，一辆新款的 BMWZ4 停在了咖啡厅门前，吸引了一些路人的注意。周芸抿了一口焦糖玛奇朵，她很喜欢这口纯正的香草香，对于从车上下来要跟她相亲的这个男人没有一丝的在意。

王羽尘穿着一身白色休闲款西装，如果换成别的姑娘，或许会被他吸引到，毕竟人长得帅，还多金，高富帅的标签总能晃到多数女人的眼睛，尤其在现在这个社会。王羽尘看到桌上的帽子，大步走到了周芸的面前坐下。

你好！我是王羽尘。一向对自己帅气的外表无比自信的他主动向周芸伸出了手。

周芸没有跟王羽尘握手，只是把眼神转移到了他的身上，然后用手指着窗外的车说，那是你的车吗？

王羽尘还兴奋不已地说，是！怎么样？这车还不错吧？

周芸轻笑了一声，说，你不要忘了，我家的车也不少，虽然我不知道你从哪里弄来一辆这样的车开到我面前，但是除了显示你会开车和急于炫耀之外，我看不出你的任何用意。一个真心实意来相亲的人应该安安静静地走进来，即便要开车，也应该先把车停到附近的地下停车场去，再走到这里来，而不是像你这样超速且刺耳地把车停在这个不能停车的地方，你这样既不绅士，也很不礼貌。

王羽尘自己都觉得理亏，说不出话。

周芸接着说，再说说你的车，估计只有你这样的富二代才会花父母的钱去买吧？我不得不说你的审美很有问题，你今天开一辆帕萨特过来我都觉得比这辆车来得舒服。从你的动机来看，你是在潜意识里觉得我跟你以前泡过的姑娘如出一辙，料定我也会吃你这一套。

王羽尘说，不是这样的，是因为我看时间快迟到了，所以才临时开了这个车过来。

周芸笑了笑说，你不要紧张，坐下喝口水。服务员，来一杯柠檬水。

王羽尘喝了一口水，面对眼前这个睿智、犀利、见解独到的美丽女孩，他平时在酒吧夜店里的那一套不仅毫无用处，反而暴露出了他的致命短板。

周芸用汤匙搅着咖啡说，那些女孩儿喜欢你，说穿了还不是因为你长得还行又有钱，你的钱并不是你的钱，是你老爸辛辛苦苦赚来的，跟你没有关系，你不要觉得理所当然。我们之间的差距不是一朝一夕的，我并不喜欢你的钱，我也不缺钱，我更不喜欢你的人，因为只要你扪心自问一下就会知道，你的身上没有什么值得我喜欢的地方。今天喝咖啡的地方选得不错，如果你能把泡妞的本事花一半在工作或者学习上，你应该要比现在强出无数倍了，我是在 A 市完成的本科学业，然后留学去了美国，哥伦比亚大学的工商管理硕士毕业，如果你可以拿到跟我一样的学位，我会考虑接受你做我的男朋友。

王羽尘听了周芸的话，仿佛看见了希望，又仿佛陷入了绝望。

梦想之翼。梦想？王羽尘，你有梦想吗？我不介意告诉你，我的梦想，我的梦想就是要带领完美成为全国数一数二的化妆品企业，能够占据全国 30% 以上的市场份额。听说你是 A 市石川集团 CEO，而我是完美化妆品股份有限公司总经理，这杯焦糖玛奇朵和柠檬水我已经提前付了现金，很高兴认识你，有机会我们再见。周芸说完，戴上帽子，从容地离开了梦想之翼咖啡厅。

这场相亲，王羽尘从头到尾就说了三句话。

这场相亲，王羽尘从头到尾都像一个在接受教育的孩子。

这场相亲，王羽尘被美女周芸说得开始怀疑人生。

周芸回到家就开始收拾行李，准备明天返回 A 市，她拿起手机给严筱月打了一个电话。

严助理，帮我订一张明天早上从上海飞往 A 市的机票，能升舱尽量升舱，我需要休息，就这样。

严筱月拿着电话，一脸无辜，她都没来得及说一句是或者知道了，周芸就挂断了电话。

周恒远走进周芸的房间问她，宝贝女儿，怎么样啊？今天跟对方见面感觉如何？

周芸如释重负地说，很轻松，很愉快。

那你们有没有继续交往的可能？

有啊！我已经告诉他我的条件了。对了，爸，我明天早上的飞机，A市分公司还有很多事情等着我回去处理呢！您跟妈就不用送我了。好了好了，我要洗澡去了，老爸最好了。周芸说完就在周恒远的脸上亲了一口。

周恒远对他这个千金女儿毫无办法，她的婚姻问题只能靠她自己解决了。

杨冰晶住院了

杨冰晶今天晚上回家陪父母住了，徐诩一个人，没有她在身边，徐诩已经越来越不习惯了，不习惯一个人吃饭，不习惯她不在身边的每一分钟。

这个时候手机突然响了，是王修泽打来的，徐诩不假思索地按下了接听键。

王修泽说，小布丁上个月就已经产崽了，一窝下了五个，两只母的，三只公的，现在那简直可爱得要死，想要的话赶紧的，不然就没了，太抢手了。

徐诩放下手里的筷子说，泽哥，泽老大，请务必帮我留一只小母犬，多少钱告诉我一声，拜托，事关终身幸福，务必帮忙。

行吧，你什么时候过来拿？什么钱不钱的，我们之间没那个。对了，我听说你小子居然从外企辞职了，去了完美化妆品公司，你怎么跑那儿去了？你小子还真是说跳就跳啊！对于徐诩的跳槽，王修泽还是很惊讶。

就这两天吧，到时候把钱然也叫上，咱们正好聚聚。徐诩别样忧郁地说，至于我辞职去完美的事儿就说来话长了，上次钱然帮了我大忙，我正想着该怎么谢谢他。

王修泽说，你跟他还客气什么？他这个首席记者不知道有多少人想巴结他。我告诉你，千万别谢他，你就当是应该的，你一谢这小子绝对蹬鼻子上脸，他是我看着成长起来的。再说了，大家兄弟一场，又是大学同学，帮点儿忙就谈条件讲价钱，我第一个削他去。咱们不管钱大记者在别人那里是什么身价，在咱们这里他就是当年的"小四眼"。

徐诩开怀一笑，说，修泽你现在还在做 AD？这么多年了，也应该混到总监了吧？小媳妇儿怎么也该熬成婆了。

副总监，副总监，你身为一个专业 HR，应该知道现在职场的游戏规则，总监不让位置，我这个副职不可能升得上去。虽然成为中国一流的广告人是我王修泽毕生的追求和梦想，可我也得活着才有资格去谈它们，现在 A 市的房价太高了。

修泽，以你现在的收入水平付个首付应该不是问题啊？用不着这么悲催吧。

我正愁这个事呢！徐诩，下周周末我想去看看楼盘，你帮我参谋参谋呗！王修泽激动地说，周芸上回问我要你的地址和电话，我给她了之后，她有没有联系你？我怎么觉得她有想跟你旧情复燃的意思啊！

徐诩说，别提了，我辞职以后去的地方，就是上次闹得厉害的完美化妆品公司，如今的新老总就是周芸。

王修泽瞠目结舌地说，乖乖，你走的是什么狗屎桃花运啊？钱然把周芸的显赫家世发在同学群里的时候，那叫一个爆炸啊！我当时还不信，你们俩毕业的时候不是分手了吗？这都什么情况？周芸的家族背景怎么这么大？你现在在前女友的手下打工，这白富美女神难不成又要黏上你了？她是想倒追你吗？王修泽在电话里还是有些不敢相信。

徐诩说，我去完美说穿了就是个误会，是我现在的女朋友在那里当销售总监，她叫杨冰晶，我就是想离她近一些，就稀里糊涂地去应聘。没想到是周芸亲自主持的面试，我现在虽然是完美的人力资源总监，可也是去了以后才知道周芸的父亲是完美集团董事长。

哥们儿，人生何处不相逢啊！你这是都能拍成电视剧的狗血剧情啊！现女友和前女友，一对总监情侣，一个前任的美女老板，这关系处的，徐诩，兄弟我佩服啊！当初在大学的时候，我们只知道周芸家里有钱，谁承想她会有这样的家族背景啊！话又说回来，你现在还恨她吗？

早就不恨了，如果恨的话，就说明我对她还存在幻想，那样的话，我成什么人了？我不会脚踩两只船，你知道我不是那样的人。行了行了，别在我伤口上撒盐了，我这两天抽空去你那里抱狗，以后我还得挣狗粮钱，真是的。

王修泽笑呵呵地说，我嫂子杨冰晶到底长什么样啊？能让你连周芸这样的女神都可以放下的，一定不一般，我必须要亲眼见一见嫂子。

徐诩信誓旦旦地说，一定会让你们见的，我会娶她，到时候请你们来做伴郎！

一定！必须的。到时候也让嫂子给我和钱然介绍两个漂亮姑娘啊！我听说完美化妆品公司的美女很多啊！王修泽高兴地说，时间不早了，明天公司还有个会，就先不说了，挂了。

徐诩挂掉电话，看着窗户外的夜景，这个城市真美，因为生活里有王修泽这样一群知冷知热的好朋友。

晚些时候，大学微信群里的同学都在嚷嚷着要聚会，大家都五年没见了，也该聚聚了。时间定在这个月最后一周的周六，地点选在了杨冰晶和徐诩第一次相见的橘子香水酒店。

徐诩一边喝着啤酒一边听王修泽和钱然在微信群里侃大山，他本来以为杨冰晶回家以后会给他打个电话，谁知这丫头竟然一点儿动静也没有。

王修泽突然温情脉脉地说，钱然，我们公司想在你们纸媒上登几则广告，您看是不是给安排安排？

钱然坏笑着说，王修泽啊王修泽，没事的时候你是大爷，有事求我的时候就装孙子，我真是交友不慎。安排没问题，不过版面最近太紧张，费用需要上调10%。

上次你小子帮徐诩的时候怎么一分钱都没要？就因为徐诩是你徒弟？王修泽在群里大声斥责。

人家徐诩是为了帮女朋友，你小子是为了业务利润，这能一样吗？有种就去找个女朋友，王修泽，咱们同学里单身女生还是有的，你问问她们，看有谁愿意的，如果有人愿意，我就答应免费帮你，就当我随礼了。钱然此话一出，同学群里又炸开了锅。

很多已婚的女同学都凑热闹地笑着说，我不愿意！

钱然说，你看看！果然没人愿意，我也爱莫能助，广告的事情还是公事公办。行了行了，就那么点费用，你一个4A公司的副总监就别在老同学这里自掉身价了。

小四眼，我记住你了，咱们后会有期！王修泽发了这条语音以后就没有再说话了。

徐诩看了看自己的微信钱包，居然还有94块2毛的零钱，9420，就是爱你的意思，徐诩觉得这个寓意不错，把零钱全部发到了同学群里，结果不到十秒，全抢光了。

杨冰晶没有打电话也没有发微信过来，徐诩拿起手机拨了杨冰晶的号码，手机屏幕上显示着亲爱的三个字。

对不起，你所拨打的电话已关机，请稍后再拨。徐诩遗憾地挂掉了电话入睡，夜里什么梦也没有。

第二天，徐诩开车到公司之后直奔销售部，李冉却告诉他，杨总监住院了，她妹妹今天用总监的手机打公司前台电话请的假，我已经把杨总监的病假申请发给周总和你们人力资源部了，等周总的签字下来以后，麻烦徐总监帮忙给办理好病假准休的手续。

徐诩说，这个当然没有问题，她到底是什么病？她妹妹有没有说是在哪家医院？

李冉说，就在A市中心医院，好像是肠胃的问题，具体什么病要等医生的诊断结果出来才知道。

徐诩回到人力资源部后，拿上车钥匙就走，出门前还嘱咐李依依有什么事情就给他打电话。

到医院以后，徐诩先在住院部的一楼总服务台咨询了一番，然后乘电梯去了 12 楼肠胃消化科。到了护士站之后，徐诩着急地问一个正在配药的护士，麻烦请问一下，杨冰晶住在哪个病房？

护士说，就在我负责的 1209 号病房，她的家人都在，你是哪位？

徐诩说，我是她男朋友。

护士打量了徐诩一番之后说，跟我来吧！

走进 1209 号病房，徐诩看见了躺在病床上的杨冰晶，慌张又激动地冲了过去，心疼万分地问她，你怎么会病了呢？什么病啊？有没有大碍？你现在感觉怎么样？还有没有哪里不舒服？晚上需不需要我来陪护？

杨冰晶看着徐诩着急上火的样子，忍不住笑了，原本虚弱无色的脸上竟多了几分血气。

你别笑啊！我马上回公司请假，来这里陪着你。

杨冰晶握着徐诩的手说，不用了，我是急性肠胃炎，刚参加工作的时候就有这个毛病，不要担心了。

护士也看不过去了，说，行了，你女朋友是急性肠胃炎引起的呕吐、腹泻和发烧，现在该换药了，你没看见针管回血了吗？真是没见过你这么粗心的男朋友，明明她是肠胃的问题，你摸她胳膊腿干什么？

护士给杨冰晶换了瓶新药，拿着托盘走出了病房。护士走了以后，徐诩才看到身后站着一对面带微笑的中年夫妇，另一张病床上还睡着一个二十岁出头的小姑娘，像一只小猫一样侧卧着，还没醒来。

杨冰晶急忙给徐诩介绍，这是我爸妈，睡着的丫头是我妹妹杨冰莹。爸妈，他就是徐诩。

徐诩一听是杨冰晶的父母，赶紧鞠躬说，叔叔阿姨好！是我没有照顾好冰晶，昨天她电话关机了我就预感到有问题，她生病难受，是我的疏忽，对不起。

杨父摆了摆手说，小徐，这个跟你没有关系，我这个闺女平时工作不要命，她三年前就有胃病了，饮食极不规律，我跟她说了好多次，她都当成了耳旁风。

徐诩看着虚弱的杨冰晶说，叔叔阿姨，我保证今后一定会照顾好她，把她养得白白胖胖的。

杨冰晶羞红了脸，用脚轻轻地踢了徐诩一下。

对于徐诩的口不择言，杨父和杨母看着都笑了。徐诩说，叔叔阿姨，你们先回去休息吧，都跟着熬了一宿了，这几天我来照顾冰晶，你们就放心好了。

杨父拍着徐诩的肩膀说，虽然我这傻闺女跟我说她喜欢的人很优秀，但是你还没有登门，我是不能在这里同意你们的关系的。

徐诩看了一眼杨冰晶之后说，等冰晶这次痊愈了，我就上门拜访叔叔阿姨。

杨父大笑一声，说，好，我们等你！

杨母走到徐诩面前，把杨冰晶的病历和医生的医嘱交到徐诩手里，意味深长地说，这些都交给你了，如果你照顾得不好，我就没有她爸爸那么好说话了。

徐诩说，阿姨，如果冰晶恢复得不好，您就拿我是问。

行了，你这么说容易吓着孩子。杨父拉了拉杨母的手臂。

杨母走到另一张病床边，拍了拍杨冰莹，起床了！

杨冰莹爬起来，看到徐诩之后问，他是谁呀？又看着姐姐羞涩的样子，这才恍然大悟地大叫，哦——我知道了！

你知道什么？赶紧走了，你今天下午还有课。杨母把她的小女儿拉了出去，杨父带上门，笑着冲杨冰晶使了一个眼色。

让我跟未来的姐夫说会儿话嘛！随着杨冰莹的声音越来越远，病房里就剩下他们两个人。

看着被杨母带走的杨冰莹，徐诩笑着说，你这小妹妹真可爱！

杨冰晶一听就不高兴了，鼻子里哼了一声，整个人缩进了被子里，然后翻了一个身，背对着徐诩，就露一个脑袋在外面。

徐诩吃惊地看着她的样子说，你这个姐姐真是可以啊！连妹妹的醋都吃。不要闹了，赶紧过来乖乖吃药！徐诩按照医生的医嘱，把她要吃的药都放在一个药瓶盖子里，给她倒好了水，催杨冰晶起来吃药。

我不吃！杨冰晶把被子往脑袋上一蒙，整个人都躲进了被窝里。

徐诩佯装生气地说，你确定不吃？

杨冰晶在被窝里大声地闹腾，不吃，不吃，我就是不吃！

徐诩放下手里的药和水，走到床边，把手伸进了被子里，杨冰晶吓得大叫，徐诩抓住她的脚，去挠她的脚掌心，杨冰晶体力还很弱，大笑不止的她很快脸色就不行了。徐诩放开她的脚，害怕碰到她输液的手，又把她盖得严严实实的，亲了一下她发白的脸颊，温柔地说，听话，先吃药。

杨冰晶没了抵触，乖乖地把药全吃下去了。看着徐诩担心的样子，杨冰晶动情地说，徐诩，你真好。

徐诩只是微微一笑，用手捋了捋她额前的头发说，还记得我对你说过的话吗？我不会每分每秒都在你身边，我只会在你需要的时候寸步不离。这几天我一下班就来这里陪你，哪儿也不去。我知道你生气是因为你在乎我，而我更在乎你能因为我而生气。好了，你现在早餐只能喝粥咯，情况虽稍有好转，我也不能宠着你，让你吃别的东西。

杨冰晶露出了笑容，一如冰封的湖面在春风过后的波光粼粼。

徐诩去医院食堂里买回稀粥，一口一口地喂着杨冰晶。没多久，护士拿着体温计和血压仪进了病房，看着徐诩喂杨冰晶喝粥的画面，都不忍心打扰。徐诩喂完最后一口，护士才走过来给杨冰晶量体温和血压，看着神色暧昧的两个人，情不自禁地一笑。

护士见体温和血压都正常，收拾好仪器，去了别的病房。

徐诩从皮包里拿出一个 iPad，递给躺在病床上的杨冰晶。温柔地说，我知道你在病房里待着无聊，这里面有你喜欢的电视剧和电影，我不在的时候可以看看，解解闷。

杨冰晶起身吻了吻徐诩的下嘴唇，把 iPad 抱在怀里，高兴坏了。

徐诩看了看手表说，我得走了，我中午再来看你。徐诩走出病房，杨冰晶笑着冲他挥了挥手。

杨冰晶的住院申请周芸已经签了字，徐诩上午就办理了相关手续，销售部暂时由刘长东代为管理。中午，徐诩带了银耳汤过去；晚上，徐诩去一家老店给她买了豆腐脑。徐诩夜里会在旁边的病床眯上两三个小时，其余时间都守在她身边，看着她熟睡的样子，看着她渐渐恢复的脸色，徐诩觉得再辛苦也值得。接下来的几天都是这样，徐诩每天都要买不同的食物让杨冰晶有胃口，既不能刺激她的肠胃，又要有助于消化，粥、汤、羹，花样翻新着来。杨冰晶的父母和妹妹期间都没有再来过医院，徐诩知道他们是想给自己表现的机会，或者是一种考验也说不定，是想看一看徐诩能不能把他们的宝贝闺女照顾好。

杨冰晶一觉醒来，看着伏在她身边睡去的徐诩，爱意满满地微笑着。现在的杨冰晶脸色红润，已经可以下床走动了。她把手边的一块毛毯披在了徐诩的背上，然后就摸摸他的头发，吹吹他的睫毛，调皮地去掏他的耳洞，伸手去碰他的嘴唇。

谁知徐诩早已被她弄醒，在她触碰自己嘴唇的时候，徐诩突然张开嘴，一下就咬住了她的手指，然后伸手抱住杨冰晶，把她揽入怀中，好久都舍不得松开。

两个人甜蜜相拥在一起，徐诩太爱这种感觉了，这个姑娘简直就是自己身体和灵魂缺失的那一部分。

坏蛋，原来你在装睡。杨冰晶咬了一下他的耳朵，气呼呼地说。

本来睡得挺好，被一个调皮的小捣蛋闹醒了。徐诩说，病好了就开始胡闹，我以后一定不会再让你生病了。

窗户外的阳光似乎也十分羡慕病房里两个相爱的恋人，为他们的拥吻洒下了一圈圈迷人的光晕。

今天是杨冰晶住院的第五天，早上查房的医生检查过杨冰晶的身体之后说，已经没有大碍了，可以去办理出院手续了，出院后要注意饮食，不要吃刺激肠胃的东西，尤其是生冷的。

谢谢医生，我一定注意。徐诩送走医生之后，看着吃货杨冰晶说，今后你再乱吃东西，我就要家法伺候了！

杨冰晶瘪着嘴，点了点头，就跟受了多大委屈似的。

徐诩忙活了一上午，医保结账，办理出院手续，拿药。

杨冰晶的父母住的是一个老式小区，老式的步楼，古旧的模样却让人很向往。徐诩把车开到楼下，帮着把杨冰晶住院时带的一些东西拿上楼。徐诩没有进门，他在楼梯的拐角处对杨冰晶说，我就不进去了，明天我会正式上门拜访你爸妈，你跟叔叔阿姨知会一声。

杨冰晶红着脸问，你想好了？

徐诩点头说，我今天回去就准备明天上门该带的东西，我是认真的。你爸妈和你妹妹都喜欢什么，你晚上发信息告诉我一声。

杨冰晶羞赧又激动地说，嗯，好。

徐诩疾步跑下楼，杨冰晶却不忘提醒他，你慢点儿！

晚上，王修泽打电话找徐诩，明天有没有时间？去帮我参谋一下房子啊！还有，你要的拉布拉多小母犬我帮忙养着呢！你什么时候来拿？

徐诩说，明天不行，明天我要上门见丈母娘，我待会儿还要出去买一些东西，后天吧，后天我跟你先去看房子，然后去你那里把小家伙抱走，晚上再把钱然喊出来，就我们三个，好好聚一聚。

王修泽大吃一惊地说，你让我这样的单身狗情何以堪啊！

徐诩无奈地说，我觉得我明天生死未卜，你不也在加紧步伐买房吗？等你到了我这一步自然就了解我现在的心情了。

也是。王修泽叹了口气说，那就祝愿兄台明日旗开得胜，胜利归来。

徐诩挂了电话，穿上一身便装出了门，看着杨冰晶发来的短信，开着车去采买明天登门要带的礼物。

徐诩上门周芸捣乱

第二天天还没亮徐诩就醒了，他从来都没有像今天早上这样紧张。刷牙洗脸，换上杨冰晶最喜欢的一套西装，心情忐忑地下了楼。徐诩自拍了一张，发在了朋友圈里，在照片下面还写了一句话：今天上门，亲爱的，waiting for me！

徐诩上门的照片一发出去，同学群里就反响强烈，大家都开始为他加油助威，发出的表情和文字队形整齐，还说结婚的时候一定要发请帖通知他们。在奥迪 4S 店准备买车的周芸看到徐诩发出的照片，也坐不住了，她急忙打电话给严筱月，询问杨冰晶父母的住址。严筱月正在关注徐诩上门的消息，为好闺蜜开心的同时，也被老板的电话弄得莫名其妙，她和杨冰晶都还不知道周芸是徐诩前女友的事情，严筱月告诉周芸地址以后，心里有些惴惴不安，她能感受到周芸这个电话来得古怪。

徐诩开着车，带着一车礼物，直奔杨冰晶的父母家。以前不管学习还是工作，只要认真准备了，心里多少会有一些把握，上门见女友父母却是大不相同，徐诩生怕自己有什么地方不对，让未来丈母娘抓住把柄，来个一票否决，那就全完蛋了。虽然在医院已经见过杨冰晶的父母和妹妹，徐诩的手心还是冒着汗。下车以前，他把自己从头到脚检查了好几遍，生怕有什么不妥，在车里又磨蹭了十几分钟，徐诩才给杨冰晶发了一个消息，说自己已经到了。

徐诩正搓着自己的手，杨冰晶和她妹妹杨冰莹就已经穿着拖鞋跑出来了。

徐诩不好意思地说，东西有点多，谢谢你们来帮我。

我才不是来帮你拿东西的呢，我是来看看你给我带什么了。杨冰莹淘气地说，哇！一定是某人暗中给了你情报，你是怎么知道我喜欢这个牌子的护肤品的？还有爸妈喜欢的东西，这一箱好酒，新出的普洱茶，这鹿茸、燕窝、西洋参，还有老妈最爱的蜂蜜和阿胶，姐，你这情报做得太明显了，姐夫把这些东西拿上去，爸妈一看就知道是你泄露的。

冰莹，上去以后一定要站在姐姐这边，我平时对你可不错的，不许帮爸妈说话。

姐，你还没嫁给他呢，这么快就叛变了。

徐诩笑呵呵地说，都是一家人，你姐姐说得在理，正所谓帮理不帮亲。

杨冰莹搭着徐诩的肩膀说，可以啊！我知道我姐喜欢你什么了，你这样百依百顺的，难怪她最近的公主病是越来越厉害了，也只有你能消受得起，我反正是受不了。如果今天真让你侥幸过关了，你准备怎么谢我呀？

徐诩说，我也是 A 大毕业的，咱们可是校友，这样，今天你帮我，等你毕业的时候，我帮你搞定实习和毕业论文怎么样？我现在是完美化妆品公司的人力资源总监，实习生这一块正好归我管。我听说你学的也是经济类市场营销专业，我对 A 大很多课程的讲师和副教授都颇有研究，深谙这些老师对毕业论文的细节要求，你今天帮我，回报绝对会远远超出你的预期。

杨冰莹一双美丽的眼睛看着他，眼珠呲溜地一转，露齿一笑说，好吧。看你说得这么实诚，我尽量站在你这边吧！

行啦！快点过来帮忙拿东西。杨冰晶把鹿茸、阿胶、西洋参和燕窝都塞给了杨冰莹，徐诩抱着酒，杨冰晶自己拿着茶叶和蜂蜜，三个人一起上了楼。

徐诩跟在她们姐妹身后，忐忑不安地进了门，徐诩把酒放下以后就不知所措，紧张得不行，杨冰晶抿嘴一笑，赶紧递给徐诩一个梨，让他拿着，转移一下注意力，缓解一下心情。

杨冰莹跑到一个房间里喊了一句，姐夫上门了！

傻丫头，没规矩，不许瞎叫！杨母在房间里呵斥着天真烂漫的杨冰莹。

杨父先从房间里出来，看见徐诩以后，和蔼地说，小徐来啦！

徐诩也不知道是脑子里哪根筋搭错了，直接叫了一声，爸！

杨冰晶都没想到徐诩会这么大胆直率，虽然很惊讶，但是心里却有一种说不出的感动。

杨父还是被徐诩的耿直给惊着了，喜笑颜开地说，坐吧，坐吧，这孩子真虎。

徐诩聪明地说，我就是属虎的。

属虎，今年 28 了。小伙子，很好。杨父已经被徐诩的一声爸彻底征服了。加上这次杨冰晶住院，徐诩没日没夜地照顾了几天，是明眼人都能看见的，杨父在心里觉得女儿的眼光没有错。

杨冰莹和杨母从屋里出来，徐诩干脆地喊了一声，妈！

杨冰莹在杨母身后冲徐诩竖起了大拇指，夸他够勇敢。

杨母冷静地说，叫我妈也没用，我必须认真考察你，才能把闺女交给你。父母要把关女婿，希望你可以理解。

徐诩拿着梨，点头说，应该的，毕竟您是冰晶的母亲，我迟早都要过您这一关。

杨母看了看徐诩带来的东西，回过头瞪了杨冰晶一眼，杨冰晶吐了吐舌头，调皮地一笑。

杨母说，你不要以为嘴甜就可以娶到我闺女，我作为小晶的母亲还是要对你提出三个条件。

徐诩说，您但说无妨。

第一，你必须要做好一辈子对小晶好的准备，我们都舍不得让她受委屈，也决不允许你让她受委屈，如果你不能保证一生对她好，我是绝对不会同意的。以后就算你们结婚了，如果你做了什么对不起她的事，我一样会支持小晶离开你，不管你们有没有孩子。

杨父忍不住插了句嘴，瞧你这话说的，这次小晶生病住院，那都是小徐一个人没日没夜守着的，你看现在小晶恢复得多好！

杨冰莹说，就是啊！这一点必须给姐夫加分。

杨母一声驳回了众人，是我在问小徐，你们都闭嘴！

徐诩说，妈，我会用我的生命去对冰晶好，我今天来，就是证明我对她说过的每一句话都不是甜言蜜语，而是说到就一定会做到的，是心窝子里的话。

徐诩的真挚和直接让杨母找不到别的话可以补充了。

杨母说，第二个条件就是房子了，现在谈及婚姻躲都躲不开的条件，既然你准备娶我的女儿晶晶，有没有想过换一个大房子？你现在的小户型应该不够婚房的标准吧？以后要是有了孩子，肯定也住不下。

徐诩早有准备，他从西装的口袋里拿出两张卡，一张是自己这五年存钱的卡，一张是父亲的卡，徐诩走到杨冰晶面前，把两张卡交到杨冰晶手里说，这里的钱应该够我们换一个大一点的房子，只要你想换，我们就换，以后都听你的。

杨冰莹说，哇，姐夫，你今天是有备而来啊！一来就上交财政大权，这么直接，这么有诚意，把我姐交给你，我放心。

杨冰晶没有控制住内心的激动和喜悦，她搂住徐诩的脖子，把他抱得紧紧的。

杨母看着抱在一起的两个人，笑着说，好了，好了，第三个条件就是你们结婚以后，我要抱外孙，不要让我等太久就行。

杨冰晶松开徐诩，流着眼泪说，妈——这也算一个条件啊？

徐诩高兴地说，你还不快答应妈。

杨冰晶害羞地推了一下徐诩，骂了他一句，去你的！

杨父笑着说，行了行了，准备吃饭了，小徐，咱们喝一杯。

徐诩紧绷的神经这一刻终于放松了下来，他知道自己已经过关了，兴奋地说，爸！没问题！

杨父杨母和杨冰莹在厨房里忙活着，徐诩想去帮忙，结果被杨冰莹轰了出来，他就和杨冰晶在客厅的沙发上聊着以后的计划，杨冰晶趁家人不注意，偷偷亲了徐诩一下。

徐诩笑着说，你现在变得跟我一样，也是越来越直接了，我刚才发现你一定是妈的亲生女儿。

这话怎么说？杨冰晶歪着脑袋看着他。

徐诩掰着手指说，你看啊！我追你，你给我布置了三个任务；现在我要娶你，妈又对我"约法三章"，这还能不是亲生的？不是才怪呢。

杨冰晶跳到徐诩的身上，揪住他的耳朵说，怎么，你好像很有意见呀？

没有，在你面前我哪敢，媳妇儿饶命！

杨冰晶挽起袖子，露出莲藕般白嫩的手臂，生气地说，饶你？哼——看我怎么修理你，看我不把你的嘴给缝起来。

缝我的嘴就不要用手和针线了，用你的嘴就 OK 了。徐诩说完，趁她不备，顺势把杨冰晶抱在怀里，脸上依然掩饰不住爱情过关的喜悦。

周芸提着一箱牛奶和一大袋水果在杨冰晶父母住的地方下了车。她沿路找了几个老大爷询问杨冰晶父母家的楼层和门牌号，街坊老大爷乐呵得连杨冰晶父母家里有几口人都告诉了周芸，周芸还给几个老大爷发了红苹果。

杨父杨母准备了一桌子的菜，五个人坐下以后，正准备动筷子，突然有人敲响了门。

杨父站起身准备去开门，嘴上问，谁呀？

叔叔，是我！

徐诩和杨冰晶听到周芸的声音，两个人面面相觑，徐诩有些摸不着头脑地说，她怎么找到这里来了？

杨冰晶也一头雾水地说，我哪儿知道啊！她怎么今天来啊？是不是你在公司里说了你今天上门的事情?

没有啊!徐诩猛地一跺脚说,我知道了,今天早上出门的时候我在朋友圈里发了一个消息。

杨冰晶说,你就喜欢不分时间地点场合乱晒幸福,看吧,现在把老总都晒上门了。

徐诩聪明地回应她,你就是我最大的幸福。

行了行了,真肉麻!去迎一迎周总吧。杨冰晶和徐诩起身走到门口,周芸还在急喘着气。

杨冰晶吃惊地问,周总,你怎么来了?

周芸走进客厅,放下手里的牛奶和水果,说,怎么了,杨总监出院,我身为老板不能来看看吗?

杨父笑着问,这姑娘是?

杨冰晶说,爸,她就是公司新到任的老总周芸。

这么年轻的老板啊!我觉得怎么也该是个中年人。杨父叹了口气说,现在真的是年轻人的时代,我是老了。

周芸笑着说,叔叔这么年轻,老从何说起,我看最多也就四十几岁。

杨父哈哈大笑,亲自给周芸泡了一壶好茶。

周芸指着茶几上精致的茶具说,能喝到今年春出的洞庭碧螺春,不得不说是一件很值得开心的事情。

看来小周姑娘也是一个懂茶之人。杨父说,我叫你小周姑娘,你不会生气吧?

周芸笑着说,哪里的话,叔叔叫我芸儿就好,我爸妈在家都这么叫我。

杨父把茶具都烫了一遍,周芸看着杨父娴熟的手法,都有些入迷了。

杨父说,我这两个姑娘都不喜欢茶道,整天的咖啡。芸儿,坐,尝尝这碧螺春的味道。

周芸坐在杨父身边,杨冰晶和杨冰莹两姐妹都不懂茶,只能站在一旁生闷气。

徐诩坐到两个人的另一边，拿起一杯茶品了品，说，周总可知这茶是产自太湖洞庭的碧螺春，还是云南的碧螺春呢？

周芸端详着茶具上那壶晶莹剔透的碧螺春说，我觉得应该是洞庭碧螺春。

杨父笑着问，哦？何以见得呢？

周芸说，色如碧，形似螺，洞庭碧螺春素以形美、色艳、香浓、味醇这四绝而闻名，今天有幸喝到，实在是太开心了。

徐诩佩服地说，周总果然好才学！

站在旁边的杨冰莹不高兴地嘟囔着，哼——有什么了不起的。

徐诩说，碧螺春的由来其实还有另一种解释，清朝时碧螺春曾名吓煞人香，康熙品尝此茶以后更是赞不绝口，得知此茶产自洞庭山碧螺峰，所以便将其改名为碧螺春了。

杨冰莹听了徐诩的话以后大叫，哇——姐夫好厉害！

几个人在一起讨论了一会儿茶道，杨母一听是女儿的老板来了，连忙拿一些本地的特产出来招呼周芸，还客气地让周芸过来跟他们一起吃饭。

周芸放下手包，走到餐桌旁说，阿姨，我正好饿了。哇！今天这么多菜，我是有口福了。

杨母赶紧去厨房拿了一套碗筷，杨父还给周芸搬了一把椅子。

杨冰莹目睹周芸这么漂亮的女上司来她们家搅和徐诩上门的事，心里已经猜了个八九不离十，她忽然觉得姐姐的眼光真是准，找了一个能让自己的老板都方寸大乱的男人。

杨冰莹生气地说，美女老板，我看你是醉翁之意不在饭吧？你明知道今天是我姐夫上门的日子，还故意来捣乱。

杨母立即呵斥自己的小女儿，冰莹，不许胡闹！怎么说话呢？领导都说了是来看望你刚刚出院的姐姐，对客人说话要有礼貌。

徐诩看着周芸充满故事的眼睛，喝了一口酒，又连着敬了杨父好几杯。

他知道周芸找来这里的用意，如今周芸成功喧宾夺主，她还是跟五年前一样强势，想怎么样就怎么样，虽然委婉了很多，但是她今天做的事情还是让徐诩不能接受。毕竟无论你想要得到什么，实现什么目的，都要分清楚场合，要懂得轻重，如果动机过于明显，就显得不择手段了。

可是周芸的一举一动却让杨母觉得是双喜临门，杨母忙上忙下的，高兴坏了。

吃饭的局间有些尴尬，周芸在这里出现让徐诩心有余悸，她这一着险棋很可能改变很多事情，让自己鼓起勇气做的这一切稍有不慎就会全部化为泡影。

杨母拉着周芸的手说，这姑娘长得真好看，跟我们家冰晶一样美，真是招人喜欢！

杨冰莹又嘀咕了一句，我姐比她好看多了。

阿姨说笑了，徐诩现在喜欢的人是冰晶。周芸谦虚地说，我作为他们的上司，还是很欣慰能有这样得力的助手，今天实在不知道是徐诩上门的日子，多有打扰，还望你们二老不要见怪。

这说的是哪里的话，我们当然不会见怪，以后小晶工作上的事情还要你多多照顾。杨母说，都别愣着了，吃菜吃菜，本来是特意给徐诩准备的，现在倒是一举两得了。

周芸吃着杨母做的红烧排骨，笑呵呵地说，阿姨，这排骨真香！

杨母说，香就多吃，多吃。芸儿长得这么好看，喜欢你的人一定不少吧？

徐诩不知道该怎么控制现在的局面，索性把水搅浑，于是说，那当然了，周总可是标准的白富美，要长相有长相，要学历有学历，要家世有家世，简直迷倒了一片又一片的追求者。

杨冰莹吃惊地问，真的呀？

徐诩说，那当然了，现在想跟我们合作的公司太多了，能在这样有号召力的老板手下工作，是我们这些员工的福气。

周芸狠狠地瞪了徐诩一眼，狠狠地嚼着嘴里的菜，咽下去以后，一脸微笑地说，这番茄有点酸。

杨父毕竟是过来人，他还是看出了周芸此行的用意和三个人之间的关系，探望出院的冰晶是虚，实则是为了徐诩而来。杨父笑了一声，举起酒杯说，大家碰个杯吧！欢迎咱们家未来的姑爷今天上门，欢迎芸儿姑娘！

杨冰莹吃了一口菜，问周芸，你们三个在一家公司里上班，平时会不会觉得尴尬呀？

周芸笑着说，不会啊！我是徐诩的前女友，我们大学在一起四年。我又是杨冰晶的老板，彼此之间都很熟悉。周芸故意把她和徐诩曾经在一起的事摆在前面。

听了周芸的话，杨冰晶的目光瞬时一黯，夹出盘子的菜又掉了下去。

杨冰晶问徐诩，她说的是真的吗？

徐诩看着她的眼睛，慌张地说，那都是大学时的事情了，我怕我告诉你会让你想太多，事情过去这么多年了，我也没想到这次来完美会遇到她，真的，我说的都是真的。

那你为什么不告诉我？她是你前女友，你来完美究竟是为了我，还是为了她？我不是在意你的过去，我是在意你隐瞒我的动机，你是想在我这里留一条退守的后路？你对我的感情是认真的吗？

杨冰莹说，姐，事情可能不是你想的那样。

杨冰晶根本听不进去，她冲进卧室里拿上自己的包，出来的时候把两张银行卡还给了徐诩，然后从徐诩的口袋里拿走车钥匙，夺门而去。

徐诩急忙追了出去，等他追出去的时候，杨冰晶已经开车走掉了。

周芸从楼里出来，看着徐诩说，从今天开始，我正式介入你们之间，你有拒绝我的权利，我有追求你的自由，只要你们没有结婚，我就不会放弃。

徐诩突然觉得头痛，他抱着脑袋蹲在地上说，周芸，当年你答应你父亲，放弃了我们之间的感情，我已经不怨你了，我也不恨你了，因为我觉得你是一个有担当、有责任的人，你懂得顾全大局，这也是你成为一个职业经理人的必备素质，或许你父亲也是看到了你身上的这一点，才会放心把 A 市这么大的公司交给你。但是，在今天这样的日子，你这样上门胡闹，你觉得有意思吗？我们之间确实有过感情，我也承认我当初爱过你，可那都已经过去了，我现在心里装的人是杨冰晶，我爱她，很多事过去了就是过去了，感情也一样。

周芸沉思了好久，还是依然执着地说，我不会放弃。她说完，在路边拦下一辆出租车先走了。

徐诩摸出那两张银行卡，他本来还打算吃完饭以后带杨冰晶去买戒指的。

在杨冰晶家，杨母一边收拾桌子一边说，这都什么事儿啊！乱七八糟的。我活这么一大把岁数了，还是头一回遇到这样的事情，还是发生在我自己的女儿身上。

杨冰莹兴奋地说，太精彩了，姐姐和老板抢姐夫，我刚才都看呆了。

杨母呵斥她的小女儿，你闭嘴！吃完了饭，赶紧回学校。

杨父倒不这么认为，他喝了口茶说，这两个姑娘都喜欢徐诩，恰好说明了咱们女儿的眼光没有错，感情的事，只能靠他们自己去把握了。这个世界上，只要是真心相爱的两个人，都应该被祝福。

杨母擦完桌子，摇头说，现在的年轻人，真是搞不懂。

谁的青春没有浅浅的淤青

徐诩赶到杨冰晶住的小区楼下，看见停在门口的车，迫不及待上了十九楼，摸出她留在自己这里的另外一把备用钥匙，却打不开门，门从里面反锁住了。

徐诩在门外着急地敲着门说，冰晶，开开门，你听我跟你解释啊！

徐诩敲了好半天，杨冰晶依然不理他，其实杨冰晶就贴着房门站着，想开门又提醒自己不能开。

同一楼层的另外两家住户都被徐诩的敲门声惊动了，全跑出来一看究竟。

徐诩不好意思地说，对不起，对不起，我女朋友生气了，我不是有意惊扰各位。

其中一个住户的大妈劝徐诩，小伙子，去买一些姑娘喜欢的礼物，哄一哄就好了。

另一个房东阿姨也说，我瞧这个姑娘挺好的，人长得漂亮，开朗活泼，说话还总是客客气气的，平时总是帮着我拿东西，还帮我收快递。小伙子，千万要抓住了，错过这么好的姑娘，你哭都没地方哭去。

两个好心的邻居都朝徐诩使了使眼色，然后就关上了门。

徐诩站在门口认真地说，我跟周芸真的什么事都没有，五年前我们就分手了，我跟你在一起和她回 A 市完全是两回事。她是她爸周恒远派回 A 市出任完美老总的，这个你知道的呀！至于她的显赫家世我也是后来才知道的，她家里有多少钱跟我没有关系，我不是故意瞒着你的，我只是害怕你知道以后会像她一样离我而去，我是真的怕那种再失去的感觉了。妈妈离开我的时候，周芸放弃我的时候，我只是不想这样的一幕再发生在我们之间，那样的话我或许又要再等上五年或者更久。这些话我本来是想在娶你的时候再告诉你的，现在说出来至少能让你知道我的心里只有你一个人。

徐诩说完这些，见杨冰晶还是不开门，就默默地走掉了，他知道现在的杨冰晶还在气头上。

杨冰晶一直都靠在门上，听完徐诩的话，她才知道徐诩有多爱她，这个想方设法维护他们感情的男人所做的一切只是不想失去她。她拉开窗帘，看着步行离开的徐诩，心里已经没那么气了。

下午，徐诩找到王修泽，王修泽把一只可爱的拉布拉多小母犬交到徐诩手里，徐诩抱着它，这只小犬一直在徐诩的怀里蹭，也不认生。徐诩想着毕业那一年也是小布丁陪着自己，他是真的不想这样的历史再次重演。

王修泽说，你给它起个名字呗！

就叫水晶吧。徐诩说，修泽，以后有什么事需要帮忙的，招呼一声。

王修泽一边喊着小水晶，一边逗它，小水晶伸出舌头不停舔着徐诩的脸，可爱极了。

你今天怎么了？不是上门见丈母娘去了吗？怎么跟个霜打的茄子一样。王修泽看出徐诩的状态明显不对。

徐诩叹了口气说，问世间情为何物，真让人惨不忍睹，修泽，晚上叫上钱然一起，让他下班早点过来。

王修泽说，要不然我还是先送你回去吧！我开车不能喝酒，明天我一个人去看房子得了，你这状态还是在家把电充满了再出来。

哥们儿答应明天陪你去看房子，就绝对不会放你鸽子。

徐诩，你今天这怨气有点重啊！究竟是什么样的女人能让你这样欢喜这样忧？杨冰晶究竟是何许人也？我是越来越好奇了。

徐诩抱着小水晶上了王修泽的车，不耐烦地说，赶紧开车走人，今天晚上我必须多喝一杯。

王修泽说，你喝吧，晚上让钱然陪你喝，我在车上给水晶留几根香肠，就不把它带到酒吧去了。

钱然赶到追梦人的时候已经是七点多了。

徐诩抱怨说，你怎么这么晚？

钱然喝了口水说，堵车，我能来就不错了。你什么毛病啊？非要把我叫来，我们两个单身狗都没你活得滋润，瞧你这要死要活的表情，这是受了成吨的伤害呀！

王修泽说，嫂子跟他闹矛盾了。

什么情况？说来听听！让钱大师帮你分析分析，给你指一条明路。钱然把外套脱掉，拿起一瓶啤酒就喝。

徐诩先是把周芸上杨冰晶家捣乱的事情说了一遍。

钱然说，你在朋友圈里晒上门的照片简直就是个败笔，你完全可以完事以后再晒啊！谁让你给了周芸可乘之机。

王修泽说，咱们的周同学还是这么有个性！为爱痴狂啊！

徐诩叹了口气，又把周芸在吃饭的时候说她是自己的前女友而惹得杨冰晶愤然离席的事情说了一遍。

王修泽问，你们仨在一个公司里上班，杨冰晶难道不知道周芸是你前女友的事情吗？

徐诩说，周芸刚来公司的时候我就想到过这个事情，本来关系就已经够乱了，当时我是怕我说了反而让大家难堪，拖着拖着就一直没有告诉她。

钱然说，徐大哥，你是从远古穿越来的吧？这个时代说谁是你的前女友有那么难吗？你心虚什么呀？

王修泽说，你这此地无银三百两的高招啊！嫂子当时没把水泼你脸上已经算得上是通情达理了。

现在呢？嫂子是不是躲着不肯见你？钱然不愧是当记者的，对故事的发展了如指掌。

王修泽说，那还用说，我觉得你今天不用去了，去了反而火上浇油。

钱然正喝着，突然看见周芸也在，赶忙推了推徐诩说，那不是周芸吗？她怎么也在这儿借酒浇愁？

哪儿呢？王修泽扭头一看，还真是周芸，侧脸看上去，依旧美得让人沉醉。

徐诩只见周芸一直在喝酒，桌子上已有两个空酒瓶。

王修泽吃惊地说，我的天，咱们的周同学不光喝的酒好，酒量更好，两瓶马爹利蓝带。

钱然说，周芸同学这是跟酒有仇啊！一个人喝这么多。

我看不是跟酒有仇，是跟徐诩有仇，她今天不是去嫂子家捣乱去了吗？徐诩上门，周芸捣乱，徐诩，我看你怎么走出这迷魂阵。王修泽指着已经快不行的周芸说，都是同学，咱们总不能坐视不理吧？

钱然放下啤酒瓶，感叹不已，你说这么漂亮的姑娘，家里又有钱，干吗非要自寻烦恼，非要在徐诩这棵树上吊死呢？爱情这种东西有时候就是你愿意我不愿意，我愿意你又不愿意，你曾经愿意我现在不愿意，我曾经愿意你现在又不愿意。

徐诩笑了一声，说，钱然，你这话说了跟没说一个样。

王修泽说，就是，听得我头都大了，说来说去其实就是不愿意。

周芸趴在桌子上，袖子和头发都被翻倒的酒杯流出来的酒打湿了，她侧着脸贴着桌面，嘴里还在念着徐诩的名字，说着对不起三个字。

徐诩他们三个起身准备过去带周芸离开，毕竟是老同学了，她一个姑娘家喝醉了太不安全。有几个长期混迹于此的小青年却抢先一步围了上去，徐诩、王修泽和钱然一起挡在了那几个家伙面前。

王修泽指着他们的脑袋点名说，一、二、三、四、五，五个大老爷们欺负一个喝醉的姑娘，你们他妈的还能算是男人吗？

五个小青年的头儿穿着破牛仔裤，皱巴巴的衬衣比他的黑色外套还要长，衬衣领口的扣子掉了两颗，露出一条晃眼的项链，留着胡须，叼着一根燃了一半的香烟，然后把嘴里的烟雾吐在周芸红扑扑的脸上，身后四个家伙发出得意的笑声，两个染着红头发，两个染着黄头发，站在他们头儿的两边。

王修泽笑了笑说，好久没打架了，咱们大学那次打架受处分好像也是因为周芸被人欺负，历史总是惊人的相似啊！

徐诩回想着九年前的自己，那时他是 A 大市场营销专业的一年级新生，住的是一个混编寝室，跟钱然、王修泽和赵石磊这三个家伙住在了一个窝里。

王修泽跟徐诩是一个专业一个班的，钱然是新闻传播系的，赵石磊学的是法学，这家伙立志要当一个优秀的律师，可惜年年学校的辩论赛最后都败在了徐诩的三寸不烂之舌下，徐诩在大学四年里总是嘲讽赵石磊的专业简直是白读了。关于赵石磊，徐诩他们三个平时都不叫他这个名字，叫他赵四石。徐诩总是调侃他，说他是五行缺土；王修泽却说他五行缺粮。

军训结束的当天晚上，同寝室的四个人一起去校外的一家土家菜馆庆祝军训结束和国庆假期的开始，四个人都喝了点酒，大声唱着周杰伦的《简单爱》，大概就是那个时候，他们开始憧憬着大学时期的爱情了。结果就在回学校的路上遇到了三个校外青年欺负两个女生，一个叫尹丽茜，还有一个就是周芸了，两个姑娘都是徐诩和王修泽的同班同学，当时徐诩他们四个都年轻，都冲动，凭着出色的团队意识和协作配合，上演了一场以多胜少的"歼灭战"。

只可惜，打完架以后的四个人还是被学校保安处的人发现了，虽然情有可原，但是徐诩他们四个还是得了个警告处分。然而，就因为这一架，国庆以后，周芸就成了徐诩大学时期的女朋友了，那四年里，周芸带给了徐诩最难忘的回忆，也给他留下了最难愈合的伤口。至于尹丽茜，自然成了王修泽的女朋友，同班同学，这样的爱恋总是刻骨铭心。

徐诩收回记忆，调侃地问身旁的王修泽，尹丽茜同学跟你分手之后去哪里了？怎么一直都没有听你说起过？咱们大学同学的微信群里，她好像一直都没有说过话。

王修泽看着徐诩说，你想知道啊？

徐诩点了点头。

打完这场，我再告诉你。

钱然说，这次又要为了周芸动手了，徐诩，这架打完了，一定要让周芸给我介绍个女朋友啊！

钱然，你小子帮忙就讲价钱的毛病，到死了都改不了了。

王修泽说完，就和钱然一人一脚踹飞了一个黄毛和红毛，双方瞬间恢复了均势，徐诩一记重拳打在了那"头儿"的脸上，剩下的一个红毛和黄毛想跑，结果被王修泽和钱然放倒在地。追梦人酒吧开始一片混乱，那头儿从地上爬了起来，从外套里摸出了一把刀，把刀抵在了周芸的脖子上。

他叫嚣着，你们都给我让开！

徐诩他们三个缓缓后退，倒在地上的"双红"和"双黄"已经爬了起来，站在他们头儿的身后。

这个时候，从角落里飞出一个酒瓶，正好砸中那头儿的脑袋，砸得那家伙应声倒地，脑袋上开了一个口子，鲜血直流。

他妈的！谁啊？哪个不怕死的给老子滚出来！他捂着脑袋疯狂叫着。

王羽尘慢慢悠悠地从角落里走了过去，拍打着他的脸说，我知道你想问我是谁，告诉你，老子是石川集团 CEO 王羽尘，你可以随时来找我。王羽尘说完，将一张名片塞进了那小子的上衣兜里。

你们五个还不滚？王羽尘指着头顶上的摄像头说，刚才你们的一举一动都被拍得清清楚楚，我想即便是警察来了，我也没什么好怕的。

五个小青年听完王羽尘的话撒腿就跑，还嚷嚷着要给王羽尘好看。

王修泽拉着王羽尘的手兴奋地说，我们公司正在和石川集团下属的一个食品公司合作拍一个广告，今天能在这里见到王总，真是幸会幸会。

王羽尘有些没反应过来，连声应和着。

钱然跟王羽尘的石川集团没什么往来，而且他和徐诩一样看不惯这样的富二代，就指着醉得不省人事的周芸说，咱们的周同学是送到徐诩那里，还是找一家酒店让她先住下？

王羽尘抢着说，当然是我送她去我家了。

王修泽说，王总，我要说句公道话，你送周芸回你家是不是有点儿名不正言不顺啊？虽然您刚才仗义出手，但是现在也不能乘人之危呀。我们三个好歹是周芸的大学同学，徐诩还是周芸的前男友，这关系比你多少还是要近一点儿，所以今天晚上还是由我们送她回去。

我们可是经过双方家长同意，安排过相亲的！而且我跟她在上海的时候已经见过面了。王羽尘急于证明自己并不是想耍流氓。

钱然说，王总，只要你不是她的男朋友或者老公，我们就不能把周芸交给你！还望理解！

理解！理解！王羽尘释然地一笑，然后很绅士地握住了徐诩的手说，兄弟，周芸就拜托你送她回去了。

徐诩点头说，放心吧！

出了追梦人，王羽尘还是开着他那辆新款的宝马 Z4 先走了。徐诩和钱然把周芸扶上车，小水晶被吓到，跳到前排副驾驶的位子上去了。

路上，周芸靠在徐诩的肩膀上，王修泽一边开车一边说，毕业那年，我在 A 市找工作，尹丽茜同学要回老家，后来听说是她想当老师，具体是什么老师我也没问，那时候脑子太乱了，我们之间也没有谁提出过分手的事情，就是渐渐地断了联系，她以前的电话也打不通了，我用微信给她发消息，她也不回我，加上那时候我在广告公司实习，越来越忙，彼此之间就这么疏远了。

钱然说，我觉得那是你在她心里的重量还不够，没有让她达到难以割舍的地步，所以她才可以狠得下心。

徐诩笑着说，钱然，你别刺激修泽了，他正开着车呢！

我怎么没想到这一层？徐诩，还是你比较了解他，加上上次纸媒广告的事情，难说这家伙会不会把咱们都带到沟里去。钱然说完，赶紧把安全带系上。

徐诩看着醉倒的周芸，也不知道当年自己在她的心里能有多重，估计也和王修泽在尹丽茜心里的分量差不多，不然周芸也不会那么狠心地离开。

王修泽把车开到徐诩住的地方，徐诩扶着周芸下了车，小水晶也跟着跳了下来，王修泽递给徐诩一包狗粮，还叮嘱他说，你晚上可别乱来，都已经是上过门的男人了，心里要有分寸！

徐诩说，滚蛋吧你！我上去就给杨冰晶打电话，再说了，周芸现在是我老板，我不会把过去的感情和现在的感情混为一谈。

钱然把脑袋伸出车窗说，兄弟，祝你好运了。

王修泽开车走了以后，徐诩一只手拿着狗粮，一只手扶着周芸，小水晶跟在他身后，一起进了电梯。

徐诩扶着周芸进了卧室，给她擦了把脸，盖好了被子，就跑到客厅的沙发上给杨冰晶打了一个电话，小水晶乖乖地在旁边吃着狗粮。杨冰晶坐在床上还在为上午徐诩的前女友周芸突然造访的事情恼火，越想越生气，一看是徐诩的电话，直接点了拒接。

徐诩见杨冰晶不接电话，干脆发了一句语音，告诉杨冰晶周芸现在就在他家。这一招还真有效，杨冰晶立即拿起手机给徐诩打了一个电话过去。

徐诩一看是杨冰晶打来的，点了接听键。

杨冰晶在电话里大骂徐诩，行啊你！长本事了。都把前女友带回家里去了，我不在，什么女人你都敢往家里带啊！你这个混蛋！今天上午才来我家见我父母，下午就出去招惹美女老板，你让我怎么相信你？为什么你总是要做一些我无法忍受的事情来挑战我的底线？徐诩！你去死吧你！我再也不想看见你了！你这个没良心的混蛋！

徐诩说，冰晶，对不起，都是我的错，你别生气了，我真的什么都没做。

我是真不知道周芸会来掺和我们的事情。晚些时候我跟大学的两个同学去喝酒，在追梦人又遇到了周总，她喝醉了。对了，还有王羽尘，就是你那个同学，真的！我们当时都在场，还跟几个想调戏周芸的流氓打了一架，我的两个同学都可以为我作证，王羽尘也可以证明的，你如果还不信，就现在过来看看吧。

杨冰晶恼怒地说，好啊！你等着！我马上过来，过来看看你这个为前女友保驾护航的大骗子。

陈年旧事

王羽尘晚上回去以后，被王石川大声呵斥，警察都找到我这里来了，你小子又在酒吧里闹事。

王羽尘说，是那帮人欺负一姑娘，我是不得已才出的手。

王石川说，就算是，可你到底有没有脑子？那是一群什么人？你知道自己是什么身份吗？明天媒体会怎么报道？你这是在丢我的脸，丢整个集团的脸。

爸，你怎么连那姑娘的名字都不问？

我问什么？你这几年招惹的姑娘还少啊？你小子就是故意气我，这么多年一直埋怨我不告诉你关于你妈妈的事。王石川两眼直冒火。

这屋里的那个女人摆明了就不是我妈，从小到大，她碰都不碰我，我看见她我都瘆得慌。爸，想不到您这样叱咤 A 市商场的大人物居然也有不为人知的情史，来，跟我说说呗！我妈是您的第几任？

王石川一巴掌打在王羽尘的脑袋上说，你小子这几年不思进取，毫无长进，你是想让我这一大摊子产业到最后拱手送给别人？你老子我就那么一点的过去，你这个混账成天揪着不放，你是准备在我耳边念一辈子紧箍咒？

如果我告诉您，今天那个被欺负的姑娘是周芸，您老还生气吗？

谁？你说谁？王石川被杯子里溅出来的热茶烫到了手。

王羽尘搂着王石川的脖子说，爸，您儿子我今天晚上英雄救美，在酒吧里把欺负周芸的几个流氓痛打了一顿，我管他媒体怎么报道，对了，跟我一起打架的还有周芸的几个同学，惊动媒体怕什么，现在这个时代，曝光率就是利润！正好帮公司做了正面宣传了，这个道理老爸你肯定懂。爸，说说呗，我妈现在在哪里？你告诉我地址，我漂洋过海找她去。

王石川把王羽尘的手拿开，喝了口茶说，你小子最好消停点，让我多活几年，叫你管理公司，你去拈花惹草；让你去相亲，你被一个姑娘贬得一无是处。你小子什么时候才能让我省省心！

她说的都是事实，按照她的标准，我确实一无是处。王羽尘说，她现在似乎对她的前男友还抱有幻想，我说她怎么油盐不进，原来问题出在这里。

王石川说，如果你能把周芸娶进门，石川集团和完美就有可能强强联合，我也可以拿住周恒远，一雪前耻。等时机成熟了，我们可以入主完美，甚至控制完美也不是没有可能。王家这些年在A市做得是不错，但是商场如战场，如果我们不利用上市把雪球滚大，在A市依然有被人吃掉的危险。

王羽尘说，完美集团现在的市值那么高，您的想法是不是太冒险了？再说了，石川集团借壳上市没几年，现在跟完美斗一定会落得两败俱伤，您这么做一定还有别的目的吧？

小子，最近长进了不少啊！王石川站起身，走到窗前想了好久，才对王羽尘说，都是一些陈年旧事了，这么多年我一直纵容你，无论你怎么胡闹我都不会怪你，只因为你是她的儿子。我曾经对不起她，当年为了跟周恒远争股份、争权力，我选择了股份，放弃了她，我一直心存愧疚，羽尘，你的名字是她取的，你的亲生母亲叫陈言秋，她是一个华裔外商的女儿。

至于现在我身边的这个女人，是当年周恒远在你妈离开我以后安插在我身边的眼线，她是周芸母亲孙玲的同班同学，叫程晓冉，当年她和孙玲还有你妈陈言秋都是很好的姐妹，用你们年轻人的话说是闺蜜，你到现在可能还不知道她叫程晓冉吧？

王羽尘撇了撇嘴说，我干吗要知道她叫什么名字？她成天涂脂抹粉珠光宝气，你都不管，我才懒得管。

我是将计就计，为的就是有一天能吃掉周恒远的完美集团，他偷了别人的东西，二十多年了，也应该还了。

爸，你这二十多年卧薪尝胆，我妈她知道吗？当年到底发生了什么，让您可以把这一切拖到现在才告诉我。

完美集团最初是由三个合伙人共同出资成立的，我、周恒远和徐豫。起初公司的注册资本只有三十万块钱，是一个小公司，但是三十万在当初也不是一笔小数目。经过我们三个人的努力经营，很多时候都是没日没夜地干，只用了几年的时间，公司就壮大了起来。当年随着大量的外资进入中国市场，完美也得到了前所未有的发展机遇。那一年，陈言秋和她的表妹孙玲作为外资代表带着一个项目回国考察，寻找合作伙伴。在谈判和接洽上，徐豫有着天生的优势，很快我们就得到了这个机会，并且顺利地签订了合同。

就在这段时间里，周恒远看上了孙玲，而我和徐豫却同时爱上了陈言秋。

我后来才知道，周恒远看上的是孙玲的家族背景，当年如果不是孙家支持，我早就在股东大会上赢了周恒远。我以为我这一生唯一的胜利就是在和徐豫的竞争里赢得了言秋，后来听言秋说，其实我根本没赢，是徐豫自己主动放弃了，他更珍惜我们三个人之间的友谊。

一年以后，陈言秋生下了你，这时的完美已经有了上千万的规模，不仅从事外贸，也开始着力扩展内地市场，进军多个行业，从最初的制造、包装和运输到后来的家电、食品和化妆品。没多久，公司就在上海证券交易所挂牌上市了。然而，我和徐豫谁也不知道周恒远在暗地里对公司内部进行了清洗，很多重要部门的负责人都换成了他的心腹，在第一次增资扩股的时候我就发现情况不对，当时我联合了公司的大部分员工，决定召开临时股东大会罢免周恒远。由于双方所持股份大致相等，斗争持续了好长的时间，双方都是在市场上拼价抢股，争夺公司的实际控制权。

为了帮我，你母亲不仅把她手里 5% 的公司股份都给了我，她又去求徐豫，希望徐豫可以再帮她，让徐豫站在我们这一边。

徐豫当时对你的母亲说，我不知道你们在争什么，金钱和权力已经让你们失去了理智，我可以把我的股份都给你，不为别的，只因为是你，言秋，你知道无论你要我做什么，我都会答应你。

那天晚上，陈言秋回来的时候抱着你，她把徐豫的股权转让协议放在了桌子上，她对我说，石川，我和协议之间，你选一个吧！我累了。

当时我看着那份协议，就像是抓住了一棵救命稻草，以致完全忽略了你的母亲，我不想我们三个人的胜利果实被周恒远一人独吞。

第二天，陈言秋离开的时候对我说，在她和公司股份之间，徐豫选择了她，而我却选择了股份。陈言秋不愿意这一生都欠着徐豫，她决定跟徐豫一起离开，如果可能，她这一生都不会再回上海。

王石川接着说，那天言秋希望能带着你一起走，是我死活不肯，才把你留了下来。我后来才知道，当时完美集团实际控股的几家机构和基金都是由孙家在背后支持的，我不可能在这场斗争中获胜。我一气之下抛掉了手里所有的完美股份，一走了之，带着你一起来到了 A 市，这一转眼就是二十多年。

王羽尘沉默了好久，可他的心里却无比高兴，因为他终于知道了自己的母亲是谁。

这二十多年里，我一面要防范着程晓冉这个女人，一面又四处打探陈言秋的消息，她和徐豫仿佛人间蒸发了一般，杳无音信。在你母亲离开了六年以后，我在一天晚上接到了徐豫的电话，徐豫说陈言秋已经被她的父亲陈丰实带回了家，陈言秋的母亲病重，她不得不回去。我当时想把徐豫股份折现的那笔钱还给他，徐豫拒绝了，他说那是言秋的东西，要还就还给她。王石川说完这些，抽了根烟，好让自己的情绪能有一个出口。

事实上，陈言秋这一走就再也没有回来，那一年，徐诩只有五岁，徐诩还记得当时自己天天问父亲，妈妈去哪儿了？没错，徐豫就是徐诩的父亲，而他的母亲也是陈言秋，一个嫁过两个男人，却又因为种种原因离开了他们的美丽女人。三十多岁的徐豫开始一个人抚养徐诩，他把自己毕生的本领都教给了徐诩，靠自己经营的一家副食烧烤店供徐诩上了大学。

听完故事，王羽尘说，上个月去上海的时候，我看你跟周伯伯的感情挺好的，就跟多年未见的老友一样。

王石川冰冷地一笑，说，儿子，我带你去上海跟她闺女周芸相亲是虚，打探完美集团的现状才是实，同时也让程晓冉给周恒远做一下汇报。老狐狸在我身边安插了一个程晓冉，我在完美集团总部的内部也安排了我们的人。上次我利用 A 市完美化妆品股份有限公司的危机大肆炒作，包括他们的原料供应商提高报价和媒体的负面宣传都是我动的手脚，连他们的人力资源总监吴晴也是我一手拿下的，只是没有达到预期目的。好在我们趁着完美集团股价波动成功买入了 7% 左右的完美股份，但距离建仓还远远不够。我现在可以告诉你，MT 公司在三年前就已经被我们石川集团收购了，没想到周恒远那个老狐狸居然把自己的女儿派到了 A 市，还有，那个叫徐诩的是个什么人？我托人查到了他的资料，总觉得这个人看上去眼熟。

他？今天晚上跟我一起打架的就是他和他的两个同学。周芸喜欢的人应该也是他，他就是周芸的前男友。我追过的一个叫杨冰晶的同学现在是他的女朋友。王羽尘一脸的郁闷，似乎十分不愿意提到徐诩这个人，因为在徐诩面前，王羽尘觉得自己太失败了。

这个时候的徐诩看着醉倒在床上的周芸，他只能等着杨冰晶过来收拾残局了。

杨冰晶气呼呼地到了徐诩住的地方，掏出钥匙打开门，徐诩却满脸堆笑地等着她。

你看看，我就不会把门反锁。徐诩说完，走过去想抱她，被杨冰晶闪身躲开了。

这个时候，小水晶摇头摆尾地走到了杨冰晶的脚下，围着杨冰晶打转转。

徐诩说，它叫水晶，是小布丁的闺女，我今天刚从王修泽那儿抱回来，怎么跟你这么亲？

杨冰晶抱起水晶，爱不释手，露出了难得的甜美笑容。

徐诩趁机从后面抱住杨冰晶说，不要生我的气了，我是不该隐瞒周芸是我大学时女朋友的事情，我去完美应聘真的只是因为你，再说了，那个时候谁知道周芸会被派来这里当老总，我是真不知道她会回来。如果你还不相信，我明天就去公司辞职，我保证，今后什么事情都不瞒着你，你就看在水晶的分上，原谅我好不好？

杨冰晶把水晶放在地毯上，转过身，抚摸着徐诩宽大结实的脊背，觉得很安全。

徐诩看着杨冰晶渐露笑容的脸说，你不生我的气了？

杨冰晶捶着徐诩说，我要是生你的气，早就被你气死了。

亲爱的，你和周芸个头身材都差不多，找一件你的衣服给她换上呗，我今天就不住这里了。

怎么了，你想跑啊？我如果不相信你，你觉得我会来你这儿吗？杨冰晶说完就进了卧室。

没多久，杨冰晶就替周芸换好了衣服出来，她关上卧室的门，把周芸的脏衣服都塞给了徐诩，还没好气地说，给！最佳前男友，拿去洗了吧！

我怎么听着你这话里隐约有一股醋味儿啊！

滚——杨冰晶用力地踢了徐诩一脚，把她心里所有的怨气全部发泄了出来。

徐诩出来的时候，杨冰晶已经准备好了药箱。

过来！

徐诩坐在杨冰晶的身边，杨冰晶用棉签蘸上药水轻轻地处理着徐诩面部的淤青和擦伤。徐诩都没注意到自己的脸上有伤，一晚上发生的事情太多了，这些伤在徐诩心里简直不值一提。

看着杨冰晶心疼的表情，虽然才分开这么短的时间，可徐诩觉得面对面坐着还想她。

徐诩握着杨冰晶柔软白细的手说，明天我要跟我大学的室友王修泽一起去看楼盘，他要在 A 市买房子。对了，我的另外两个室友都想见一见你，这个月的最后一个星期六是我们这一届 A 大市场营销专业的同学聚会，我想带你一起去，正式把你介绍给我的朋友。

杨冰晶摇头说，你们大学同学聚会，我去不合适。再说了，到时候周芸肯定也在场，我不想去。

你这么漂亮，到时候闪亮登场，一定把在场的所有女生都比下去了，你还怕她？

杨冰晶靠着徐诩的肩膀说，徐诩，周芸的条件那么好，家里有钱，人又美，你为什么会这么在乎我呢？

傻瓜。徐诩把杨冰晶抱在怀里说，有钱怎么了？有钱人多了去了。至于美不美的问题，情人眼里出西施，有你在我的眼里就够了。

杨冰晶开心地一笑说，好吧，到时候你开车来接我。

收拾完一切，杨冰晶准备离开，徐诩拉住了她的手说，今天别走了。

第二天一早，三个人同时被小水晶的叫声唤醒。

周芸打开房门，说，我怎么会在你这里？

你昨天一个人喝那么多的酒，有几个流氓想占你便宜，我跟王修泽、钱然正好都在，哦——对了，还有王羽尘，最后一起把你送到我这里来的。

听徐诩这么一说，周芸还是想不起来。

杨冰晶说，周总，你的衣服已经洗好放在床头了。

徐诩说，我去做早饭，你们吃完了再走。

周芸回到卧室里换好衣服，有一些慌乱地说，徐诩，我不吃了，我还有事，就先走了。

看着周芸急匆匆地走掉，杨冰晶明白她心里的矛盾和尴尬。

小水晶，咱们也走了！杨冰晶抱起水晶，说走就走。

徐诩嚷嚷着说，喂——我准备了三个人的早餐，你们都走了，谁吃啊？

杨冰晶说，我不吃了，我跟水晶打车回去，你不用送了。

徐诩提醒她，那你把狗粮带上，别饿着小水晶。

杨冰晶调皮地说，我不带，命令你亲自给本姑娘送过来。杨冰晶说完，把车钥匙扔在了桌子上。

小水晶一双可怜的眼睛盯着徐诩，似乎很舍不得，嘴里还不停地发出呜咽声。

徐诩叹了口气说，唉——我现在混得连条狗都不如了。

约 定

上午，徐诩跟着王修泽一起去看新楼盘，两个人把 A 市新开盘的楼盘都转了一遍，最后还是开着车回到了距离石川集团大厦不远的城市之心，主要是徐诩觉得这个楼盘的名字很好听，两个人刚走进售楼大厅，就遇到了准备离开的周芸。

王修泽看见周芸，嘴咧得跟一朵喇叭花一样，走上去殷勤地说，哎呀，周芸同学，没想到在这里也能见到你，你也来看房子？

王修泽说完就抓住周芸的手不舍得松开，周芸挣脱了好久，才把手抽了出来，有些难为情。

徐诩看着周芸不好意思的样子，不知道是王修泽太热情了，还是因为他也在场。

周芸说，我已经付了全款，你们慢慢看，我先走了。

周芸走出城市之心的售楼大厅，开着一辆崭新的奥迪 A7 离开了，那颜色是徐诩最喜欢的香槟色。

周芸走了以后，王修泽急忙跑到售楼小姐那里打听周芸购房的楼层，惊喜地发现同楼层的跟她相邻的一套房子还没有人订，王修泽赶紧拿出银行卡说，这一套我要了。

售楼小姐微笑说，好的，先生，请您先签订购房合同，我们会为您办理购房手续。

徐诩拉住王修泽的胳膊说，兄弟，你小子今天不是来买房的吧？买房子哪有这样买的？你这买房简直跟买菜一样！

王修泽说，你跟周芸已经分手了，我想追她，你应该不会反对吧？

徐诩说，我干吗要反对？你喜欢就去追好了。但是买房这么大的事情，你小子要先考虑清楚。

周芸买的房就在隔壁，这一套又正好没卖，我能不出手吗？还想什么想，能住在女神隔壁，这样的房子要不惜一切代价拿下！

徐诩伸出大拇指，行，我服了。

陪王修泽看完房子，徐诩就跑去杨冰晶那里送狗粮，好好的两天周末，徐诩感觉自己被折腾得骨头都快散架了。

杨冰晶抱着水晶坐在客厅里看动画片，无拘无束地哈哈大笑，徐诩听着有一些走神，他感到自己今后的人生里一定不能少了这爽朗又暖心的笑声，看着厨房灶台上摆满的新鲜食材，竟不自觉地哼起了歌：

远处的钟声回荡在雨里

我们在屋檐底下牵手听

幻想教堂里头那场婚礼

是为祝福我俩而举行

一路从泥泞走到了美景

习惯在彼此眼中找勇气

累到无力总会想吻你

才能忘了情路艰辛

徐诩哼完一段，开始择菜洗菜，杨冰晶却不知道什么时候溜到了徐诩的背后，调皮地抱着他的腰，接着唱：

你我约定难过的往事不许提

也答应永远都不让对方担心

要做快乐的自己

照顾自己

就算某天一个人孤寂

你我约定一争吵很快要喊停

也说好没有秘密彼此很透明

我会好好地爱你

傻傻爱你

不去计较公平不公平

杨冰晶唱完之后把下巴放在徐诩的肩膀上问他，为什么你唱的歌都是我喜欢的呢？

徐诩说，因为我心里有你啊！说完，给杨冰晶的嘴里塞了一片刚切好的黄瓜。

或许是幸福的两个人感染到了在客厅贪玩的小水晶，小家伙听到动静就来到了厨房里，徐诩找了一块没有下锅的排骨往小家伙面前一扔，水晶一跳，接住了排骨，跑到自己住的地方安静地享受去了。

杨冰晶抱着徐诩说，你带我去参加你们大学同学的聚会，我想去买一套晚礼服，现在订做肯定来不及了。

不用买了，你这么美，穿什么都跟仙女似的。

杨冰晶撒娇说，我不！我要去买。

徐诩轻刮了一下杨冰晶的鼻子说，行，明天下班之后，我陪你去买，用我的卡买，以后我挣的钱都给你买，我答应了你爸妈，一定要把你宠得跟公主一样。好了，现在我要炒菜了，看你馋嘴的样子就知道你饿了。

杨冰晶替徐诩系好围裙，看着他翻炒时的用心，品尝味道咸淡时的仔细，调火煎炸时的认真，一个人究竟爱不爱你，一举一动就能看得很清楚，杨冰晶能体会到自己在徐诩心里的位置，就在这些咸淡煎炒之中。

杨冰晶像一只缠人的树懒，看着徐诩烧菜。

徐诩温柔地说，怎么了这是？你这撒娇的功力渐长啊！你把我抱得这么紧，我怎么炒菜呀！厨房油烟重，快出去。

杨冰晶亲了一下徐诩的脸，幸福地走出厨房，找水晶玩去了。听着客厅里的欢笑声，徐诩觉得锅里的菜都洋溢着幸福的味道。

周一上午，周芸召集所有部门的总监开会讨论人力资源部提出的岗位绩效考核方案，万芳玲、刘淼淼、杨冰晶和刘长东对徐诩的方案完全没有异议，全都举手赞成。

周芸说，徐总监提出的这套方案对于公司人力资源的管理和工作效率的提高很有帮助，我已经签字同意了，如果你们没有意见，我会让严助理立即下发到各部门参照执行。

徐诩吃惊地说，我原本以为各位会针对各个部门的实际情况提出一些具体的意见，没想到大家这么一致，我先谢谢各位总监了，这是对我们人力资源部近期工作的肯定。

刘淼淼说，以前吴晴在的时候，我就提过针对公司员工制定统一的绩效考核标准，防止有些人整天无所事事混时间，不仅影响公司的效益，同时也有损公司的形象，现在这套方案出来，每个部门都有标准可以参照，我当然没有意见了，我还觉得这套方案出来的晚了。

万芳玲说，我觉得也是，这下好了，以后财务部扣发员工的奖金和工资就不会再没有依据了。

徐诩笑着说，是，多谢各位总监的支持。中午我请大家吃饭，来公司这么长时间了，也该请诸位吃个饭了，地方你们挑。

徐诩啊徐诩，你看，新总监到任，方案通过，另外你跟杨冰晶的事公司上下谁人不知谁人不晓啊！你再看看杨总监，脸都红了，三件好事你就请大家吃一顿？刘长东指着杨冰晶羞红的脸哈哈大笑。

你们去吧，我中午要去找装修公司谈一下房子装修的事情。周芸说完，起身先走了。

刘淼淼吃惊地问，周总买房子了吗？

徐诩说，上周末我跟我的同学一起去城市之星看房，遇到了周总。

城市之星？黄金位置啊！那儿的开发商好像是石川集团旗下的一家地产公司，看来周总是要留在 A 市，不准备回上海了。刘长东说，她最近又是买车，又是买房的，这是要结婚成家的节奏啊！

万芳玲说，我就等着喝喜酒了，看看冰晶和周总谁的喜事先到。

刘淼淼大声笑着说，大家还是提前把份子钱准备好吧！

对了，大家今天想吃什么我请就是了，诸位就不要再麻烦冰晶了。徐诩狡猾地说，我在此先谢谢各位领导了！

我的天！徐诩你都懂得帮老婆省钱了！佩服，佩服。刘长东看着徐诩，自愧不如。

刘淼淼也佩服地说，徐诩，你这人际关系、公关处理都比我强，要不咱们俩换个位置吧？到时候徐总监出马，得为公司节省多少成本开支啊！要少走不少弯路。

不行不行，公司那么多客户，少了淼淼姐怎么能行？我还是待在人力资源部，那里才是我应该待的地方。徐诩急忙摆手，惶恐不已。

你少来，这次岗位绩效考核方案一通过，你就是公司的红人了。万芳玲叹了口气。

杨冰晶羞涩了好半天终于开口了，你们都指望徐诩在年终的时候帮你们部门一把，我怎么办？我们销售部今年的销售额任务还差两个百分点呢！你们也帮帮我啊！

刘长东眉开眼笑地说，小冰晶，这个任务跟我们几个部门可是八竿子打不到一块儿去，你要去找市场部的人，可是自从吴明调走以后，公司市场部一直在重组，从总监到部门经理都空着呢！市场部下面的人都在做销售部门的事情，作为公司副总，我现在正式任命你为市场销售总监！

杨冰晶瞪了刘长东一眼，然后趴在会议室的桌子上愁着自己销售任务的事情。

徐诩说，各位我看这样，咱们先去吃饭，反正大家有难同当，走了，吃饭去了。

喂——徐诩，你怎么能这样？万芳玲和刘淼淼一脸的不乐意。

这种额度的任务对于你们二位美女精英根本不是问题，我倒是替刘总有些担心，你们就不要觉得委屈了。淼淼姐，以你的功力，0.5%的销售额对你来说简直不值一提，干脆你把这2%的任务都承包了算了，到时候让周总给你发一张奖状贴在公关部的墙上。徐诩得寸进尺地说。

刘淼淼一笑，说，徐诩，你不是要请吃饭吗？别废话了，赶紧的，公司出门右拐，有一家意式餐厅。

五个人出了新世纪大厦的大门，万芳玲和刘淼淼走在前面，徐诩、杨冰晶和刘长东走在后面。

刘长东说，对了，徐诩。物色新的市场部总监的任务就交给你们人力资源部了，你可以请跟公司有过合作的几家猎头帮一下忙。

徐诩叹了口气说，我还以为这次招市场部总监周总又会亲自面试呢！

你来了，她怎么会再去面试？我在完美待了这么多年，你是唯一的一个由老总亲自面试的总监，何况，你这追爱的方式在完美已经传为佳话，我准备把你这段作为公司明年春季招聘广告的主题，就叫找一个工作来爱你，专门针对上班族。

徐诩不好意思地说，刘总，你别开玩笑了。

刘长东很认真地说，我是说真的，这样的主题广告投放市场，效果一定不错。

杨冰晶忍不住一笑，然后拉着徐诩的手，紧紧地拉着。

徐诩说，你有一群很好的同事和朋友，我看得出来。这个周末我大学同学的聚会，他们当中有很多人都是中层的主管或者经理，分布在各个不同的行业和领域，你也来参加吧。

真的吗？太好了！哇——杨冰晶兴奋得抱着徐诩就亲，也不避讳什么。

在前面走的三个人回头看着这对有情人，都面露喜色。

五个人在餐厅里聊了很多开心的事，万芳玲和刘淼淼点了一桌子的菜，毕竟下午还有工作，所以没有要酒，刘长东以茶代酒，代表公司向徐诩和杨冰晶表示了祝贺。

刘淼淼聊着聊着就没了正形，吵着要当杨冰晶孩子的干妈。

刘长东开玩笑地说，淼淼辣妈真是母爱泛滥啊！你儿子都上幼儿园了，还要当别人孩子的干妈？那我是不是也可以申请当孩子的干爸？

万芳玲说，好啊刘总，你这是变相地占淼淼的便宜呀！

刘长东突然很有担当地说，淼淼不是离婚了吗？同是天涯沦落人，我为什么不能主动示好？

呀——你这是要追淼淼吗，刘总？万芳玲兴奋地说，今天是什么日子啊？难道今天的黄历上写着宜嫁娶？怪不得好事连连啊！

杨冰晶开心地说，刘总，你跟淼淼姐都姓刘，还真的不是一家人，不进一家门啊！

在很多公司活动的大场合里，刘淼淼都能镇定自若，从容不迫。在镜头前，在闪光灯下，显得大方得体，端庄美丽，言辞举止更是有模有样。可在今天这样的同事聚会，就因为刘长东的主动，刘淼淼居然难为情地逃跑了。

万芳玲和刘长东都跟着追了出去，真是应了那句话，人生处处有惊喜。

下午在公司里，刘长东有事没事就往公关部跑，反正窗户纸已经捅破了，刘长东反而更主动了。刘淼淼还没有想清楚该不该接受他，就处处躲着刘长东，他们俩在公司里躲了一个下午的迷藏。可下班的时候，刘长东还是堵住了刘淼淼，他把车停在了公司门口，刘淼淼无处可躲，上了刘长东的车，就这样，两个人一起离开。后来听万芳玲说，两个人一起去吃了饭，一起走了路，一起去 A 市附近的山上看了看城市的夜景。

徐诩坐在车里等着杨冰晶出来，却看见严筱月跟她一起朝这边走来。

徐诩说，这不是总助吗？什么风把你给吹来了？

严筱月生气地说，死徐诩，捎我一段会累死你呀？

可以，现在全公司的人都不敢得罪我们人力资源部，你这姑娘有几分胆色，也不知道当初是谁被一条宠物蛇吓得掉进了湖里，多亏我把你救了上来。徐诩趴在车窗上吃惊地说，我这个人见到好看的姑娘就完蛋，这花容月貌的总助，捎一段哪行，我这个人做事从来都是有始有终，一定把总助安全送回家。

杨冰晶拍了一下徐诩的脑袋说，不许贫嘴了。我今天带着小月月一起去挑礼服，让她替我参谋参谋。

两个姑娘上了车，坐在后排上聊天说话。

严筱月说，那天是我把你家的地址告诉了周总，你不会怪我吧？

搞了半天原来是你啊！徐诩关掉音乐愤愤地说，那天周芸找上门，差点儿害得我前功尽弃，你这傻丫头，她问什么你都告诉她，你以后找男人可得当心，最好要以我为标准，这样才不会上当受骗。

严筱月从口袋里掏出一个果冻，砸在了徐诩的脑门儿上。

徐诩吓了一跳，杨冰晶和严筱月却在后面哈哈大笑。

三个人一起去了城市之星对面的银河广场，徐诩开始了漫长的陪逛之旅。两个小时以后，三个人都对一条红色抹胸的小礼服投了赞成票，徐诩刷了卡，又陪着她们吃完晚饭，再把严筱月送回家，这一折腾，差不多都九点了。

徐诩跟着杨冰晶上了楼，刚打开门，小水晶就冲了过来，跟在杨冰晶的屁股后面到处跑。

徐诩生气地说，水晶，你这个叛徒，这么快就不认识我了。

小水晶似乎听懂了徐诩的话，扭头跳到他身边，安静地躺着。

徐诩知道水晶是饿了，找到狗粮，让水晶好好地饱餐了一顿。

夜里，徐诩和杨冰晶依偎着站在阳台上看星星，徐诩说，我们找个时间去把戒指买了，今年春节你再跟我一起回家看看我爸，让我爸年后来 A 市见一见你的父母，为我们俩定一个好日子。

杨冰晶说，那你妈妈呢？她不来吗？

我连她在哪儿都不知道，春节回去的时候问问我爸再说吧。徐诩的眼神又黯淡了下来。

杨冰晶贴着徐诩的胸口，聆听着他失落的心跳。

同学会成了冤家会

虽然已经是秋天，节气刚刚过了霜降，可徐诩还是感觉自己活在了四月里。

周六下午的六点，A市的橘子香水酒店门前车水马龙，徐诩一身正装开着车，看着副驾驶座位上穿着红色抹胸小礼服的杨冰晶，差点走了神，特别是她精致的脖子，露出的锁骨，将她温婉可人的一面表现得淋漓尽致，让人看着就喜欢。

很多熟悉的面孔都出现在眼前，徐诩停好车，杨冰晶挽着徐诩的手臂，她今天特地戴上了徐诩送她的那只玉镯，衬着她白皙的手腕，圆润通透，十分夺目。两个人一起朝人群走去，王修泽和周芸都来了，让人意想不到的是尹丽茜也来了，一袭黑色长裙，散发着成熟女人的气息，骄傲而独特。

周芸的打扮就更不用说了，不论是耳环、项链还是手包，徐诩半年的工资加在一起都不知道能不能买得起。周芸穿着白色的吊带裙，裸色的高跟鞋，惹得很多男同学贪羡的眼光。

钱然和赵四石也跟着来了，徐诩还是很惊喜地问，你们俩怎么来了？

王修泽不满地说，他们俩是来瞧姑娘的，我都跟他们俩说了，这是我们班的聚会，这俩小子非要跟着我来这儿凑热闹。

钱然和赵四石没理会王修泽，看着貌美如花的杨冰晶，瞪激动了半天，都不知道应该先说什么好。

徐诩搂着杨冰晶的肩膀说，这就是你们的嫂子杨冰晶，你们不是一直嚷嚷着想见一见吗？现在见着了，怎么都傻了？

三个家伙排着队去和杨冰晶握手，像见领导一样。杨冰晶抿着嘴笑，她觉得徐诩的这几个同学真的很可爱。

今天见到嫂子，我才觉得我的人生又揭开了新的一页，徐诩，为什么这么美丽动人的姑娘让你得着了呢？王修泽捶胸顿足，大喊命运不公。

赵四石和钱然也羡慕地说，就是啊！大学的时候周芸是他女朋友，现在嫂子又这么美，咱们几个跟徐诩比，哪儿也不差啊！

钱然站在杨冰晶身边说，嫂子，我和四石还都没有女朋友，你们公司如果有合适的女孩儿一定要介绍给我们，拜托。

赵四石说，只要是嫂子介绍的，一定是好姑娘，嫂子能留个电话给我们吗？我们一定随叫随到。

杨冰晶开口一笑，说，好啊！没问题。说完，杨冰晶把自己的名片递给了他们俩。

嫂子，也给我一张！王修泽冲到杨冰晶面前，拿到一张名片，如获至宝。

徐诩说，喂——你小子不是要去追周芸吗？你要名片干什么？

赵四石说，这小子人品确实有问题，上大学吃火锅的时候就是碗里明明有肉，还要满火锅翻找。

钱然说，嫂子，你别理他，他如果打电话找你，直接拉黑。

王修泽对于三个人的抨击置若罔闻，跟杨冰晶打听，我听说你们完美化妆品公司明年的广告合作商还没有定，我想向你推荐我们公司，看看我们世嘉传媒有没有机会。

徐诩走过去把王修泽拉开，修泽，今天同学聚会，你能不谈工作吗？再说了，你嫂子只是个销售总监，广告投放这一块不归她管，我替你指一条明路，那，周芸就在那儿，你只要把她拿下，别说明年，以后完美的广告全归你了。

钱然突然大声说，喂！修泽，你看那是谁来了？赶紧过去打个招呼啊！说不定还有机会。

赵四石添油加醋地说，哇——那不是尹丽茜吗？这有好些年没见了吧！修泽，你快去啊！她一个人在那儿站着，摆明了是等你呢！

有个屁机会，人家孩子都上小学了。王修泽也是一脸的无奈，这个时候，周芸正朝他们这边走来，靓丽的她虽然高冷，却依然吸引着很多同学的眼球。

徐诩逐一地给杨冰晶说着在场同学的名字，特别是女同学，杨冰晶全都记住了。

周芸同学，快来，快来。王修泽赶紧上去拉着周芸的胳膊，把周芸带到他们中间。

毕竟自己是徐诩和杨冰晶的老板，又是徐诩的前女友，被王修泽这么一搅和，周芸的脸上还是有些尴尬，她挣脱掉王修泽的手，双手交叉地放在胸前，很不自然。

周芸看见四石和钱然也在，露出微笑，你们也来了啊！

钱然再次见到周芸，不禁感叹，五年不见，你又漂亮了，只是有些不敢相信，你居然是这么大公司的老总。

周芸客气地一笑说，哪里。

杨冰晶看见周芸站在旁边，也不好多说话，她只顾着紧紧地挽着徐诩的胳膊，和他的同学礼貌地打着招呼。但是，很多女同学还是围在了徐诩和杨冰晶的身边，她们都夸赞杨冰晶长得漂亮。

周芸和杨冰晶又不知不觉地成了这场聚会的焦点，一红一白，各有各的美，杨冰晶那边围着的女同学明显要比周芸这边的多，而以王修泽为首的男同胞们都围绕在周芸旁边，徐诩站在两个姑娘中间，只想赶紧结束这不自然形成的对立，于是招呼同学们说，大家都快进去吧！现在这个季节外面已经有些冷了，大家刚从车里出来，容易感冒，直接去宴会厅集中。

很多同学五年多没有见面了，平时大家都忙着各自的生活和工作，难得一聚，真是有着说不完的话。

宴会厅里，舒缓的音乐声中尽是同学们的欢声和笑语。

王修泽跟尹丽茜碰了碰杯说，你怎么样，这些年过得还好吗？

尹丽茜成熟的一笑说，离了。我现在一个人带着孩子，准备来A市发展，你呢？结婚了吗？

王修泽喝了口酒说，没有，我还是一个人。

尹丽茜又说，那你有喜欢的人吗？

王修泽说，有啊！就在那儿！王修泽指着跟杨冰晶在一起说话的周芸。

这儿这么多的女同学，有好几个都没有成家，你却偏偏挑了一个最难的，祝你好运！尹丽茜说完，朝着杨冰晶的方向走去。

王修泽举起酒杯，看着尹丽茜的后背说，你也是。

你的皮肤怎么这么好啊？你用的什么牌子的美白护肤产品？一定要介绍给我。尹丽茜触摸着杨冰晶光滑的手臂，直接介入了她和周芸的谈话。

杨冰晶客气地说，丽茜姐今天好美啊！我用的是完美化妆品公司的产品，周芸就是我们公司的老板。

再美也比不上你和周芸，你们俩的联系方式给我一个呗，过两天我就联系你们订几套产品试一试。尹丽茜说完，递给周芸和杨冰晶一人一张名片，名片上写着，天使创投合伙人尹丽茜。

周芸和杨冰晶吃惊地看着尹丽茜的名片，谁也不知道她在这五年里都经历了什么。

一些女生听说杨冰晶是完美化妆品公司的销售总监，全都来她这里要了名片，还都说要找杨冰晶订购完美品牌的美白护肤系列产品。徐诩跟着四石和钱然在一起，看着杨冰晶高兴的样子，他也放了心，和另外几个大学的男生喝酒叙旧。

周芸找了一个空座位一个人喝着闷酒，看着那群围着杨冰晶的老同学着闷气。杨冰晶随身带的十几张名片都发完了，一些没有拿到名片的女同学要了杨冰晶的电话号码，还加了她的微信。

王修泽看着周芸不高兴的样子，坐在她身边说，你手底下的这个销售总监真是能干，我们这些女同学恐怕都成了你们完美的客户了，徐诩带着这么美丽可爱的女朋友来，完全是给你的公司做了一个活广告啊！

周芸横了王修泽一眼，冷冷地说，她漂亮，难道我就不漂亮吗？

王修泽看着周芸微红的脸说，你这样的女神只有我能追，你看，咱们同学这么多年了，彼此熟悉，知根知底。你的个人喜好和性格我已经了解得八九不离十；还有最重要的一点，咱们是邻居，我就住在你新房的隔壁。

周芸黑着脸说，又是徐诩帮你的吧？你把他追杨冰晶的那一套全用在我的身上了。

王修泽嬉皮笑脸地说，周芸，两个人合不合适要试过了才知道，看在我用心良苦的分上，能不能给我一个机会？

周芸看着王修泽说话的样子，简直跟当年的徐诩一模一样，她竟然找不出拒绝的理由，拿起酒杯，把剩下的红酒一饮而尽。

我要做一件事情，王修泽，你必须站在我这边，我才考虑给你机会。

周芸，你在我这里永远享有特权，说吧，你想干什么？王修泽拿起酒瓶给她的酒杯里加了一口酒。

周芸伸出手，指着王修泽，然后忽然转身，指向了人群里的杨冰晶，有一些失控地说，我要跟她 PK，她总是赢我，凭什么她总是赢我？我今天一定要赢了她！

整个宴会厅一下子安静了下来，王修泽想拉住周芸，还是晚了一步。

杨冰晶你过来，今天我要挑战你！周芸去旁边取了四瓶红酒摆在了桌子上，然后继续嚷嚷着，你要是不敢应战，我就一直缠着徐诩不放。

杨冰晶松开徐诩的胳膊，从人群里走出来，来到周芸的面前，认真地说，如果我赢了，你就从他的感情世界里退出，以后你只是一个老板和好朋友，没有前女友的身份。

好！我答应你。周芸用启瓶器将四瓶红酒全部打开了，坐在杨冰晶对面。

算了，别喝了，大家这么熟，何必呀！徐诩试着劝说两个冤家以和为贵。

你闭嘴！周芸和杨冰晶异口同声。

杨冰晶拿起酒瓶倒满一杯先干为敬，周芸，你是我老板，跟徐诩又是多年的同学，来公司时间也不短了，对我们俩都很照顾，无论如何，我都要先自罚一杯，这样才公平。

周芸笑着说，我算是明白了，徐诩那家伙还是挺有眼光的。你准备好了吗？我是不会手下留情的。

我会怕你？杨冰晶坐在周芸的对面，早已忘了她公司老总的身份。

徐诩和王修泽不敢多说话，忙着帮她们俩倒酒。周围的同学都是一脸担心的表情看着她们。

两个人完全没了刚才的那种优雅，一人一杯，谁也不服谁，桌子上很快就剩下四个空瓶子。周芸又去拿了四瓶过来，很多同学也开始劝她们，你们俩别喝了，大家关系这么近，何苦伤感情呢？

徐诩看着她们俩的样子，对大家说，算了，让她们喝吧！这一顿下去，她们会成为最好的朋友。

赵四石微微一笑说，徐诩，还是你看得通透，嫂子跟着你算是有福了，难怪这俩姑娘都喜欢你，我似乎是摸着一点门道了，以后遇到了心动的姑娘，我觉得我有把握追到她。

折腾了半天，周芸和杨冰晶最后喝了一样多，都是你一杯我一杯，直到喝不动了为止。但是如果算上杨冰晶先干为敬的一杯，其实还是杨冰晶赢了。

周芸也不知道是哭还是笑地说，你这个小妖精，最后一次也不让我赢。

徐诩和王修泽在旁边说，两个人平手，不分胜负。

周芸醉醺醺地说，我知道我输了，我没醉。小妖精，我不会再和你争了。

杨冰晶摇摇晃晃地走到周芸身边，在她脸上用力亲了一口。

周芸摆着手说，讨厌，你亲我干什么？

喝完了酒，周芸和杨冰晶就抱在一起唱歌，原本好好的同学聚会成了两个冤家的"发疯会"，徐诩和王修泽想把两个人分开都不行，越拉反而抱得越紧。

周芸起身的时候急了一些，裙子不知道被什么东西钩住了，被扯掉了一大块，露出了乳脂一样的后背，王修泽眼疾手快，脱下西装外套把周芸的后背遮得严严实实。可周芸却不管不顾，继续和杨冰晶抱在一起手舞足蹈。

两个冤家闹腾累了以后，只听见扑通一声，她们俩又一起倒在了地上，不省人事。

快十一点的时候，大家开始陆陆续续地走了。

杨冰晶和周芸已经醉倒了，杨冰晶趴在徐诩的背上呼呼大睡，周芸则被王修泽背在了身上。

徐诩说，四石，钱然，你们没喝多吧？回去的路上注意点，能不开车就不开车。

钱然说，知道了，我们先走了。

橘子香水酒店门前就剩下五个人，两个醉倒的姑娘，两个保持清醒的男人，另一个是尹丽茜。

尹丽茜看着王修泽和徐诩说，见到你们这样真好，我先走了。

徐诩说，尹丽茜，你今天喝了不少，还能开车吗？让王修泽送送你吧！

尹丽茜摆着手说，不用了，我找了代驾。

尹丽茜走了以后，徐诩对王修泽说，我怎么觉得她有一肚子的话想对你说。

我也看出来了，也许是不知道从何说起吧。王修泽叹了口气，这时，背上的周芸却打了一个嗝，把徐诩和王修泽都逗笑了。

徐诩拍了拍王修泽的肩膀说，修泽，周芸就拜托你了。

放心吧。我们现在背着的，都是我们各自的世界。王修泽说完，按响了车钥匙。

徐诩把杨冰晶放在副驾驶座上，打开空调，摇低座位，给她系好安全带，然后把车后座上预备好的毛毯盖在她的身上。睡着的杨冰晶紧了紧眉头，撇了撇嘴，可爱极了。徐诩吻了吻她的额头，关好车门，带着心爱的人回家，那种感觉真好。

徐诩一边哼着歌一边开着车，这个时候手机响了，徐诩戴上耳机听见了父亲的声音。

徐诩开玩笑地说，徐豫首长，请问有什么指示？这个点烧烤店应该收摊了，不要累坏了身体，多请几个人帮忙吧！

臭小子，拿你老爸开心是吧？冰晶呢，她好吗？

哪有您这样的，打电话不先问问您儿子，您老就记得冰晶。冰晶晚上喝多了，现在睡着了，您想听她跟您说话也听不了了。直奔主题吧老爸，是不是奶奶又托梦给你了？要我过年的时候务必带女朋友回去？放心吧，冰晶已经答应今年过年跟我一起回去看您了，爸，我想我是真的爱上了这个女孩儿。徐诩说完，温柔地看了熟睡的杨冰晶一眼。

真的吗？电话那头的徐父激动得把茶杯摔在了地上，吓了徐诩一跳。

徐诩说，是真的，我们俩还准备让您过年之后来 A 市，跟冰晶的父母见个面，商量着把我们俩的事情定下来。

徐父听完，大笑着说，没问题，没问题。

老爸，您别太高兴，冰晶问到了关于我妈的问题，我都不知道该怎么回答她，就说过年的时候回去问您，所以老爸，您老要做好心理准备。

徐父沉默了半晌才对徐诩说，等你们回来，我会告诉你们关于她的事情，毕竟这是你的终身大事，我也有义务通知她。

每个人都有自己的生活

昨天跟周芸拼酒，杨冰晶早上睁开眼睛的时候头疼得不行，徐诩却早已经在床头给她备好了一杯蜂蜜水，杨冰晶喝完了以后，光着脚丫子走去厨房，想看看徐诩给她做了什么好吃的。她身上的衣服徐诩已经帮她换过了，如今的杨冰晶非但没有了那种不知所措的惶恐，反而有一种被精心呵护的甜蜜。

徐诩闻到她身上的酒味就知道杨冰晶调皮地溜到厨房来了，他一边炒着藕丁一边说，你撒娇也没有用，我觉得我已经把你宠坏了，我以前怎么没看出来你是个小酒鬼啊！怪不得你的肠胃那么脆弱，喝酒伤胃你不知道吗？我告诉你呀，以后你再这么酗酒，我就要启动黑脸模式了。

你第一次见我的时候，我在追梦人跟同事喝的是威士忌，我不喜欢那种酒，度数高还上头。昨天喝的红酒口感挺好的，有浓浓的果香味，我觉得跟喝饮料一样。而且我又认识了你那么多同学，你那么正式地把我介绍给他们，所以我一高兴就喝多了。杨冰晶说话的样子就跟自己受了多大委屈似的。

徐诩说，你是越来越不爱惜自己的身体了，哪有像你和周芸那么喝酒的，简直不要命。就因为我把我们的关系告诉大家了，你就乐疯了？

杨冰晶抱着徐诩激动地说，当然了，我现在是你的女朋友，我就是不想让周芸再靠近你。你都不知道，我现在都吃不惯我妈做的饭了，我只喜欢吃你做的。

行了，你少来，快去泡个澡，你闻闻你这一身的酒味儿。

杨冰晶松开徐诩说，你抱我去浴室。

小祖宗，没看见我在给你煮早餐吗？我正熬着粥，炒着菜呢！实在走不开，你快去，乖。你今天中午不是还要回去陪爸妈吃饭吗？赶紧的。

那你亲我一下！

徐诩亲了亲杨冰晶的脸，她才依依不舍地离开了厨房，去了卫生间。

徐诩盛起藕丁，开始做葱花鸡蛋，他一边打着鸡蛋花一边听着卫生间里放水的声音，就提高音量说，我放了一瓶集团新推出的一款玫瑰精油在里面，是你喜欢的味道。

我知道了，真啰唆。杨冰晶在浴室里嘟囔了一声。

徐诩忍不住又多了一句嘴，还有，你新买的抹胸晚礼服我放在洗手台上了，你不要把它打湿了，我待会儿顺路送去干洗店。

徐诩，你这个家伙还让不让人洗澡了？烦死了，你再说话，我就出去打你。杨冰晶泡在浴缸里，对着门外的徐诩大声说着，说完了以后却又忍不住一笑。

好了好了，不说了。徐诩看着熬好的粥，这粥里没有多余的作料，却是徐诩用了四种不同的米，按照比例熬出来的，口感还不错，糯性很足，对于她脆弱的胃来说，绝对是一种享受。两个人在一起的这段日子，杨冰晶的胃再也没有感觉不舒服，而徐诩能做的就是宠着她的同时管着她。

很快，徐诩就炒完了菜，一个家常的炝炒藕丁，一个葱花鸡蛋，一个徐父从老家带来的腌制入味的洋姜豇豆，搭配两碗热热的米粥。

杨冰晶穿着浴衣出了卫生间，看着徐诩做的早餐，拿起碗就吃，徐诩看着她馋嘴时的样子，微笑着给她夹菜。杨冰晶就像个小女孩，徐诩时不时地就要用纸巾擦掉她的下嘴唇上漫下来的米汤。

昨天半夜，王修泽把周芸带回了自己的出租屋，这是他有生以来第一次带姑娘回来，王修泽进屋以后还掐了一下自己的脸，发现这并不是梦。周芸喝醉了以后倒是没吐，嘴里还时不时嚷嚷着，徐诩，我再也不爱你了。王修泽无奈地摇了摇头，给她盖好了被子，周芸在王修泽的眼里就像是掉落凡间的仙女，王修泽接着的时候感觉老天爷在跟他开玩笑。

王修泽打了盆热水，拧干毛巾给她擦脸，擦到一半的时候，周芸突然抱住了王修泽的脖子，直接亲在了他的双唇上，王修泽都蒙了，他想挣脱掉周芸的手，他不知道自己是应该偷着乐，还是应该装作什么事情都没有发生。王修泽没有胆量像徐诩一样去帮周芸换衣服，他守在床边看着周芸精致的五官，就那样看了一夜。

早上周芸睁开眼睛，看到在床边打瞌睡的王修泽，像一只受惊的小兔子，她蹑手蹑脚地起了床，然后跟做贼一样，拿上自己的包包和鞋子，就那样穿着破掉的礼服走了。

徐诩正吃着粥，王修泽突然打电话过来说，徐诩，周芸一大早起来就不见了。

徐诩平静地说，肯定逃跑了呗！不然呢，你还幻想周芸给你做早餐吃？

王修泽支支吾吾地说，对了，昨天晚上我给她擦脸的时候，周芸居然莫名其妙地亲了我一口，我觉得她肯定是做了什么梦，她会不会是把我当成你了？至于别的就没什么了。

真的假的？徐诩放下碗，你小子总算没有让我失望！我觉得你最近没事可以常往城市之星跑一跑，你和周芸的房子应该都准备装修了吧？这是一个好机会。

王修泽说，她装修找的是装修公司，有钱人家的姑娘，不会自己去东奔西跑。我要是装的话，装修的材料肯定是我自己跑，至于设计和施工这一块，四石说他现在是水月家居的法律顾问，那里有专业的施工团队和设计团队，他可以帮我解决这个事情，在价格上还能优惠。

所以呀，你最好先动工，先动起来，只要初步效果一出来，周芸肯定会看到，她那个人总是喜欢好的，又怕麻烦，你这个老同学邻居在她身边，她如果看到你装修的效果又漂亮又实用，到时候能不找你说话吗？至于四石，放心吧，我绝对不会对他手下留情的，反正他在大学的时候常说，苟富贵，勿相忘。

对呀！我怎么没想到。好好好，我今天就联系四石，准备开工。

徐诩挂上电话，杨冰晶说，王修泽要装修房子？

嗯。他跟周芸都在城市之星买了一套房，两个人还是邻居。

这么巧？

徐诩开心地说，不是巧，是当时买房的时候王修泽故意耍的一个小聪明。

王修泽这是有多喜欢周芸啊？当初他看见周芸跟你在一起的时候，心里有多么痛苦，可想而知。

徐诩用一种犀利的眼神看着杨冰晶说，小坏蛋，那么请问周芸看见我跟你在一起的时候，心里会是什么感觉？我住的地方还有当年她跟我的合照，你要不要去看看？然后再跟我说一说你心里是什么感觉。

什么感觉？杨冰晶揪住徐诩的耳朵说，我现在心里就是这个感觉。

行啊你，吃饱了就开始欺负我是吧？你这动不动就吃醋，动不动就生气的脾气是越来越成气候了，作为你的男朋友，我觉得我很有必要跟你提个醒。徐诩说话的时候，自己的脑袋都被杨冰晶提起来了。

杨冰晶说，对呀！我就是动不动就"虐待"你。

徐诩叹了口气说，唉——我就是喜欢你这动不动就来劲的脾气。

杨冰晶听着徐诩那讨人厌的无赖语气，使的劲儿更大了。

徐诩不甘示弱，挣脱掉她的手，开始去挠杨冰晶细腰两侧的肋骨，挠得杨冰晶哈哈大笑。谁知接下来，徐诩洗碗的时候，杨冰晶偷偷地跑去厨房把进水的阀门关了；徐诩准备换衣服的时候，杨冰晶又故意装作不小心，把漱口水喷在了徐诩刚拿出来的衬衣上。

徐诩抓住杨冰晶的手腕，把她手里的杯子夺了过来，然后拿起一瓶苹果醋，喝了一口含在嘴里，把杨冰晶往怀里一拉，用力亲住了她的嘴，把嘴里的苹果醋全部喂了进去。杨冰晶被徐诩的这一招制得服服帖帖，她红着脸捶着徐诩的肩膀。小水晶走进卧室叫唤了两声，给了两个人早晨的爱情闹剧一个完美的结束。

小水晶一大早就跟着杨冰晶满屋子里转，杨冰晶把小水晶喂饱了以后，准备今天带着它回父母那里，杨冰莹一直吵着要和水晶玩，杨父杨母也十分喜欢这个小家伙。

徐诩把车停在门口，杨冰晶打开车门对水晶说，水晶乖，上去！

小水晶一跳，坐在了车后座上。

半路上，徐诩对杨冰晶说，昨天晚上王修泽把周芸带回出租屋，迷迷糊糊的周芸竟然趁王修泽不注意，亲了他一口。明天你去公司的时候可以把周芸亲王修泽的这个事情告诉她，就当是刺激她一下。我觉得她肯定会主动去找王修泽，这样他们两个人也许就会有在一起的机会。

杨冰晶说，哇——周芸要是知道自己这样，她会不会灭了王修泽？

小水晶立即在后面叫了两声。

杨冰晶开心地说，水晶，你也觉得会呀！她伸手摸了摸水晶的脑袋，掏出一个牛肉粒奖励小水晶。

徐诩把杨冰晶和水晶送到了楼下以后就开车回自己的小户型房子了，这么长时间没回去，他今天需要花很长的时间打扫那里。

水晶跟着杨冰晶一起上了楼，杨冰晶让水晶叼着一篮水果在前面走，小水晶聪明极了，还知道用右前脚去推门。杨父杨母打开门，看见水晶后，都喜欢得不得了。

杨冰莹穿着一身青春的学生装，抚摸着水晶的脑袋，抱着它说，欢迎水晶来我们家。

小水晶似乎听懂了她的话，又连续叫了两声。

杨父看见杨冰晶后问，徐诩怎么没有跟你一起来？

杨冰晶有些害羞地说，我正要跟你们说这个事情，过年以后，徐诩的父亲会来 A 市，到时候正式跟你们见面，商量我和徐诩的婚事。

哇——真的吗？姐，妹妹我提前恭喜你了！杨冰莹抱着水晶高兴地说。

杨母黑着脸说，没规矩，回房里看书去！

杨冰莹吐了吐舌头，带着水晶回房间去了。

杨母对杨冰晶说，徐诩这孩子还不错，有什么说什么，人实诚还挺幽默，但是他母亲这一块似乎是他的一个心病，我们当时也不便多问，他有没有告诉你？

杨冰晶说，今年过年徐诩会带我去他的老家，徐诩的父亲会告诉我们关于徐诩他妈妈的事情，其实徐诩自己也不知道他的妈妈现在在哪里。

杨父说，只要徐诩对你好，你们又是真心相爱，我跟你妈就应该祝福你，别的事情都不重要。

杨母说，亲家母是谁怎么能不重要呢？我女儿结婚的时候如果亲家母不来，传出去岂不是让街坊邻居笑话？

杨冰晶想着母亲说的话，连她自己都琢磨不清楚究竟是对还是错。

石川集团的王石川在电脑上看着完美股份的 K 线图，他需要好好地计划一下，看看这场战役应该怎么打。目前他手里只有 7% 的完美股份，如果贸然增持，肯定会让周恒远有所警觉。王石川想到了一个人，他给对方打了一个电话。

王石川拿着电话说，亲爱的，你还好吗？我想你了，想孩子了，再怎么说心玲也是我闺女。

你闺女？王石川，你别美了，她现在跟着我姓万，叫万心玲，不叫王心玲，和你半毛钱关系都没有，我这辈子都不奢望进你们王家的门，你这个人穷得只剩下钱了，我可不想让我的女儿变得跟你一样自私无情。你的钱就全留给你那个败家儿子吧！不要跟心玲扯上关系。

对方说完就挂了电话，王石川听着电话里的嘟嘟声，一脸的无奈。尽管自己这些年在生意上做得很成功，但是在感情这一块，他一直都是一个失败者。他不是不想接回自己的女儿，他只是对陈言秋还抱有一丝幻想，至于他跟程晓冉之间的婚姻早已是名存实亡，王石川把程晓冉当成棋子，程晓冉把王石川当成钱包，各取所需。王石川清楚，无论这场战役是胜是败，他跟程晓冉的婚姻都将结束。至于财产，王石川把婚前协议一直锁在了保险柜里，他只要支付违约金就再也不用见到这个女人了。

王羽尘没事的时候也不会回家，他晚上都是住在酒店里。最近这段时间，他一直忙着跟王修泽处理广告的事情，其实只是一个小案子，他这么上心还是缘于上次跟徐诩他们一起 KO 五个小青年后产生了情谊，虽然他曾经喜欢的班花杨冰晶最终还是跟了徐诩，但王羽尘并不讨厌徐诩，总觉得两个人之间很熟悉，有一种说不明白的亲切感。

王羽尘掏出手机给王修泽打了一个电话，喂——哥们儿，忙什么呢？出来喝两杯，我请。

王修泽正和几个装修师傅以及水月家居的设计师在一起讨论房子的隔断布局和施工细节，接到王羽尘的电话后不耐烦地说，我在忙着装修房子，最近没时间陪你。

王羽尘吃惊地说，装修？你小子准备结婚了吗？你不是连女朋友都没有吗？

买房子就一定要结婚吗？你修泽哥不想再租房子住了，不行吗？王羽尘，你当然不用自己买房子了，哪像我们这些苦命的人。我在世嘉广告传媒干了五年多了，起早贪黑，加班什么的就不提了，累死累活才买了这么一个 100 平的小房子，你王大 CEO 就不同了，含着金钥匙出生的人，哪里懂得我们的辛酸。

兄弟你是个人物啊！回去我跟我爸商量商量，争取早日收购你们世嘉。王羽尘像一只闻到了鱼腥味儿的猫。

王修泽嗤之以鼻地说，你们家铺面那么大，用得着这么肆意扩张吗？

商场本来就是大鱼吃小鱼，小鱼吃虾米，市场竞争必须优胜劣汰。听了王羽尘的话，王修泽翻了一下白眼，懒得再去跟他争辩什么。

王羽尘说，哥们儿，你听我一句劝，不要这么快就走进婚姻里，生命诚可贵，爱情价更高，若为自由故，二者皆可抛。自由多可贵啊！

只要她愿意，我随时准备走进围城。王修泽说得是毫不犹豫，斩钉截铁。

王羽尘惊讶地说，究竟是什么样的女人让你冲昏了头脑？

女神，绝对的女神。

王羽尘猜着问了一句，该不会是周芸吧？

你怎么知道的？

还真是啊！好啊！你和徐诩这是跟我抢女人抢上瘾了是吧？王羽尘顿时火冒三丈。

你看上了就是你的？别人就不能追了吗？人家姑娘又没答应你，你自己追不到，就怪别人抢？别废话了，我忙着呢！

好小子，嘴还挺硬。这次广告拍摄的摄影师你自己去找，我不管了，到时候要是没有按预期完成任务，你们世嘉就要赔偿我一大笔违约金。王羽尘说完，一脸坏笑。

王修泽开始破口大骂，有句话叫烂泥扶不上墙说的就是你这种人，不就是找摄影师吗？我自己找就自己找，你找的我还不放心呢！

王羽尘也不跟他在电话里嚷嚷，故意地说，我是不是也去城市之星搞一套房子散散心呢？城市之星正好是我爸公司的产业，反正我最近都不想回家住，住在酒店里又太无趣了。对了，我赶紧打电话问一问城市之星的售楼部，看看你们住在哪一层，我必须过去跟你一争高下。王羽尘说完就挂了电话，王修泽有一种不祥的预感，这家伙要是掺和进来，局面就更加混乱了。

也不知道王羽尘用了什么下三烂的招数，跟王修泽、周芸同楼层的另一户本来已经卖出的房子，不知道出于什么原因还是落在了王羽尘的手里。

水有点深

如果你的工作不能达到上级的要求，一定要及时和上级沟通，要让他知道你的进度和方向。这是写在完美化妆品公司墙上的一条规则。杨冰晶销售部的全年工作只等最后一批货发出就可以松一口气了，今年公司发生了一些事，影响了销售进度，杨冰晶不会去找刘长东诉苦，更不会去找周芸那个冤家商讨解决方案。

杨冰晶周一上午刚到办公室，李冉就兴高采烈地冲了进来，杨冰晶吓了一跳，没好气地说，你呀，什么时候都改不了这咋咋呼呼的毛病。什么事啊，让你高兴成这样？

李冉笑眯眯地说，我刚从销售部的姐妹那里得到消息，我们接到了六笔产品订单，都是以企事业单位和私营团体的名义下的单，连订金都已经打到公司账户上了，万芳玲那里我也确认过了，这几单的量虽然不大，但是足以确保我们完成今年的销售任务了。

杨冰晶喜上眉梢，她这个销售总监总算可以去跟刘长东和周芸交差了，杨冰晶让李冉给她倒了一杯咖啡，一上班就能听到这么好的消息，她都想脱掉高跟鞋，站在办公室的桌子上举杯庆祝了。

杨冰晶的手机突然响了，她还没开口，就听见了徐诩温柔的声音，任务完成了吧？我大学同学的微信群里都闹疯了，他们都吵吵着让我请客呢！我就是告诉你一声，待会儿这些疯子肯定会打电话找你，让你请吃饭。

杨冰晶开心地说，没问题呀！徐诩，替我谢谢你的同学，当然也谢谢你，我最亲爱的人。

正说着，刘长东和刘淼淼带着一个客户走进了杨冰晶的办公室。

我这里有事情忙，先不说了。杨冰晶挂断电话，刘长东往沙发上一坐，杨大总监，这是我市大型连锁超市瑞丰商超的马总，今天专门过来签合同。

杨冰晶急忙起身上去握手，高兴地说，李冉，泡几杯好茶过来。

马总笑着说，不用忙了，我待会儿还有会，这个老刘非要把我拉来，今天签了合同以后，瑞丰的财务下午就会把货款打到完美的账户上。

李冉沏了茶进来，杨冰晶使了个眼色，让李冉赶紧去准备合同书。

李冉兴奋不已地将合同书打印出来以后，交到了杨冰晶手里。

双方签上字，盖上公章，这一单就齐活了。

刘长东站在马总身边说，老马，可惜你这字这么多年还是没什么长进。

老马喝了一口茶说，刘大壮，你这么多年还不是一样，娶老婆了吗？

刘长东拉起刘淼淼的手说，老婆在此！

老马把合同装进包里，拿起茶杯就走，却不忘丢下一句话，这么好看的人跟了你，真是可惜了。

刘长东差点把鞋脱下来朝老马扔去，老马一边走一边笑。

刘长东大声地说，老马，有时间请你喝酒。

老马摆着手说，没问题，你们俩办事的时候记得通知我一声。

刘长东屁股往沙发上一坐，得意地说，怎么样？任务我一个人全解决了。

刘淼淼不买刘长东的账，说，冰晶，我也给你带了一个客户过来，他已经在路上了，马上就到。

杨冰晶不好意思地说，真不知道怎么谢你们，徐诩那天其实就是开玩笑的，今天上午我们销售部已经拿到了六笔订单，都是徐诩的同学帮的忙。我是真没想到你们居然都当真了，我都不知道该说什么好了。

刘淼淼说，什么都不用说，让徐诩那家伙在年底的绩效考核上给大家留条活路就行。

淼淼姐，看你说的，徐诩那天还跟我说，有你们这样的同事，他很感动，放心吧，考核的事情，他不会为难大家的。

刘长东说，我觉得也是，徐诩这个人其实还挺仗义的，就是有时候他那个嘴有点损。

刘淼淼偷偷地拉着刘长东的手说，跟你比起来，真不算什么。

杨冰晶看着两个人的神情惊讶地说，你们俩这是已经在一起了吗？

刘淼淼说，怎么了，就允许你和徐诩在公司里秀恩爱吗？

杨冰晶双手抱拳恭喜他们俩，恭喜二位，只是不知道照这么发展下去，周总会不会修改公司章程，禁止在公司里谈恋爱。

刘淼淼说，假如禁止的话，你和徐诩怎么办？

杨冰晶说，徐诩说如果那样，他会离开完美。

刘淼淼又转过头去问刘长东，老刘，如果禁止的话，我们俩怎么办？

刘长东聪明地说，徐诩去哪儿，我就去哪儿。反正他这个 HR 必须负责。

三个人在销售部里哈哈大笑，李冉给他们三个加了好几次茶水。杨冰晶的销售部今年销售额的任务已经完成，上午就签了两个合同，同时还完成了六笔订单，所有的商品在第一时间已经安排仓储和配送部门悉数发出。对比去年，今年这个多事之秋，完美在 A 市的销售额还增长了 4%。杨冰晶让徐诩把她拉进了微信群，上午剩余的一些时间，她一直都在微信群里感谢帮助她的人，杨冰晶觉得那是一群十分可爱的人。

周芸看着微信群里一条又一条跳出来的语句，本来公司销售任务的完成是一件很值得高兴的事情，可心里反倒有一种无法言喻的失落，曾经的同学都那么热情地跟杨冰晶开着玩笑，说着一些让她羡慕的话，诸如你和徐诩结婚的时候一定要请我、以后有什么事情需要帮忙的话尽管说一声、下个星期一起去做头发……看着同学都跟杨冰晶聊得那么投机，周芸也不知道自己是怎么了，为什么这些寻常的小事情都能让她这样羡慕？为什么放弃了徐诩以后自己还会这么难受？周芸关掉手机，眼角流出了眼泪。

上大学的时候，周芸从来没有在寝室里住过，她在校外租了一套房子，一次性付了四年的房租，年轻漂亮的她任性而高傲，上课的时候都没有同学愿意坐在她的身边，除了尹丽茜，男生也不敢靠近她。周芸在任何时候也都不会示弱，这就是她坚硬的地方，可她的第一次示弱恰恰就是在徐诩的面前，而这一示弱，就让她爱了徐诩整整四年。周芸还清楚地记得，那天晚上，尹丽茜和她一起回在校外租的房子，半路上徐诩和同寝室的三个同学帮她们打退了三个校外青年的事情。后来徐诩得了警告处分，周芸觉得过意不去，国庆节后的一天下午正好没课，她主动请徐诩去 A 市很有名的一家日料餐厅吃饭。

A 大的校址选在了郊区，吃完饭以后，两个人搭乘一辆出租车回学校，半路上，出租车抛锚了，距离学校还有好几公里，他们在路边等公交车，结果那天就是没车。两个人只好步行往学校走，周芸穿着高跟鞋走路的时候没太注意，一不小心崴了脚，走一步就疼得不行，于是她干脆就坐在地上不起来了。周芸可怜兮兮地看着徐诩，徐诩就直接把她背了起来，而这一背就是好几公里的路，周芸趴在徐诩的背上，把徐诩抱得紧紧的，就在这个时候，她感觉自己身上所有的坚硬、任性和骄傲荡然无存。

到了她住的地方，周芸看着徐诩真挚干净的脸庞，有一些情不自禁，还没等她开口，徐诩就吻住了她，周芸依然记得徐诩说过的话，等我可以真正养活你的时候，我娶你。

周芸当时就想告诉徐诩，我不需要你养活。可是她害怕徐诩知道自己的家世以后，压力反而更大，那种压力会把他们迅速地隔离到两个不同的世界里去。两个相爱的人在一起整整四年，直到周恒远把她从 A 市召回，然后就留学去了大洋彼岸。那段日子里，周芸整晚整晚地睡不着，她一直都想念着徐诩，她顺从了父亲，接受了家族的安排，却伤害了一个真爱自己的人。

人或许就是这样，周芸现在拥有的一切都是别人羡慕不来的，而别人拥有的美好却又是她最大的缺憾。她也想被人爱，想跟着好朋友一起过周末，她也想被人挤兑，被人称赞，被人问候，被人约着一起去看电影和吃饭，她不想天天坐在办公室里处理冰冷的文件，不想天天应对各种客户的邀约，她也想有自己的时间和自己的生活。

周芸正想着出神，手机忽然响了，一看是个陌生的号码，周芸犹豫了一下，还是按了接听键。

喂，请问你是哪位？

王修泽说，周芸同学，我猜你肯定以为这个陌生的号码是找你推销保险和各种理财产品的吧？记得要把这个号码存起来，因为你已经闯进我的心里了。

周芸不耐烦地说，别这么自作多情。如果我闯进了你的心里，麻烦让你的心赶紧死掉。对了，你怎么会有我的电话号码？

我找徐诩要的。王修泽在电话里十分得意。

混蛋！周芸忍不住骂了一句。

王修泽在电话里问，你是说我，还是说他？

你们两个都是混蛋！周芸的心里不知怎的就生出一股怒火，直接喷向了王修泽，她正愁没地方出气呢。

喂——你的一只耳环落在我床上了，我好心好意打电话找你，想还给你，你居然这个态度，我看就算了，强扭的瓜是不甜。王修泽说着就准备挂电话。

喂，喂，把耳环还给我！

你这个女人真是可以啊！我大半夜把你送回家，以礼相待，你可倒好，醒了就跑，连声谢谢都不说，你们富家女是不是都是这样过河拆桥的？

你——周芸强忍住没有爆发出来，好吧，那你说，怎么样才能还我耳环？

王修泽说，不难，你周末陪我一起去钓鱼，我就把耳环还给你。

好，我答应你。周芸说得咬牙切齿。

我怎么听着你好像很不情愿啊？刚才还骂我，我就不计较了，谁让你长得那么好看呢？这个号码是我的电话，一定要保存好了，周末我约你的时候必须要准时，不然的话我就拿你的耳环当鱼钩使。王修泽说完就挂了电话。

周芸气得满脸通红，想扔手机又忍住了没扔出去。

周芸之所以要拿回耳环，是因为这对耳环是孙玲在她去 A 市任职的前一天晚上亲手戴在她耳朵上的，她们母女俩的感情很好。这二十多年来，周芸没有受过任何苦，孙玲和周恒远也不舍得让自己的女儿受苦，所以看着这对耳环，周芸就觉得孙玲在身边陪着她，可以算是一种母爱的寄托。在家庭的温暖上，尤其是母爱，周芸比徐诩和王羽尘都要幸运得多。

杨冰晶拿着销售部本年度的销售工作报告走进了周芸的办公室。

周芸看着杨冰晶走进来，想到刚才在王修泽那里受的气，对杨冰晶不满地说，麻烦你以后能不能把徐诩的嘴管严实了？让他不要随意向外人透露我的电话号码。

杨冰晶放下手里的文件夹，理直气壮地说，如果你是以老板的身份命令我，我可以拒绝，毕竟这不是工作上的安排；如果你是以朋友的身份对我提要求，我觉得你这个要求有些无理。第一，王修泽、徐诩和你应该是大学四年的同学，这么多年的友谊，却说成外人，这样是不是有一些不讲道理啊？第二，我没有权利要求徐诩不把你的联系方式告诉他的朋友或者同学，那是他的自由，我也无权干涉。第三，你也可以不把那些老同学当朋友，或者干脆去换一个新的电话号码就行了。

周芸抓狂地说，杨冰晶，你的嘴真讨厌！跟徐诩一样讨厌！难怪能走到一起去。还有，王修泽的阴谋看来你早就知道。

王修泽那天晚上把你带回了家，大家都知道他喜欢你。人家那是爱情，怎么能是阴谋呢？随你怎么想，销售部的年度工作报告我放在这里了，没事的话，我先走了。杨冰晶生怕周芸再出什么幺蛾子，转身就准备走。

想走？不许走！周芸一改高冷的态度，堵住办公室的门，还把门锁了起来，不让杨冰晶离开。

怎么着，你堂堂一个集团分公司的老板，难不成还想在总经理办公室里跟我 PK？算了吧，你玩跳舞机输给我，拼酒还是输给了我，不用再比了，怎么比你都是输。杨冰晶说话的时候十分自信。

今天我不会输给你，我要打你！周芸说完就把杨冰晶按倒在地，两个姑娘抱在地上打滚儿，严筱月听见动静就跑了过来，拿钥匙打开门以后整个人都惊呆了。

严筱月害怕地说，冰晶，你怎么跟周总打起来了？快停手呀！

杨冰晶不甘示弱地说，小月月，这个事情你就别管了，看好外面就行了，别让其他的人进来。

周芸看见严筱月进来，大声尖叫地说，谁让你进来的？出去！这儿没你的事。你一个销售总监成天目无上级，走到哪儿都打扮得花枝招展的，就你长得好看啊？我今天非要杀一杀你嚣张的气焰。

杨冰晶捏着周芸的脸蛋儿说，我就长得好看，怎么了，你羡慕啊？羡慕也没用！

我会羡慕你？周芸按住杨冰晶的手，骑在她身上，让杨冰晶动弹不得。

周芸制服杨冰晶之后，得意地说，这次是我赢了，服不服？

服你？哼——做梦！杨冰晶挣扎着想要摆脱周芸，周芸把杨冰晶死死地按在地上，不让她翻身。

杨冰晶气喘吁吁地说，哎——周芸，我听徐诩说，你们同学聚会的那天晚上王修泽把你带回家以后，你十分主动地亲了他一口，你不是看不上王修泽吗？

周芸说，拼力量拼不过我，想让我分心，小姑娘心思缜密，我怎么突然有点儿喜欢你了。

杨冰晶趁周芸不注意，右手挣脱了控制，用力揪了一下周芸，接着一个翻身把周芸甩了下去，等周芸站起身来，杨冰晶跳到周芸的身上，用脚缠住她的腰，一只手缠着周芸的脖子，另一只手揪着她的耳朵，惹得周芸尖叫不止。两个人站起来贴身近战了一番，可没多久又一起摔在了地板上。

听到办公室里的动静越来越大，严筱月急忙给徐诩和刘长东打了个电话。

刘长东和徐诩接到严筱月的电话之后，急匆匆地赶到了总经理办公室。

徐诩一脸惊诧地问严筱月，她们俩怎么回事？怎么还打起来了啊？

严筱月说，我也不知道她们是真打还是开玩笑，周总还不让我进去，我只能叫你们过来帮忙了。

刘长东和徐诩进去以后，费劲地把缠斗在一起的两个人分开。两个本来妆容整洁、形象无瑕的大美女如今十分狼狈。

刘长东说，你们俩什么情况啊？这怎么还打起来了呢？

徐诩说，我知道！打是亲，骂是爱，你看看，这得有多亲密才能达到这样的效果。

滚——周芸和杨冰晶难得达成了一致。

刘长东说，徐总监，根据公司章程，在公司里打架应该怎么处罚？

完美化妆品股份有限公司管理规章第十二条规定，凡在办公区域内打架斗殴的，处罚款一千元，并且予以辞退，永不录用。徐诩跟着刘长东一唱一和。

徐诩刚说完，周芸和杨冰晶就马上抱在一起笑呵呵地说，我们不是在打架，我们刚才是在练习瑜伽呢！

刘长东忍住没笑出来，说，二位的瑜伽姿势还真是别致。

周芸尴尬地说，我们就是在互相帮助，冰晶的腿老是压不下去。

行吧，那你们两个大美女继续，我们就先走了。徐诩说完，偷偷地冲刘长东竖了竖大拇指，他的劝架本事简直绝了。

杨冰晶也不敢在周芸的办公室里多待，跟着刘长东和徐诩一块儿走，三个人只想立马溜掉，不敢再有片刻停留。

刘长东走了以后，杨冰晶问徐诩，你们两个刚才在密谋什么呢？

徐诩说，原来总部集团在 A 市分公司的实际负责人是刘长东，吴明退休了以后，周芸来这里顶多是起一个稳定大局的作用。

我也看出来了，我们几个总监都是刘长东这个副总负责的，所有的工作只有他签字了才能够开展下去。

徐诩不禁感叹，看来修泽想追周芸也不是那么容易的，这里头的水有点深。

杨冰晶说，自古豪门都是如此，有什么稀奇的。

徐诩听了一笑，说，还是你最好，我真是庆幸第一次遇到你的时候就把你抱回家了。

杨冰晶捶了徐诩一拳，害羞地说，讨厌。

水越来越深

水月家居的装修团队实在是专业，把设计图纸执行得太到位了，不论是整体布局还是细节处理上都无可挑剔，通过两班工人轮班施工，一个月以后，所有的硬件就基本上装修完了，现在需要放置一段时间，让房子通通风。

赵石磊跑过来看装修成果，他看着王修泽的新房子说，怎么样？哥们儿给你推荐的装修团队没得说吧？

王修泽跟赵石磊勾肩搭背地站在客厅里，王修泽放声地大叫，啊——我终于有自己的房子了！我终于可以结婚娶媳妇儿咯！

这段时间一直忙，周芸今天难得有空去城市之星的物业管理处领取业主钥匙，乘电梯上楼以后，她发现自己隔壁1701的门居然开着，走进去的时候，王修泽和赵石磊依然沉浸在他们伟大装修作品的喜悦之中，没注意到周芸。

周芸惊讶地问，你们俩怎么在这儿？

赵石磊见到周芸就乐开了花，说，哎呀！这不是周芸吗？咱们可是有好多年没见了。

周芸笑嘻嘻地说，是啊！四石，算算应该有五年没见了吧。

王修泽不爽地说，什么好多年，上上个周六不是才见过吗？你小子这么快就忘了？

赵石磊对王修泽做了一个闭嘴的动作，然后接着说，周芸，早就听说你从上海回到 A 市了，今天见到你，我觉得你变了，从里到外都有一股子灵动之气。真正迷人的女人不靠脸，而是靠内涵和淡然，所以只有相处长了，才晓得美丽与否。真正吸引人的男人不靠钱，而是靠学识和阅历，所以只有不用金钱装饰，才晓得是不是真有内在。所以，容颜易老，金钱苍白，唯有内心强大才能久远。修泽，你难道不觉得周芸现在要比以前更多出几分淡然和自在吗？

王修泽恍然大悟地说，好像是啊！自从在同学会跟杨冰晶红酒 PK 以后，现在是要比以前看得开了。

滚一边儿去！周芸踢了王修泽一脚，看着装修好的房子说，这是谁的窝？弄得还挺好看的。我的房子还没装呢！我觉得这个效果就很不错，我挺喜欢。

本人就是 1701 的业主。王修泽搂着四石的肩膀说，这儿的装修是水月家居的作品，四石是水月家居的法律顾问，还特别给了优惠，我个人觉得是比别的装修公司实惠多了。

你是业主？你不是住在出租房的吗？周芸有些不敢相信。

王修泽说，本人如今也是有房有车的职场精英，就差一个你这样的女朋友结婚成家了。

四石扯了扯王修泽的袖子说，兄弟，你这样说话是不是太直接了？

周芸不屑地说，他就是个臭流氓，买房子都买到我隔壁来了。四石，听说你现在是律师啊？

赵石磊说，对，我现在是 A 市石高平律师事务所的首席律师，同时还在几家大公司担任法律顾问，平时会参加一些例会，做一些法律方面的咨询工作，当然了，处理法律纠纷和诉讼还是第一位的。

可以啊！四石！周芸搭着赵石磊的肩膀说，我给你介绍一个漂亮姑娘怎么样？

真的吗？那太好了，多谢多谢，我妈现在因为这个事情成天催我。

姑娘叫方凌，是我们完美人事部的一名职员，我把她的信息发到你的微信上，四石，想追的话要抓紧，这姑娘可好看了。

赵石磊看到方凌的信息后，急忙把她的电话号码存了起来。

周芸说，最近我会把方凌调到公司法务部，到时候我让她去石高平找你拿一份法律文书，后面的事情就看你的了。

赵石磊说，周芸，今天我请你吃饭吧！大恩不言谢，必须请你吃饭。

四石，你要不要这么没出息？她一说给你介绍姑娘，你就把兄弟们全忘了。王修泽忿忿不平地说，有异性没人性说的就是你，你哪是五行缺土，我看你是五行缺女。

好了好了，你可以闭嘴了，我把人都叫上行了吧？也不知道徐诩那小子有没有时间，也没见他在群里喘个气，冒个泡什么的。赵石磊拿出手机，走到门外去打电话了。

喂，快把耳环还给我！

王修泽装作没听到，不搭理周芸。

你听到没有？把耳环还给我！

我没带在身上，不是说好了吗？周末陪我去钓鱼，我就还你耳环，你答应的事情可不能出尔反尔啊！

你为什么买这套房子？你是故意的！

你就当我是故意的吧，如果这个消息让你觉得不幸，还有一个更不幸的消息呢！这一层另一户 1703 的业主是王羽尘，大家以后是低头不见抬头见，你想不见都不行，当然了，你也可以把这套房子卖了。王修泽一副无赖的口气。

周芸一听 1703 住的是王羽尘，整个人都傻了。

哎，我说周芸，你这辈子是不是不打算结婚生孩子了？王修泽说完，一脸好奇地看着她。

周芸轻描淡写地说，我就不结婚了，怎么了？

王修泽好歹也是世嘉传媒广告部的副总监，可是在周芸的面前，他感觉自己就像个实习生。

可以啊！你的耳环掉在我的床上，你亲了我也不承认。王修泽话刚说完，周芸趁着四石在外面打电话，把王修泽一通狠揍。

徐诩正陪着杨冰晶做头发，接到四石的电话后答应带着杨冰晶一起来。

钱然前段时间忙着赶新闻稿，整个人焦头烂额，听到四石请客吃饭的消息，把手里正准备看的一摞报道材料全扔了。

赵石磊打完电话以后，进来看见王修泽捂着肚子痛苦不堪，就问他，修泽，你怎么了？

王修泽说，我肚子痛。

周芸在旁边没忍住，笑了起来。

三个人刚走出1701，王羽尘就乘电梯上来了，看到王修泽和赵石磊之后大笑着说，哎！这不是王总和赵顾问吗？真没想到能在这里见到二位，幸会，幸会。

周芸对王羽尘没什么好感，一个人站在旁边看手机。

三个男人聚在一起，王修泽问，你怎么会认识赵石磊啊？

王羽尘说，赵大律师是我们公司的法律顾问，我怎么可能不认识。你们这是要干吗去啊？

赵石磊说，我请周芸吃饭，顺便带几个老同学一起。

这么好的事情我也去。地方定好了吗？王羽尘向来就喜欢凑热闹。

周芸听见王羽尘也嚷嚷着要去，冷冷地说，你去干什么？跟你又不熟。

王羽尘感慨地说，好歹当初在追梦人我也出手救了你一回，有你这样跟救命恩人说话的吗？

王修泽急忙横在二人当中说，行了行了，四石，就定你们石高平律所附近的那家潮州菜馆，我上次去吃过一回，那里的海鲜还不错，你赶紧通知钱然和徐诩他们一声。

四个人到了城市之星的地下停车场，一人开着一辆车，周芸的那辆崭新的奥迪A7还是最显眼。

虽然只有七个人，但是这顿饭王羽尘还是吃得比较郁闷。

人到齐了之后，王羽尘看着周芸和杨冰晶就感觉一肚子委屈，在 A 市这么多年，不知道有多少人想进他们王家的门，可偏偏他喜欢的这两个女人看不上他，王羽尘瞧见菜馆的大厅里有点歌的系统，就走过去拿起麦克风，在电脑上点了一首歌，一首老歌——《最爱的人伤我最深》。

在菜馆里吃饭的人全都出神地听着王羽尘唱着这首老歌，有些客人的筷子还悬在空中。都说很多事情只要用心去做，就能吸引到人，徐诩听着王羽尘唱的歌，似乎明白他为什么要这样活着了。谁都有不为人知的一面，谁都有说不出的伤悲和苦涩。

王羽尘偷偷地用袖子去擦了一下眼睛，这个动作只有徐诩看到了。

吃饭的时候，除了王羽尘和王修泽两个很受伤的人喝了酒以外，剩下的五个人都没有喝酒。杨冰晶最喜欢这里的大螃蟹，一个人吃了六只，徐诩都看傻了。

饭局间，赵石磊一直对着手机傻笑。

徐诩问他，四石，你干吗呢？

赵石磊激动地说，方凌回我消息了。

徐诩吃惊地问，方凌？我们人事部的方凌？

周芸说，是我介绍给四石的，对了徐诩，我准备把方凌调到公司法务部，他们部门正好缺一个总监助理，我看方凌人也聪明，你不会反对吧？

徐诩摆了摆手说，你是老板，你说了算。

看着四石开心的样子，杨冰晶忽然想起自己答应钱然的事情，就偷偷地对徐诩说，咱们给老钱也介绍一个姑娘吧，上次公司产品质量被人诟病的时候，老钱出手帮了不小的忙，宣传报道都是连夜赶出来的，而且同学聚会的时候我也答应过他们，现在四石和修泽都有了目标，老钱还是一个人，好可怜。

徐诩轻声地说，你觉得我们公司哪个姑娘比较合适？

你的助理，李依依，我看过李依依的简历，她以前也在纸媒待过，而且两个人看上去还比较般配，我们就给他们俩牵一牵线。

徐诩点了点头说，行吧，待会儿散场的时候，你和老钱说一声，咱们两个现在都改行当媒婆了。

徐诩和杨冰晶在一块儿嘀咕了半天，王羽尘和王修泽就已经喝多了，他们还搂在一起唱歌。

看着王羽尘的样子，杨冰晶和周芸都受不了了，两个姑娘也不忍再去伤害他，就跟四石说要先走一步。

周芸在走之前揪着王修泽的耳朵说，这个周末钓完鱼记得还我耳环。

王修泽借着酒劲说，什么耳环？我不知道。

周芸看着两个醉鬼，知道现在说什么都已经没有用了。

等到钱然走出潮州菜馆，杨冰晶在车里问他，他们俩没事吧？

钱然说，有四石在，放心吧，我把他们两个醉鬼的车钥匙没收了，放在了四石的包里。

钱然，上次我们公司出事真的谢谢你帮了我们，我也在同学聚会上答应给你介绍一个女孩子，修泽和四石我是不用费心了，我们公司有一个叫李依依的女孩儿，模样很好，她现在是徐诩的助理，你如果愿意，我和徐诩就安排你们见面，你觉得怎么样？

钱然听了以后，愣了一下，然后就拉着杨冰晶的手激动地说，嫂子，太好了，我终于可以有女朋友了！

徐诩说，老钱，你别高兴得太早，这次见面一定要表现得好一点，拿出你的看家本领，别给我丢人。

杨冰晶说，老钱，等我的电话，到时候会告诉你见面的地点和时间。

钱然的嘴都已经咧到后脑勺上去了，大笑着说，没问题，没问题。

其他人都走了以后，赵石磊扶着王修泽和王羽尘上了车，王羽尘含糊不清地问王修泽，凭什么周芸看上你了？还约你钓鱼。

王修泽醉醺醺地说，哈哈，因为我是大王，你是小王。

王羽尘搂住王修泽的脖子说，对！咱们俩绑在一块儿就是火箭！

赵石磊开着车把两个醉鬼送到了石川集团旗下的一家酒店，总算是完成了任务。

天渐渐黑了，王石川在夜里打了一个电话，他说，让所有的分公司把资金全部回笼，是时候收回拳头出击了，另外准备足够的资金，越多越好，以备不时之需。我们需要利用好这段时间，把我们手里的砝码从 7% 增持到 21%。

暗流涌动

上海完美集团董事会，周恒远作为集团总裁兼董事长就近期完美股份的价格波动听取董事会成员的意见。

集团副总薛万里是周芸调任 A 市分公司总经理以后新任命的，薛万里可是个老狐狸，当年周恒远对公司内部主要负责人进行大清洗的时候，薛万里因病住院，躲过了一劫。当初他只是一个部门经理，并不处在斗争的中心，这么多年一步一步爬上来，斗争经验相当丰富，升任集团副总以后，多年来公司几次增资扩股让薛万里手里也握有了 5% 的完美股权，先不说这 5% 的自身价值，单是每年的分红都是一笔不小的数目。

薛万里说，公司这么多年的发展和壮大，让我们都受益匪浅，像这种正常的波动不必大惊小怪，资本市场从来都不会风平浪静，谁都想来分一杯羹，又怎么能少得了争斗？这不也正好说明了广大股民和投资者对我们公司的信心吗？

吴晴看着周恒远若有所思的样子，一边给在座的董事会成员发本年度的业绩报告，一边听着薛万里讲述集团过去的种种成绩，最近完美股份又连续高开高走，连吴晴都觉得不正常，现在听到薛万里说这样的话，估摸着他不是在妖言惑众就是在放烟幕弹。也不知道他最近是怎么了，是什么东西刺激了他，一向低调行事的薛万里如今到哪儿都是公司的焦点。

自从吴晴离开 A 市，回到上海以后，她就一直在完美总部担任周恒远的特别行政助理，做一些接电话、发传真、印文件之类的琐事，这段时间吴晴觉得自己的心平静了很多，很轻松，吴明一直劝她赶紧再找个人过日子，吴晴总是很随和地一笑说，我的爱情很重，一般人接不住。

我同意老薛的意见，完美的业绩这么出色，外面炒完美股份的机构和投资者肯定多，他们翻不起什么大浪，只是小打小闹，争一些蝇头小利而已。

是啊，是啊，近几天完美股份连续高开高走，最高兴的莫过于我们这些股东了。会议室里很多人都赞成薛万里的观点，都觉得周恒远是多虑了。

常言道，事出反常必有妖，周恒远隐隐约约感到有一股暗流在涌动。

今天公司没什么要紧的事情，周芸打电话给四石，也希望水月家居来给她装修房子，并且钱不是问题，但是必须要达到她的要求。

赵石磊说，没问题，方凌这样的好姑娘，你能放心地把她介绍给我，如此大恩大德，装修房子的事绝对包你满意。我明天就让水月的人过去，绝对给你一个惊天折扣。

王修泽跟四石正好在一块儿，听见赵石磊的话，说，周芸她们家那么有钱，你就不要提折扣了，用工用料上才是关键，还有，让水月的装修团队注意颜色的搭配和使用。

赵石磊白了王修泽一眼，说，你怎么比我妈还啰唆，我难道不知道吗？所有的东西必须用最好的，施工的时候，该讲究的一定要讲究是吧？价钱还必须合理是吧？

王修泽被四石的几个问句弄得没有话说。周芸在电话那头听了一笑，见过了那么多的人和事，可是回过头来，还是这些昔日的同学最可爱。

周芸说，好了好了，四石，我房子的装修就拜托你了，等事成以后，我请你吃饭。

周芸你怎么不请我吃饭？王修泽在赵石磊的嘴边抢话说。

你？哼——周末记得还我耳环！周芸说完就把电话挂了。

四石放下手机问他，耳环？什么耳环？

王修泽摆了摆手说，没什么。我还有事，约了王羽尘谈广告的事情，先走了。

王修泽走了以后没多久，赵石磊的手机又响了，这次打来的电话的是方凌，方凌说，石头，咱们见面吧！顺便去约会，电影院、游乐场、城市公园，还是畔江林语，地方你挑。

方凌，如果我真的去见你，我就必须要你做我的女朋友，而且会奔着结婚成家去。赵石磊说，我是学法律的，一直都明白责任的重要性，今天既然你已经先开口了，我只想问你，你真的准备好做我女朋友了吗？

方凌说，只要你敢来，我就敢做你女朋友，我相信我的判断，更相信我老板的眼光。

好啊！下午两点，滨海茶楼。赵石磊说完，挂掉了电话。

下午两点，赵石磊开着车提前到了滨海茶楼，就站在门口等着方凌，方凌的照片自己已经看了千百回，但是在就要见到她本人的这一刻，赵石磊的心里还是有着些许的紧张和期待。

方凌今天穿的是一件米白色的宽松毛衣，九分的紧身牛仔裤，一双黑色漆皮低跟鞋。随着方凌越走越近，赵石磊只见她凝脂般的雪肤之下，一片藏不住的红晕若隐若现，双睫微垂，娇艳无伦，轻风将她的短发撩起，就在方凌去整理被吹乱的头发时，赵石磊如同沉浸在了梦幻之中。

方凌露齿一笑说，怎么了？不认识了？你在电话里不是挺豪爽，挺直接的吗？

赵石磊还是像个呆子一样地站在方凌面前，都说当幸福来敲门的时候，人会觉得眩晕，这时候的赵石磊真的眩晕了。

走吧，进去了，咱们喝点儿什么呢？

赵石磊拉过方凌的小手攥在了手心里，方凌也不挣脱，任由他牵着。

赵石磊语无伦次地说，我都不敢相信这是真的，我觉得现在就像是做梦一样，还有，你，今天，你，你真美。

我渴了。方凌害羞地说。

赵石磊傻乎乎地说，我也渴了。

两个人相视一笑，然后手牵着手走进了滨海茶楼。

互相凝望了彼此半盏茶的工夫之后，赵石磊问方凌，为什么你会这么笃定我不是一个坏人？还要这么主动地答应做我的女朋友？

方凌说，因为周芸。

她？就因为是周芸介绍的吗？

不瞒你说，我跟徐诩是一起进完美的，他去应聘人力资源总监，而我是周芸特招进完美的一名普通职员。我是在准备回老家的半路上遇到周芸的，她当时下车买东西，我找到她求助，给她看了我的毕业证和学位证，跟她讲了我在 A 市找工作被骗的种种遭遇，希望她能借我车费让我回家。方凌用略显哽咽的声音说，当时周芸借给了我两千块，还递给我一张她的名片，让我自己决定是走还是留，如果留下，就跟着她一起去完美化妆品公司，我就这样跟着周芸一起到了完美。如果没有她，我现在在哪里都不知道，能在 A 市站住脚，我的老板是我生命里很重要的人，她对我不仅有救命之恩，还有知遇之恩，而她说的话，她介绍的人，我一定深信不疑，也绝对不会错过。这个故事，这个答案，你能理解吗？

赵石磊把方凌的手放到唇边，吻了吻，说，以后我会照顾你。

虽然只有七个字，却把方凌的眼睛说红了。

晚上，徐诩一个人带着水晶回到了自己的窝，徐诩摸着水晶的脑袋说，水晶，你是不是和我一样，也想她了？

水晶无精打采地把脑袋靠在徐诩的腿上，嘴里哼了一声，似乎是在回应徐诩的想念。

手机突然响了，是王修泽打来的。

徐诩说，你又犯什么毛病了？直接说，你小子没事求我，一般不会主动给我打电话。

王修泽不好意思地说，上次你找我抱水晶的时候不是说如果有事要你帮忙的话就招呼一声吗？现在还真有事需要你帮个忙，我手里有个活儿，就是跟石川集团旗下的一家食品公司合作拍一个系列产品的宣传广告。现在想请个摄影师，找了钱然那家伙几次他都不来，说没时间。徐诩你的摄影技术也不错，要不要来帮我这个忙？

这么专业的广告拍摄你应该找专业的摄影师啊！我就是个业余的，前几年因为想存钱付首付，所以帮人拍淘宝，我最近都没怎么干这个了，你小子别把公司的广告当儿戏。徐诩怕自己会误了王修泽的正事。

你放心吧，这些年我看了很多所谓的专业摄影师，拍摄的效果还没你好呢！你要相信我的眼光。再说了，看在水晶的面子上，这忙你也得帮我。

徐诩抱着小水晶说，行，帮你，帮你，到时候你给我来个电话。

王修泽听了以后大笑说，这才是哥们儿啊！

滚蛋！你小子赶紧找周芸去，她房子装修不是已经开工了吗？听说又是四石让水月家居包的活儿。

你也听说了？周芸给四石介绍了一个叫方凌的姑娘，就在刚才，那家伙把姑娘的照片发给我和老钱看，牛皮都吹上天了，还说方凌已经正式地成了他女朋友了，跑到我和老钱这里来炫耀。我实在受不了他，骂了他两句就挂了电话，听说还是你们完美人力资源部的。

徐诩说，对，方凌是人事部的，我见过。周芸能给四石介绍女朋友八成是故意气你的，四石我倒是不担心，方凌那姑娘不错，倒是你，周末约周芸钓鱼，我看你八成是拿耳环钓妹子的，可怜的周芸，居然傻乎乎答应了你，我不管了，你自己小心，免得弄巧成拙。

喂，徐诩，我还听说你和嫂子已经答应了老钱，要帮他解决人生大事。

你小子真是什么都知道。对，上次完美化妆品公司出事，老钱帮了忙，我和你嫂子想趁这个机会还个人情。曾经是一个锅里吃饭的兄弟，换成是你，我能不帮吗？

王修泽投降说，行了，A大最佳辩手，我不说了。广告的事情别忘了，等我的电话。

知道了！徐诩说完，把手机扔到一边，然后抱着小水晶想念杨冰晶。

深夜里，徐诩做了一个梦，梦见杨冰晶在亲他。而事实上，是小水晶跳到了床上，在舔徐诩的脸。

王修泽是数着日子数到周末的。今天他有一些小激动，带着女神去钓鱼。

王修泽把车停在完美化妆品公司附近的一家酒店下面，给周芸打了一个电话，哎，周大老板，您这长期在酒店里住着，长此以往会不会和生活脱节啊？

周芸说，本小姐天天换着酒店住，你管得着吗？

可以啊！你和王羽尘真的是一路人啊！都是"酒店精英"，不过为什么你就看不上他呢？

王修泽，你今天是来约我钓鱼的吗？我怎么觉得你是来找骂的。城市之星的房子还没装修完，你以为我愿意天天住在酒店里是吧？

王修泽说，你可以跟我一起去出租屋住嘛！

滚！今天钓完鱼必须把耳环还给我，否则我要你好看。周芸说完就挂了电话。

没一会儿，周芸就穿着一身休闲装出了酒店大门，王修泽按了两声喇叭，周芸上了车，坐在了副驾驶的座位上。

开车啊！周芸不耐烦地说。

王修泽说，安全带！

周芸扯了半天安全带，还是系不上。

王修泽伸手去拉，发现安全带的卡槽里已经有卡扣了，取出卡扣以后，安全带就可以系上了。给周芸系好安全带以后，王修泽回到驾驶位时跟周芸的脑袋撞在了一起。

周芸很生气地说，你这什么破车，比我的车差远了。

什么叫破车？很多人不愿意在副驾驶上系安全带，不插上卡扣的话，车老是叫唤，就跟你现在的状态一样。

你——周芸咬牙切齿地看着王修泽，恨不得打他一巴掌。

王修泽看着周芸生气的样子说，你现在是不是特想揍我？我看出来了，不过你的耳环在我这里。

算你狠。周芸说完，扭头看着窗外，不理他了。

路上，周芸问他，我们今天去哪儿钓鱼？

王修泽说，南湖渔场。

我是看在老同学和耳环的分上才答应跟你来的，要不然我才不来呢！对了，你们两个跟着我买同楼层的房子到底是什么意思？是想跟我来一场死缠烂打的持久战？

怎么就成了死缠烂打了？我比王羽尘先买的房子，那家伙是从别的业主手里强买回来的，听说花了不少钱。我跟他是有本质区别的，再者，我是追求者，他是捣乱者，请不要把我跟他混为一谈。

你的意思是，王羽尘是来破坏我跟你之间的可能的？

王修泽想了想，说，是啊！听说我要追你，这小子非要进来掺和，号称要棒打鸳鸯。您在上海把他伤得究竟是有多深啊？

周芸说，我愿意打，你们俩愿意挨，这可怨不得我。

王修泽冲周芸竖着大拇指说，行，你这一句话把我和王羽尘全骂了，徐诩还算是聪明的，没在你这棵树上吊死。

周芸听了王修泽的话，从包包里抽出一张湿纸巾，打开以后直接拍在了王修泽的脸上。

王修泽一脚猛踩刹车，拿掉了挡住眼睛的湿纸巾，大喊了一句，你想出车祸啊？

周芸倒是装作若无其事，还拿出粉底给自己补了补妆。

王修泽打开音乐，出来的歌是郑钧的《私奔》，王修泽大声唱着，想带上你私奔，奔向最遥远城镇……

别唱啦！难听死了。周芸用手指堵住耳朵。

王修泽笑呵呵地说，你没觉得这首歌从我嘴里唱出来是那么激情和生动吗？

我见过不要脸的，你是第一名。周芸掏出手机，戴上耳机，看到窗外一块一块方方正正的鱼塘，看到路旁整齐的香樟树飞速地向后跑去，有一群又一群欢笑着追逐的孩子，有急急忙忙赶着拖拉机满载而归脸上洋溢着幸福喜悦的村妇。在城市里待的时间久了，见到如此美丽的田园风光，周芸仿佛都已经忘记了自己此行的目的了。

王修泽把车停在了一个很大的鱼塘边，南湖渔场一共有二十多个鱼塘，大的小的，养着鲫鱼、草鱼、鲶鱼、鲈鱼、红色鲤鱼等等，周芸在渔场里到处乱跑，这里看一眼，那里瞄一下，在看见有养甲鱼和虾的人工水池以后，兴奋得蹦蹦跳跳，像个孩子。

与此同时，徐诩把杨冰晶抱在怀里，给老钱打了一个电话，今天中午滨海茶楼，李依依会穿一件波西米亚风格的长裙，手里会拿一本张爱玲的《倾城之恋》，你不是最喜欢张爱玲的《倾城之恋》吗？

老钱不满意地说，怎么又是滨海茶楼？能不能换个地方？赵四石那个家伙就是在滨海茶楼里见的方凌，谁说我最喜欢《倾城之恋》了，哥们儿最喜欢的是《半生缘》。

徐诩立马打断老钱的话，行了行了，地点已经定好了，去不去你自己看着办。我说老钱，你干吗老是跟四石比啊？

钱然想了想，觉得也对，滨海茶楼的地段、景致和菜色都还不错，是年轻男女约会见面的首选场所，很多相亲网站都推荐这个地方，自己犯不着在见面的选址上耿耿于怀。

周芸，我今天是让你来陪我钓鱼的，可我怎么觉得我是来陪你观光的呢？你在岸边各种自拍还是要注意安全，当心掉水里，这附近可没有给你换衣服取暖的地方。王修泽一边准备鱼食，一边提醒到处闲逛的周芸。

要你管！你赶紧钓你的鱼，我还等着拿回耳环呢！

王修泽说，自从你跟杨冰晶 PK 输了以后，我觉得你现在好多了，有一种冰雪融化的感觉，挺好。

周芸气不过，捡起岸边的一块石头，扔在了王修泽下鱼食的地方，还溅了他一身的水。周芸狡黠地一笑，王修泽看着她，已然忘记了刚才发生的一切，而眼前的这一幕比起当年初吻尹丽茜的时候还要美好。这么多年一个人，是眼前的她，让王修泽有了想恋爱的冲动，一种久违的冲动。

周芸，今天只要你能钓上一条五斤以上的鱼，我就双手奉上耳环。王修泽掏出一根鱼竿说，敢不敢试试啊？我就怕你是一会儿捉蜻蜓，一会儿扑蝴蝶，一会儿溅我一身水，一会儿就进入卖萌九连拍模式。

钓就钓，钓上一头水怪吓死你。周芸从王修泽手里接过鱼竿，王修泽又教了她怎么上鱼饵，调整好浮漂以后，两个人就并排坐着，开始比赛。

周芸毕竟是新手，提竿和换饵的时机都不如王修泽，看着王修泽一条又一条地上鱼，周芸就有些坐不住了。

该死的鱼，怎么还不上钩。周芸托着下巴，小声念咒。

目前，有不明机构从两家基金手里通过股权转让的方式买走了其持有的 15% 的完美股权，相关人士并没有透露具体的细节，但是从这次大手笔的动作可以看出，这家机构背后的势力一定不小。

周恒远听着新闻里的消息，现在的局势对于他来说非常不利，这次不明机构的出现和主力基金的退出，让完美集团董事会手里协议可控的股权从 47% 降至 32% 左右，其中周芸名下有 9%，周芸名下的这 9% 是周恒远给周芸留的嫁妆；周恒远名下有 15%，第三大股东薛万里和其他股东手里持股总共达到 8% 左右，正是这 8%，是周恒远最难控制的，一旦出现倒戈，这些人随时可能里应外合，召开特别股东大会罢免周恒远。石川集团近期通过增持行为从 7% 增持到了 18%，虽然距离王石川心中的 21% 还差了一点，但也足以说明目前的石川集团在市场上的影响力。不明机构的突然介入，购走了15%的完美股权，对方是敌是友尚未可知，另外天使创投也通过连续抢货，持有了6%左右的完美股权，这些天完美股份连续地封上涨停也和他们有关，其他的集中股分别由另外的几大基金和自然人股东拥有，也不知道自己是不是老了，现在的周恒远已经没有了当年的争强好胜，目前他们父女手里24%的完美股权随时可能被一股暗流吞没。

孙玲端着一杯热茶站在周恒远的身后，她看出了周恒远的心事，说，要不要我给爸打个电话？

周恒远说，不用了，爸的身体越来越差了，就不要打扰他老人家了。这场硬仗迟早会来，找个合适的机会让芸儿回上海，我，还有孙家这些，是时候交到她手里了。等到我和王石川的恩怨了结了，亏欠徐豫还有你表姐陈言秋的那一部分，该还的就一并还了吧。

孙玲说，真是不明白当年你们俩为什么要闹翻了脸。

我是希望借助外资迅速把雪球滚大，而王石川不想我们辛辛苦苦赚的钱被外商分走一大半，当时他说自己宁愿找银行贷款也不去拉什么外资。其实只要公司发展起来了，这些钱都不是问题。我们谈了好多次都谈不拢，这才有了后来的股权争斗。我想，你表姐陈言秋后来离开王石川也有这方面的原因。

你别以为我不知道你把程晓冉介绍给王石川的用意，程晓冉这个女人拜金，你利用她，这么多年了，她应该给你透露了不少消息吧？

是啊！说不定大家很快就要见面了。周恒远若有所思地看着远方，我没有办法，很多事情都在我的预料当中，最近董事会也是人心浮动，我知道是谁在背后操纵。还有那两家转让股权的基金，二十多年了，这场仗也该来了。

一物降一物

　　周芸捏着一根狗尾巴草无精打采地看着水面，她突然发现水面上的浮漂不见了踪影，周芸试着提了一下鱼竿，鱼线立即绷得很直很紧，只感到水下有一股很强的力量在挣扎，那家伙先是拽着鱼线在水里转了好几圈，然后就要往鱼塘深处游去。周芸双手握紧了鱼竿，试图把这个大家伙拉回来。

　　王修泽瞧见周芸钓到了一条大鱼，还没来得及高兴，就发现周芸渐渐撑不住了，她被大鱼拉到了水边，一只脚已经沾到水了。

　　喂——周芸，你快把鱼竿扔掉！算你赢了，这里的鱼工会帮我们捞上来的！你这样拽太危险了。王修泽准备从周芸手里接过鱼竿。

　　我不，我一定要把它钓起来。周芸死活不放手，使出了全身的力气，脸憋得通红。由于太靠近鱼塘了，周芸沾水的脚已经陷在了泥里，鱼塘里的鱼打了一个水花，周芸脚下一滑，被大鱼连同鱼竿一起带进了鱼塘里。

　　王修泽目瞪口呆地看着这一幕，说，周芸啊周芸，你竟然被一条鱼征服了，我很佩服这条鱼，真的，这条鱼就是我的偶像，待会儿捞上来以后，我一定要把它买回去。

　　你是在故意等着看我的笑话是吧？还不快拉我一下！

　　王修泽把周芸从鱼塘里拉了上来，那根鱼竿还在鱼塘中央旋转。他发动了车，打开空调，扶着周芸坐在车的后排座位上，又从后备厢里找到一条干净的浴巾，这是他平时出去游泳的时候必备的东西，王修泽把浴巾递给周芸，让她处理身上的水和泥。

半个小时以后，渔场的鱼工才把那条游累的鱼捞了上来，有接近7公斤重，这么大的家伙让很多来钓鱼的人都惊叹不已，不少人还拍了照。

王修泽把周芸送回酒店，在周芸下车以前，王修泽说，周大美女，把手给我。

周芸本来就狼狈得不行，她急着上去洗澡换衣服，没好气地说，干吗？

王修泽抓住周芸的手，把那只漂亮的耳环放在了她的手里。

我一向都说话算话，从来不欺骗任何人，答应你的事情，决不食言。王修泽深情地看着周芸说，你应该相信我对你是真心的。

男人嘴上说的全是真心。周芸接过耳环，跑回酒店去了。

王修泽撇了撇嘴，却把周芸掉在鱼塘里的照片发到了朋友圈里，半路上又给王羽尘打了一个电话，商量着什么时候跟徐诩一起把广告拍摄的事情给了了。

自从王修泽和王羽尘在潮州菜馆里喝醉了酒，又在酒店里抱在一起睡了一个晚上以后，这俩人就像有事没事就混在一起。只是在追周芸的事情上，王羽尘声称自己也是真心，绝不让步。

至于老钱和李依依相亲的事，徐诩到了晚上才给钱然打了一个电话询问进展，老钱，今天见面怎么样？

钱然笑嘻嘻地说，徐哥，今天见面十分成功，我在妹子面前的表现绝对是满分。

徐诩上次见老钱这样兴奋还要追溯到他第四次才通过大学英语四级考试的时候，当时王修泽笑称钱然是英语四级本科毕业。

你丢没丢脸，我明天去公司问一问李依依就知道了，没事了，挂了。徐诩说完，唤了一声水晶，小水晶一听见徐诩的呼唤，就乖乖地跑到卫生间里的花洒下面坐着了。给水晶洗完澡，徐诩躺在床上听到收音机里有电台在放

《今夜无人入眠》，他打开手机 QQ，看到老钱两分钟前更新的个人签名以后，估摸着老钱这一次应该没有丢脸。徐诩觉得自己也应该抓紧时间，争取早日把杨冰晶娶进门。

周一早上接杨冰晶上班的时候，徐诩对杨冰晶说出了周末的无尽思念。

杨冰晶亲了徐诩一下，说，我不是把小水晶给你了吗？正好陪你过周末。

徐诩苦兮兮地说，行了吧！杨冰晶，我发现你不爱我了，水晶能跟你比吗？

杨冰晶知道徐诩想她了，聪明的她只是笑，并不说出来。

徐诩到自己办公室的时候，李依依告诉徐诩，方凌已经被周芸调去公司法务部了。

徐诩打电话给周芸，开口就大声控诉，你这牵红线的老板真是可以啊！我这个人力资源总监完全形同虚设嘛！干脆您直接把人力资源部撤销了，我去销售部得了！

德行！你喊什么喊？想去销售部找你相好的？做梦！周芸得意地说，我事先答应了四石，今天派方凌去石高平取一份法律文书，我可不像某些人言而无信。

我什么时候言而无信了？

你忘了你大学时候对我说过的话了吗？这辈子只爱我一个人。

你还说这辈子永远在我身边呢！结果呢？

周芸听了不禁一笑，声音却突然有些哽咽，稍微调整了一下情绪之后，周芸接着说，反正我帮四石解决的是人生大事，你抱怨也没有用。

我这个总监好歹也是方凌的娘家人吧！你招呼都不打，直接把人调走。

怎么着？看来我给四石介绍对象还介绍错了是吧？我觉得赵石磊比你强。王修泽，还有那个王羽尘，两个买房子都要买在我隔壁。还有你，我身为你的老板，在你面前喝醉了两次，第一次你把我带回了家，让我成了你和杨冰晶之间的爱情考验；第二次你竟然让我落入了王修泽那个混蛋手里，这两次我出丑都出尽了。你今天是故意来找我发泄情绪的吧？你们部门那个岗位绩效考核方案还有一些地方不够完善，赶紧拿回去修改，改到我满意为止。

都已经开会通过了，各部门都参照执行了，还修改什么？你这是想鸡蛋里挑骨头是吧？我听你这路数怎么觉得有点熟悉啊？

你女朋友教我的！她说了，对付你就不能按套路出牌。

你们俩现在姐妹情深啊！徐诩无奈地说，两个人打了一架，现在还成闺蜜了。

滚！周芸实在是忍不住了，终于骂出了口，方凌调动的事是你在潮州菜馆亲口答应的，现在还敢来翻后账。

周总，你看啊，王修泽能一晚上不睡觉，守在你身边，真是奇妙；方凌以前在我人力资源部什么男人都看不上，这不，你一介绍了四石给她，两个人竟然闪恋了；我和杨冰晶安排老钱和李依依见面，两个人不到半天就成了，老钱是什么人？马上就是中国摄影家协会的会员了，你没事去瞧瞧他更新的QQ签名，上面写着，能让我一生为之着迷和心动的女人终于出现了。唉——真是一物降一物啊！老钱当初考英语四级如果也能像现在这样用心，何苦要到第四次才低空飞过。

周芸不屑地说，方凌和李依依是多么漂亮的姑娘，得着了就偷着乐吧！你竟然还敢跑到我这里埋怨。

这个时候，李依依拿着文件走了进来，徐诩说了句有事要忙，就挂了周芸的电话。

看到李依依一脸幸福的样子，徐诩也已经猜了个八九不离十。

李依依刚出去没多久，刘长东就带着刘淼淼来到了人力资源部。刘长东把两张结婚证啪的一声砸在了进门的一张桌子上，很多员工都争着过去一睹为快。

刘长东牵着刘淼淼的手说，我先说一声啊！我跟淼淼结婚之后，会带上彼此的孩子一起出去旅行。从此以后，我们的孩子都不会再回到没有爸爸或者没有妈妈的日子了。

听完刘淼淼的话，徐诩带头鼓掌。听到人力资源部那边炸开了锅，杨冰晶想着自己年底就要和徐诩一起回他的老家，心里也有一股关不住的甜蜜涌了出来，让她美美地一笑。

王修泽！你想死吗？你干吗把我掉鱼塘的照片发在朋友圈里？你想让所有人都来看我的笑话？还求评论，求围观，这照片你是什么时候拍的？周芸上午忙完手里的工作，打开微信以后，看到群里的照片就恼火，拿起电话就开骂。

周同学，你这想象力真是挺丰富的啊！明明是你自己逞强。

你就满世界放烟幕弹吧，想用这种伎俩来对我施压，本姑娘只能笑你幼稚。

王修泽说，幼稚的我中午能不能请美丽的周同学吃个饭？

你现在如果在我面前，我保证不打死你。

这是很正面的宣传好吧！我就是让所有的同学都知道，你也有生活的一面，在很青春、很阳光的同时，也一样会丢脸、会狼狈。

这么说，我还得谢谢你了？

不用谢。中午一起吃个饭就行，你房子的装修已经基本完工了，我和四石没事的时候一直都盯着呢！就冲这个你也应该一起吃个饭。

好吧。不过得叫上四石，我暂时还没有单独跟你吃饭的计划。

行行行，约你吃饭真难。今天咱们仨来点不一样的，去吃大排档怎么样？麻辣烫也行。

周芸觉得王修泽的这个提议还不错，思索了一下，说，好吧。

王修泽和赵石磊从城市之星出来，开车到新世纪大厦楼下，接上周芸以后，径直往 A 市有名的小吃街去了。

杨冰莹和杨父杨母一边吃饭，一边讨论着杨冰晶和徐诩的婚事。

杨母说，我一直都想让冰晶找一个好人家，可以过得不像我们当初那样艰难，这孩子现在跟徐诩在一起，总是让我觉得不放心。

徐诩怎么了？我觉得姐夫人挺好的，学历，人品，性格，相貌，都不错啊，虽然有时候说的话很让人讨厌，但是善良的同时不失幽默，还会哄女孩子开心，我要是姐，也喜欢他，也要嫁给他，这样的人不嫁，嫁给谁啊？杨冰莹一边吃菜一边说。

杨父放下筷子问杨冰莹，闺女，你也快大学毕业了，你觉得女孩子嫁给一个男人究竟是他的家庭条件重要还是个人自身的条件重要？

爸，这个问题你应该让妈先回答，妈不是一直强调家庭条件是第一要素吗？

我说的难道有错啊？等你当了妈，你就明白我现在的心情了。谁愿意自己的闺女跟着别人去过苦日子？

一个女孩子嫁人，是要跟这个人一起去走以后的人生道路，要相濡以沫，要生儿育女的。如果他自身有问题，家庭条件再好又能有什么用？到头来不还是一个悲剧吗？

杨母吃着饭，想着这个问题，半天没说话。究竟是钱重要，还是感情重要？究竟是一个人自身更重要，还是他身外的一切更重要？连杨母自己也开始犯嘀咕了。

杨父说，咱们街坊金裁缝的闺女从小就出落得好看，去年不是嫁了一个有钱的地产商吗？今年年初离的婚，男方的财产都做了婚前公证，她离了婚也没得着什么钱，现在一个人也没找到工作，孩子寄养在金裁缝这里，往后的日子还不知道怎么过呢！冰莹，一个女孩子想改变命运，不能指望靠婚姻来一步登天，还是要靠自己努力，女性要在经济和人格上获得双重独立，这样，离了谁我们都不怕。

老爸，你说得真好，我记住了。

杨父说，我看徐诩就挺好，等年后亲家公来 A 市，咱们就把孩子的事情定下来。

行吧,冰晶那丫头我管不了,我也不想管了。杨母给杨冰莹的碗里夹着菜,叹了口气说,我最不放心的就是你们姐妹俩,可闺女大了留不住啊!随你们去吧!

杨冰莹放下筷子直接亲了杨母一口,开心地说,妈,你真好!

杨母敲了一下杨冰莹的头,看着她的小女儿,还是很满足地一笑。

杨父问,冰莹,你毕业实习准备去哪家公司啊?

杨冰莹开心地说,爸,这个事情姐夫来我们家的时候就已经替我设计好了,我会去完美实习,而且姐夫说了,让我去我姐的下属部门,他们会照顾我。

杨母生气地说,傻丫头,不要乱叫,徐诩跟你姐还没结婚呢!

我不赞成你去销售部门,免得招人说闲话。有机会我找你姐商量商量,还是让你去市场部实习,不要老想着让别人照顾,要努力靠自己。

杨冰莹努了努嘴,说,知道了,爸,我绝对不会给你和姐姐丢脸的。

杨父听了小女儿的话,也是很满意地一笑。

天气已经越来越冷了,伴着一阵一阵的北风,人们都换上了厚一些的衣服,地上铺满了掉落的树叶,踩上去发着吱吱的声响。趁着公司中午休息的时间,徐诩和杨冰晶手牵着手在附近的一个小公园里散步。

天气冷了,一定不要忘了添衣保暖,别光顾着好看。徐诩说完,又把杨冰晶往怀里紧了紧。

杨冰晶靠在徐诩身上说,有你在我身边,我想忘都忘不了。

冰晶,你说说,抛开房子、钱、车这些身外之物不谈,什么样的男人才是你们女孩子心中爱人的标准?

责任吧!有责任感的男人是女孩子心中爱人的标准。一个不负责任的男人,有再多钱,长得再帅,毫无担当,在我这里是绝对会一票否决的。当初王羽尘那个花花公子就是因为没有责任感,所以我才不会多看他一眼。责任也不是只会嘴上说说,是要付诸行动的。

难怪王羽尘那家伙在你和周芸这里接连碰壁。不过他最近跟王修泽混在一起，我看他稍微好了一点儿，似乎已经意识到了自己的问题。

杨冰晶跳到路边的花坛上，摇摇晃晃地走在边沿上，很平静地说，像他这样的纨绔子弟，要么就是童年有阴影，要么就是拿感情不当一回事。

喂——你慢点儿走，当心摔着！

我才不怕呢，反正有你在下面接着我。

徐诩微笑着说，我最近没事也喜欢看一些星座运程，像你这样的双鱼座姑娘，一些占星网站都这样归纳，双鱼座的女生善良，体贴，坚强。有时候很爱幻想，没有金钱观念，和她在一起的日子，不会孤单，她会很贴心，很温暖。双鱼座没有安全感，双鱼座爱得起，但是放不下，更怕伤害。她们总希望身边有人陪，即使在喧闹的大街上也会感到孤独。喜欢闭着眼睛靠在椅子上听音乐，去想很多事情。双鱼座的女生缺乏自信，即使她拥有了很多很多的优点，依然会觉得自己不够好。总是习惯依赖别人的帮助，也愿意主动去帮助别人。双鱼座女生，是心里满满都是阳光和美好的女孩子，她们是天生的乐天派，绝对不会把事情朝坏处想，加入到盲目乐观的行列当中非常容易，不过事情如果真的一不小心向坏的方向发展了，双鱼座姑娘也会尽力把一切拉回正轨。双鱼座女生一般都是娇娇女，尽管父母的条件不是大富大贵，也不会给双鱼座一点点苦头吃，这大概是因为双鱼座本来就是招人疼的孩子。

徐诩像做演讲一样说了一大堆，杨冰晶有一些气恼地看着他，一声不吭。

怎么啦？我觉得这网上说的跟你真的挺像的。你看啊，你这个双鱼座就是经常缺乏安全感，还老是吃一些飞醋；周末除了回家陪父母以外，非要跟我腻在一块儿，还不想一个人待着；你明明已经很好看了，还总是嫌自己这里不好那里不好；你为了公司销售业绩劳神，天天着急安排各种工作，生怕李冉忘记了你交代的事情。我的天，你还真是一个彻头彻尾的双鱼姑娘，怪不得你的网名叫胖头鱼。徐诩就像是解答出了一个难题一样。

杨冰晶跳下花坛，揪住徐诩的耳朵，恶狠狠地说，跟我回公司，回去我再收拾你。

都是网络上写的，不是我说的呀！徐诩嚷嚷着说，哎哟，你轻点儿，疼！

你这个满嘴跑火车的大骗子，你还知道疼？

媳妇儿饶命啊！耳朵要掉下来了……

方凌和赵石磊看完电影出来，赵石磊牵着方凌的手说，你觉得对于一个女人来说，男人银行卡上的数字真的就那么重要吗？

方凌说，很多姑娘当然会中意那些有钱的成功人士，她们愿意通过婚姻的捷径来摆脱生活的压力。可是我觉得，勤劳的品质应该是一个人最基础的品质，也是一个男人最重要的品质。周芸总说你是个工作狂，通过这段时间的接触，你这个人除了有点傻以外，别的还是挺好的。

傻？四石对方凌的这个评价还是很惊讶，可是静下心来一想，难怪律所里老有人说他是笨蛋，总是免费给别人做法律咨询。

没人的时候我老是在想，现在这个时代，男人似乎要拼命给自己的身上贴各种标签才会招女孩子的注意和喜欢。因此就有了各种称呼，比如老板、大款、土豪、财主、贵族……而像徐诩、我，还有修泽这样的年轻人，反倒成了很多女人瞧不起的对象。

方凌说，这个社会性的问题还真不是一两句话就能说清楚的，嫌贫爱富的这种心态古已有之。现在的很多人都处于一种博眼球的状态，他们不认为踏踏实实地工作是自己的本分，他们希望成为网红或者什么焦点人物。看着那些不择手段要礼物和红包的人，我是真的怀疑这个时代还有没有所谓的羞耻心。

赵石磊说，对于这样的社会性问题我也无法给出标准答案，只能去请教社会学家了。

那法律呢？我们就不能寻求法律的帮助吗？

法律可以规范你说的这些问题，但是要根治，还得从道德、伦理和思想上去解决问题。所以常听人说，百年大计，教育为本。我曾经很想成为一名老师，然而造化弄人，未能如愿。

方凌用手撑着脑袋，一脸崇拜地看着四石说，哇——你还有这么崇高的理想呢！四石，我现在挺爱听你说话的，感觉像是回到了上学的时候。

一辈子的时间长着呢，只要你以后别嫌我啰唆就行。

喜欢在雨天和你打一把伞，喜欢你陪着我看海，喜欢难过的时候你在身边，紧紧抱着我，让我勇敢。喜欢和你谈谈我们的未来，喜欢我们甜蜜对白，喜欢你能忍受我的坏习惯，只是笑一笑给我温暖。我喜欢你给的爱，只要有你在我就不孤单，想你的每一天都有你陪伴，幸福是那么地自然。我喜欢这样的爱，约好一起守护我们未来，每一天都会有惊喜和意外，每一秒都很精彩。方凌没有像徐诩一样把《喜欢》当成歌词唱出来，她是一字一句说给赵石磊听的。

与方凌和赵石磊的文艺范儿不同，身为一个记者，老钱在为报纸社会栏目的下一期选题寻找素材，对于最近网络上很火的拜金女的新闻热点，他在网络上和李依依聊了起来。

李依依，你觉得嫁给一个男人究竟是他的钱和家庭条件重要还是他的人和心更重要？

噢——你这个问题说穿了其实就是在问钱和人在女人眼里到底哪一个更重要。金钱不是生产力，科技才是，有很多东西都是钱给不了的。有一些女人会把金钱当成一切，认为钱是万能的，加上很多错误的宣传和引导，让一些涉世未深的女孩子成了金钱的奴隶，还有追求坐在宝马车里哭的人。人们常说道不同不相为谋，这样的人，避而远之就行了。

李依依，我觉得你做徐诩的助理还真是有些屈才了，如此有主见的姑娘，应该放在更重要的职位上才是。

你少奉承我了。我觉得我现在的工作挺好的，能跟着徐诩学到很多有用的东西。

好姑娘，真是好姑娘！好姑娘，明天晚上约你吃饭，务必赏光。

李依依打了一个笑脸，回了两个字：好啊。

刮了一晚上风，天亮了以后的院子里铺满了树叶，杨冰莹收拾好自己的东西，踩着脚踏车回学校，一切人工的设计都不如大自然无心的布置，这种天然的美让一早出门的杨冰莹心旷神怡。

杨冰莹顺着柏油路骑行了没多远就看见徐诩开着车，带着她姐姐朝这边过来了。

姐夫，这么早带着我姐回家干吗呀？是不是找我妈要户口本啊？我知道，就藏在她床头柜下面的抽屉里。

徐诩停下车，对杨冰莹敬了个礼说，感谢小妹提供了如此重要的情报，要不要我送你去学校？

杨冰莹大笑着说，不用了，姐夫，我十分钟就过去了。

拿什么户口本？我就是回来取个文件。小懒虫，赶紧走吧，再不走就迟到了！

杨冰莹冲杨冰晶吐了吐舌头，做了个鬼脸，骑着车走掉了。

徐诩跟着杨冰晶上了楼，第二次来她家，徐诩的心脏不知道怎么了，进门之后就开始加速狂跳。

杨父杨母正在吃早餐，看见大女儿带着徐诩回家，除了吃惊之外，更多的是喜。

杨母问徐诩，小徐吃早饭了吗？

徐诩诚实地说，还没呢！我们过会儿去公司附近买点儿咖啡什么的就行了。

杨母说，干吗乱花钱，家里早饭比外面的好吃。

杨冰晶拿着文件夹走出房间，杨母已经给徐诩打包好了五个包子，两根油条，还有一碗稀饭和两个鸡蛋。

杨冰晶说，妈，你们自己吃就好了，干吗打包这么多？他不爱吃这个。

徐诩倒是受宠若惊，一边吃着油条一边说，我就喜欢吃这口，谢谢妈。

杨母笑呵呵地说，喜欢就多吃。

走了走了，碰到早高峰又要迟到了。杨冰晶把徐诩朝门外拉，徐诩还没来得及跟杨母说声谢谢，杨冰晶就把门关上了。

亲爱的，我发现妈对我的态度好多了，你看，打包了这么多，这说明什么？说明我马上就可以娶你做老婆了，能通过丈母娘这一关，绝对是个阶段性的胜利。徐诩开着车，心情十分舒畅。

杨冰晶瞪了徐诩一眼，很不满意地说，娶我？你这个可恶的家伙，早上起来也不吻我，我生气了。

又生气了？亲爱的，我现在可以送你一个礼物吗？保证你见到以后，什么气都没了。趁着前方路口红灯，徐诩狡猾一笑。

是什么呀？杨冰晶还以为徐诩特意准备了什么惊喜，十分期待。

徐诩擦了擦嘴唇上的油，脑袋凑过去，在杨冰晶的唇上一吻，说，我这个礼物就叫冬日恋吻。

徐诩一口的包子味让杨冰晶气不打一处来，杨冰晶松开安全带，转过身说，那我也送你一样东西。

好啊！只要是你送的，我就喜欢。

杨冰晶像水晶一样扑到徐诩的身上，在徐诩的脖子下面狠狠地咬了一口。

徐诩忍痛打了左转向灯，左拐开往新世纪大厦。在停车场的时候，杨冰晶还在车里补妆，整理衣服，徐诩下车之前趁杨冰晶不注意在她脸上又亲了一口，杨冰晶又喜又恼，嘴上忍不住骂了句，混蛋，今天别再让我见到你！

徐诩刚进人力资源部，刘长东就通知他，今天会有上头保荐的精英来公司会面，个人履历都已经从总部发过来了。

徐诩说，所以呢，今天不是面试，是谈判？集体磋商精英的待遇问题？

总部的薛万里打电话说就让我和你两个人跟她面谈。

对了，怎么没看见周总？

她可能要调回上海了。董事会内部局势不稳，我估计是有人在里应外合，想重温二十多年前的旧梦。周恒远召回周芸一定是因为她手里 9% 的完美股权，周恒远需要这 9% 来控制大局。

徐诩对这些所谓的争斗毫不在意，说，那你和淼淼的婚礼周总就不准备参加了吗？你们俩证都领了，至少她应该主持完了仪式再走啊！

你小子能不能不老提我结婚的事儿？

反正我觉得集团总部在岗位和用人设置上还是很有问题的，很多人做的事情根本不是职位内的事，另外，各种考核考察锻炼的名义一大堆，员工在各个部门胡乱调动。虽然我把咱们公司的人事聘用、考核、晋升的制度逐步完善了，可是集团的核心竞争力依然没有实质性的提高，至少在效率上还是老样子。

唉——这就是职场。你到公司做的这一套东西是很有想法，但是常言说得好，哪有一步到位的。

徐诩摇了摇头说，太复杂了，我这个人最不喜欢复杂的东西，看来是我把问题想得太简单了。

好了，慢慢来，心急是吃不了热豆腐的，我觉得你一定会在完美实现你 HR 的职业理想。我们去会议室吧，人估计已经到了。

严筱月突然推门进来说，前台通知面谈的人已经到了，现在正在会议室。

刘长东说，行，严总助，徐总监，咱们一起去。

三个人走进会议室，陈欣早已恭候多时，一身很得体的职业装，一看就是久经沙场。

徐诩设置了几个巧妙的问题，陈欣都表现得滴水不漏，徐诩总觉得这个女人不简单，他轻声地对刘长东说出了自己的担心，可刘长东毫不在意。对于陈欣，刘长东很满意，握着陈欣的手说了一大堆客气话，还承诺只待周芸签字就能发 offer 入职了。刘长东的这一表态，让陈欣笑得十分得意。

你是徐诩吧？很高兴见到你！陈欣主动伸出了手，那是一双纤细白净的手，涂着水红色的指甲油，很精致。

徐诩点了点头，跟她握了握手，有些疑惑地问，你认识我吗？

她说的果然没错，你跟她很像。陈欣自语着，在徐诩面前，她的气场稍微有一些收敛。

你说什么？

陈欣礼貌地一笑，说，没什么，我想以后我们见面的次数会很多的，徐总监。

周芸是上午十点左右才来的公司，徐诩本来想把陈欣的一些情况跟她说一说，周芸却急匆匆地摆了摆手说，徐诩，我要出去办个事儿，公司有什么事直接找刘长东。

刘长东说，我看周总这状态，十有八九是恋爱了，你猜谁会这么幸运呢？

严筱月佩服地说，刘总不愧是过来人。

那当然，因为淼淼想见我的时候也是这个状态。刘长东搓了搓手，十分兴奋地说，对了，我已经给所有人发了电子请柬了，明天晚上，在本市最大的四星级酒店——丽丝卡尔酒店，恭候各位同事光临我和淼淼的婚礼现场。

看着刘长东坚定的样子，徐诩说，同志们，明天晚上去现场观礼啦！

严筱月反问他，你呢？你跟冰晶在一起这么长时间了到底什么情况？她好久都没约我出去玩了，把时间都花在你身上了，你们俩的好事儿也该定下来了吧？

徐诩傻笑着说，明明是我把时间都花在她身上了。等过了年，我就可以把她娶回家了。

周芸叫上王修泽和赵石磊一起去了城市之星，她拿着钥匙打开自己的1702号房，现代简约风格的客厅搭配灯光充足的水晶灯，墙面统一采用配有细小卡通图案的白色墙纸，摒弃浓郁艳丽的色彩，用一些个性化的饰品传递一种简易的优美感，客厅的地面没有采用地板，铺的是耐磨且硬度和光泽度极高的白色釉面大理石瓷砖，整个客厅的地面透过反光看上去就像是一面闪光的镜子。卧室墙面采用都是偏粉的颜色，米色中略带浅黄色的纱幔窗帘，床、衣柜和梳妆台采用的是统一的白色，搭配灰色的地毯，既成熟大方，又不失梦幻感。厨房和卫生间的装修用的都是 A 市厨卫行业里最高端的品牌。

周芸一边转着一边说，四石，我很满意，下午你让水月的人来完美找我结账，或者把他们的账号给我，我直接把钱打过去。

赵石磊说，好的，我让他们下午联系你。周芸，至于大的电器和家具什么的，水月那边有推荐，当然你也可以自己去挑，喜欢什么样的，让他们帮忙送来就行了，我已经打过招呼了。

行吧，走了，我请你们吃饭，就当是我临走前谢谢你们两个老同学老朋友这段时间的照顾。

王修泽有些吃惊地问，你要走？回上海吗？怎么这么突然？

周芸点头说，家里有重要的事情急需我回去处理。

四石说，要不要叫上徐诩他们一起？让大家一块儿送送你。

周芸摆手说，不用了，我不想搞得那么伤感，明天主持完刘长东和淼淼的婚礼，我就该走了。我订的是后天晚上的机票，我一个人走就行了。只是我离开的这段时间里，这个房子就靠你们抽时间照顾了。

王修泽说，这个你放心，交给我了。

周芸把房门钥匙交到了王修泽手里，三个人站在房子里，空气似乎都凝滞了，周芸抱了抱他们俩，然后如释重负地说，走了，吃饭去。

三个人吃完饭天都已经黑了，半路上正好遇到了钱然和李依依在散步消食。五个人又凑在一起去了附近的一家 KTV 唱歌，唱到半夜才结束。

第二天晚上，所有的同事都盛装出席，徐诩作为伴郎站在刘长东身边招呼来宾。

今天怎么没看到万芳玲？刘淼淼的人生大事，她这个闺蜜怎么能不来啊？

她？说有事来不了。我告诉你，咱们公司内部，属她的身份最可疑，我以前跟吴明反映过，他不听我的。

不会吧，我看她人挺好的。

你小子看全公司上下谁不好？今天这个日子不说这个了，走了，去迎接来宾。

人差不多都到齐了，不仅有瑞丰商超马总这样的精英人物，连傅宜和王蕙也跟着一起来了。婚礼随之开始，周芸作为证婚人，兼任司仪和主持，在台上主持婚礼。随着徐诩和杨冰晶牵着刘长东和刘淼淼的孩子一起走上台，音乐才悄然响起。周芸从两个孩子手里接过装有戒指的盒子，这一幕让很多在场的小姑娘都热泪盈眶。

周芸在婚礼现场问了刘长东和刘淼淼同样的问题：你们爱上了对方身上的哪一点？

刘淼淼看着刘长东说，他是一个很 nice 的男人。

刘长东看着刘淼淼说，她是一个让人着迷的女人。

在刘长东和刘淼淼给彼此戴上戒指的时候，全场起立鼓掌，整个仪式并不复杂，杨冰晶还接到了新娘刘淼淼抛出的捧花。

能够亲眼见证两个相爱的人在一起，周芸此刻才觉得心里彻底地云开雾散，阳光满地。

收拾好东西，看着办公室里的一切，周芸还是很舍不得，她把行李箱放上车，开往机场。

钱然带着李依依，四石带着方凌，刘长东带着刘淼淼，还有王修泽和严筱月，都来了。徐诩拉着杨冰晶的手也赶到了机场。

徐诩问她，你回上海怎么也不事先说一声？

周芸有些无可奈何地说，我就知道你们会来，我就是怕遇到现在这样的场面，让我舍不得离开你们。

杨冰晶话都不说，冲上去把周芸紧紧地抱住，半天不松手。

你这是干吗？抢了我的前男友，现在还不让我回家了？

徐诩拉了好半天才把杨冰晶拉开，周芸把自己奥迪 A7 的车钥匙交到了杨冰晶手里，微笑着说，替我把车开回去，如果要用，记得加油。

和方凌、严筱月道别了以后，周芸对刘长东说，我不在的这段时间，公司就拜托你了，另外，关于陈欣的 offer 我已经签字了，可我总感觉这个女人不简单，你要多留意。

　　放心吧，周总。

　　好了。谢谢你们来送我！我又不是不回来了，走了！周芸潇洒地一转身，拖着行李箱，走进了登机口，她慌张地戴上墨镜，不想让人看到她湿红的眼眶。

二十多年的等候

飞机已经起飞了，王羽尘才急匆匆地赶到了机场，一脸后悔得想死的样子。王修泽打电话通知他的时候，王羽尘路上堵车，几公里的路折腾了一个多小时。

刘长东是第一次见到王羽尘，激动得赶忙走上前去握住王羽尘的手说，这不是石川集团的 CEO 王总吗？幸会幸会，真没想到在这里能遇到王总。我们一直想跟王总谈合作，苦于连个见面的机会都没有，今天晚上无论如何王总必须赏脸吃个饭。

王羽尘很无奈地说，家父一直强调，在 A 市不与完美有任何联系，不进行任何业务合作，我恐怕也无能为力啊！

听了王羽尘的话，刘长东只能笑着寒暄了几句，然后带着刘淼淼先走一步了。

严筱月看到王羽尘，想起当初在追梦人里被他欺负，忍不住走上前去嘲笑他，周芸跟你有什么关系？你这种人天生的反面角色，就别痴心妄想了，癞蛤蟆还想吃天鹅肉。

王羽尘把手插在西装裤兜里，瞟了一下严筱月，总算有了一些印象，然后说，你这一号的还真不适合当女主，除了脸蛋儿长得还行，别的就上不得台面了，也不知道你哪里来的自信，在追梦人里喝酒耍赖，跑得倒是挺快。

严筱月走到王羽尘的面前，跟他对视了几秒，说，你真想知道我从哪儿来的自信吗？

王羽尘被严筱月一双冒着杀气的眼睛盯得有些发怵，趁她不注意，冲上前去抢过她的包，翻出了一张名片后，得逞地说，严筱月，完美化妆品公司总经理特别助理，我记住你了。

王羽尘亲了一口手里的名片，招了招手说，徐诩，王修泽，走了，今天把广告的合同签了，时间紧得很！

严筱月气得不行，看见旁边有一个空的饮料瓶子，上去就是一脚，瓶子跟长了眼睛一样，在天空划出一条弧线，准确命中了王羽尘的后脑勺。

Yes！严筱月兴奋得握紧拳头跳了起来。

王羽尘气急败坏地要折回去找严筱月的麻烦，被徐诩和王修泽一把拉住。

我管不了那么多，我非要给这个女人一点儿颜色看看，还敢踢我。王羽尘挣开王修泽和徐诩的手，大步流星地走到严筱月的面前。

严筱月得意扬扬地说，看什么看？本姑娘就是给你提个醒。

王羽尘看了她三秒钟，然后突然把严筱月朝怀里一搂，紧紧扣住了她的腰，又抓住她想反抗的右手，严筱月左手提着包包，不停地敲打着王羽尘的后背。王羽尘毫不迟疑，直接吻住了她的嘴，让严筱月所有的反抗瞬间消失，现场的旅客一片惊呼。

方凌和李依依都看呆了，觉得这样的剧情似乎只有偶像剧里才有。

王羽尘就这样一直吻着严筱月，直到严筱月的手和脚没有力气再反抗，才缓缓松开了她。

严筱月用力擦了擦自己的嘴唇，二话没说，直接就是一记耳光，啪——打在了王羽尘的脸上。

这一记耳光，结结实实，在空旷的机场大厅里听上去清脆而响亮。

严筱月的脾气彻底上来了，打了王羽尘一记耳光还不解气，想继续再扇的时候被王羽尘死死地抓住了手腕。

王羽尘说，怎么，打我打上瘾了？是不是我亲得还不够？王羽尘根据他以往的经验判断，这个时候必须乘胜追击，于是想故技重施，可还没等他回过神来，就突然感觉自己已经不受控制，身体被一股力量扔在空中转了一圈，然后摔倒在地。

王羽尘一脸蒙圈地躺在机场大厅的地上，心里嘀咕着，这丫头什么时候这么厉害了？

严筱月拍了拍手说，本姑娘刚升了红带，正好拿你练练手。自从在追梦人被王羽尘欺负了以后，严筱月利用休息的时间报了跆拳道的训练班，小姑娘现在硬气多了。

哇——小月月，你太厉害啦！方凌一脸崇拜地说，难怪你可以当周总的特别助理。

严筱月正准备离开，王羽尘抓住了她的脚，严筱月没站住，也摔在了地上。

王羽尘冷笑了一声，不屑地说，就这还红带呢！

紧接着王羽尘就是一个匍匐跳跃，像青蛙一样压在了严筱月的身上，两个人纠缠在一起，在地上打滚儿，旁边的徐诩和杨冰晶全看傻了。

王修泽木讷地问，我们是不是应该上去把他们俩拉开？

杨冰晶也反应了过来，着急地说，你们还等什么？赶紧的啊！

徐诩、王修泽、钱然和赵石磊冲上去把王羽尘死死地抱住，严筱月爬起来以后，指着王羽尘的鼻子破口大骂，你要不要脸？无耻！

我无耻？明明是你这个疯女人先偷袭我的。

杨冰晶带着方凌和李依依把严筱月团团围住，生怕她再冲上去。严筱月跳着脚骂，王羽尘，没人稀罕你们家的臭钱，别让我再看见你，否则我见你一次，踢你一次。

王羽尘推开徐诩他们的手说，唉——严筱月，严特助，要不要做我女朋友？就你这脾气，也没男人敢要你啊！

我呸——严筱月挣脱李依依和方凌的阻拦，一拳就把王羽尘打倒在地。

王羽尘趴在地上，抱着严筱月的大腿，打死都不松手。

住手！住手！都住手！我们是警察，请跟我们走一趟。两名机场派出所的民警亮出了警官证。

一群人被带去了机场派出所的值班室。就在他们走了以后，一个女人从机场大厅出来，身后跟着一个美丽年轻的小姑娘和三个西装笔挺的男人。这个女人不是别人，是陈言秋。

陈言秋上了一辆凯迪拉克商务车，去了 A 市的丽丝卡尔酒店。

到了房间，陈言秋说，你们先去布置我交代的事情，可以直接和这个人联络。另外准备一辆车，我要离开两天，去办一件私事，让梨沁跟着我就行了。

三个男人从陈言秋的手里接过一张名片，名片上写着陈欣的名字，三个男人应了一声，就各自走掉了。

梨沁说，您这是要去哪儿啊？我以为您会直接去上海，没想到会来 A 市。

陈言秋拿出两张照片，递给梨沁说，为了他们俩。

梨沁接过照片一看，照片上的两个人，一个是徐诩，另一个就是王羽尘。

他们是——梨沁有些疑惑。

我的孩子。陈言秋在说这四个字的时候，眼睛不自觉地湿润了，她知道母亲想念孩子的滋味。

梨沁问，这么多年怎么没听您和爷爷奶奶说起过？

陈言秋指着照片说，这个孩子叫王羽尘，现在是石川集团的 CEO；另一个叫徐诩，现在在完美集团的 A 市分公司里工作，他不应该在那里，那里不是他待的地方。

梨沁看着徐诩的照片出神，轻声念叨着，徐诩……

当年为了还徐诩父亲的情，我义无反顾地离开了王石川，这才有了后来幸福的六年时光，我走后没多久就听说王石川跟程晓冉结了婚，当时我唯一觉得亏欠的就是王羽尘这个孩子。生下徐诩以后，徐豫让我给孩子起个名字，我就把王羽尘的羽字和我名字里的言字组合在了一起，才有了徐诩的名字，我当时就是希望有一天我们母子三人能生活在一起，再也不分开了。陈言秋抚摸着梨沁的头发说，当然了，现在也包括你。

梨沁把头靠在陈言秋的双腿上，继续听陈言秋讲着往事——

当年父亲谎称母亲病重，把我从徐豫身边骗走。父亲去世前告诉我，他是从我表妹孙玲和周恒远那里得知我在徐豫身边的消息，父亲当时不愿意我跟着徐豫这样的男人过一辈子，而周恒远想必也是忌讳父亲当时的财力，害怕我去帮助徐豫夺回完美，临走前，我把身上所有的钱都留给了他和孩子，因为我觉得我还会回来。后来，父亲一直不让我出门，我去哪里都有人尾随。我二十多年都没有再嫁人，父亲后来才从内心里觉得对不起我，是他拆散了我们。在他病重的时候我告诉了他，在中国他还有徐诩这个外孙子。父亲当时笑了，还连夜让律师修改了遗嘱，让你和徐诩作为家族继承人共同享有遗产的继承权。虽然当时我心软了，在父亲的床头哭了一夜，可我还是恨他的，我没有把王羽尘的事情告诉他，或许当年所有人都以为王羽尘的亲生母亲是程晓冉。

二十多年了，我这次回来除了了结当年的事，就是要把徐诩和王羽尘都带回去，让母亲能见一见这两个素未谋面的外孙子。父亲走了以后，我记得在我把这两个孩子的事情告诉母亲的时候，母亲当着我的面哭了，一边笑一边哭，这也是我为什么能这么快回到中国的原因。

梨沁说，我是个孤儿，在新加坡被爷爷和奶奶收养长大，后来又送我去英国留学，爷爷他一直都视我为掌上明珠，当着全公司的面宣布我是他的亲孙女，给我起名陈梨沁。你们就是我的亲人。

好啦，我还不是一直把你当成亲生女儿来看待，二十多年里，两个儿子都不在身边，到时候，如果他们没有女朋友，我还准备把你嫁给他们当中的一个，让你既是我的女儿，又是我的儿媳妇。可是，话说回来，梨沁，难道你不怨我吗？当年如果不是我向父亲说出了实情，集团的继承人里应该只有你一个，你就是我们陈家唯一的合法继承人。

妈，你把爱情看得那么重，二十多年不嫁。而我也一样，更看重亲情，更在乎你，在乎奶奶，如果没有你们，我早就饿死了，还谈什么别的。至于嫁人……梨沁的脸突然一红，跑出了房间。

陈言秋看着窗外的 A 市，明天她要去徐诩出生的镇子，那个藏有她六年爱情的美丽小镇，这二十多年，她每天晚上都能梦见那个地方。魂牵梦萦，无处可逃。

在机场派出所里，九个人分成两排，男的一排，女的一排，整整齐齐地站在调解室里，负责他们的是一个年轻帅气的警官。

王羽尘瞄了一眼值班警察的公示栏，看到警察的名字叫关昕远，马上就说，警察关叔叔，我们都是很熟悉的老朋友，刚才纯粹就是男女朋友在斗嘴发脾气，绝对不是有意扰乱机场秩序。我保证，一定下不为例，这就是个误会。

严筱月听了立马不干了，说，谁跟你是男女朋友关系？你还要不要脸了？警察叔叔，这种人就会调戏年轻女孩儿。

王羽尘说，关警官，她就是睁着眼睛说瞎话，你可千万别相信她。

行了行了，你们现在这群年轻人就是只顾自己，不为他人考虑，这里是什么地方？是派出所！关昕远拿起茶杯，喝了一口，不紧不慢地说，身份证都拿出来。

徐诩把身份证交给了关昕远，关昕远看了一眼，登记了以后说，你可以走了。

接着，杨冰晶和方凌也都交出了身份证，值班室里就剩下严筱月和王羽尘在你看着我，我瞪着你。徐诩他们只能在派出所的大厅里等着他们俩出来。

半个小时以后，关昕远才把王羽尘和严筱月送出来。

关昕远说，你们以后不要再做这种影响公共秩序和破坏社会和谐的事了，做任何事情之前都要多替别人想一想。

徐诩敬礼说，是，我一定牢记您的教诲。

关昕远也是一笑，和徐诩握了握手，转身返回值班室了。

徐诩站在亮着 police 的警示牌下，感慨万千地说，今晚真是一个难忘的夜晚。

大家都准备回家了，严筱月上了周芸留下的奥迪 A7，杨冰晶要先把严筱月送回去，王羽尘背对着她，朝着夜空竖起了大拇指，然后迈着他外八字的步伐走向他的 BMWZ4，王羽尘开车直接去了丽丝卡尔酒店，周芸离开以后，刚装修好的城市之星 1703 号房他也不想去住了。

杨冰晶拉着严筱月的手劝她，别生气了，跟这种人没必要。好了好了，我先送你回去。

你路上小心点，不要开那么快，我在家等你。徐诩捏了捏杨冰晶的鼻子，杨冰晶本能地一闭眼，可爱极了。

第二天，陈梨沁开车带着陈言秋去往距离 A 市五十多公里的一个小镇。那里有山有水，风景如画，是徐诩出生的地方。

走进小镇，陈言秋就有一种莫名的亲切感，虽然现在的小镇比二十多年前大了许多，但是小镇依然很干净，而且很热闹，既有泥土芬芳的一面，也融合了现代商业的元素。山下的一些零碎的田块已被新的庄园代替，新修的公路，新装的路灯，有热闹嘈杂的农产品交易市场，也有装修精致的大超市，还有忙碌的物流园。有农民赶着牛刚从地里回来，陈言秋看着他们边走边清理牲口的粪便，也看见广场上很多人在跳舞欢笑，真是一个宜居宜业的特色小镇。

陈言秋走到路口转角的烧烤店，店铺经过了加固和翻修，店的名字却依然未变，雨秋烧烤店。那牌子不知道经历了多少油烟的熏染，上面的字依然清晰可见。顺着长街望去，一家家特色的小店整齐排列着，经营着各种极具乡村特色的小买卖，有地道的土特产，古旧的金银饰加工店，自纺自织的布料店，还有一些手工艺品店，一些自家腌制的特色小菜和鱼肉。镇子身后的旖旎风光更是吸引了不少的游客，有背包客的驴友，也有开车过来的外地人。

陈言秋和梨沁进了旁边的一家理发店，她想先洗洗头发，再去见见这个二十多年都不跟她联系，有着强烈自尊心的男人，当年自己离开的时候，他都没有试着去挽留。徐豫就是这样，从来不强求，从来不与人争执，从来不去伤害别人，不会报复，也不计较得失。

给陈言秋洗头发的大妈说，徐师傅这个人可是个难得的好人啊！为人正直热情，总是热心帮助街坊邻居，也从来不要任何报酬，哪家的老人病了，还会帮忙做饭料理和照顾。儿子上了大学以后，乡亲们都说要帮他再找一个人照顾他的生活，他却总是说不用了。这些年里，偶尔病了也是一个人扛着过来的。

陈言秋洗完头发，走进了她阔别二十多年的烧烤店，一家以她的名字命名的烧烤店。

谁呀？这里只卖早点和夜宵烧烤，中午不营业。徐豫挽着袖子出来，看到陈言秋的脸以后，手里的肉掉在了地上。

徐豫的声音颤抖着，你怎么回来了？然后赶紧用袖子把一把椅子擦干净。他所有的举动里都夹杂着一种无法言喻的兴奋和愉快。

陈言秋没有坐下，她只是进到店里转了转，看见了挂在卧室墙上的照片，是她抱着满月的徐诩和徐豫一起照的老照片。照片虽老，却是那样地亲切。在他们的生活照下面挂满了徐诩上小学、初中、高中、大学的入学照和毕业照，陈言秋看着看着，眼泪就流了下来。

徐豫哽咽地问，饿了吧？你们要不要吃点儿什么？我去给你们做。对了，这个姑娘是？

陈言秋脱口而出，我女儿。我们不饿。

徐豫手足无措地说，是吗？这么大的闺女，长得真漂亮，跟你一样漂亮。

我这次回来主要是想看看徐诩，顺便看看你，能告诉我儿子现在的住址和电话吗？陈言秋的这番话让徐豫的心里敞亮了。她明知道儿子徐诩不住在镇里，还说这样的话，就足以证明，她心里依然还爱着眼前的这个男人。

好，我写给你。徐豫又黑又皱的右手在一张信纸上写下了徐诩的联系方式和住址，他写完以后，纸上出现了一块一块的油指印。徐豫才五十多岁，这些年岁月催人老，陈言秋看着他满头的白发，眼泪又开始向外涌。她从徐豫的手里抢过信纸，看着徐豫那双温柔的眼睛，没有埋怨，有的只是久别重逢的欢喜，徐豫越是这样，陈言秋的心就越是受不了。徐豫也没想到有生之年还能见到自己心爱的女人，他的表情呆滞了，就在他想伸手去触摸陈言秋的脸时，陈言秋突然捂住嘴巴急匆匆地跑掉了，而徐豫的手还悬在半空之中。

跑回车上以后陈言秋才开始放声大哭起来，哭着哭着却又不禁笑出了声，就这样泪水伴着笑容混成一团，直到车开出镇子好远，她才渐渐平静了下来。

梨沁开着车问她，妈，你怎么了？见到叔叔不是一件很高兴的事情吗？二十多年没见了，为什么不多说几句话就走了？

陈言秋哭泣着说，我不是不想他，我只是没想到他会一直等我，等了半生。我还没有准备好去面对他，我现在在他面前就像一个有罪的人，是我毁了他，他越是不责怪我，我越是受不了。其实在陈言秋看到徐豫那双手的时候，她就好想将那双手放在自己的脸上，然后对他说，这么多年，苦了你了。

无　赖

第二天，A市各大报刊的头条花边新闻都是关于王羽尘强吻严筱月的报道。石川集团大楼内部，员工们交头接耳讨论的也都是这件事情，虽然王羽尘做这样的事情本来就该是习以为常的，但是这一次，八卦记者已经爆料出女方是完美化妆品公司的总经理特助，王石川多次强调不与完美有任何瓜葛，这次事态究竟会如何发展，引得公司上上下下议论纷纷。

徐诩瞅了一眼网络上贴出的照片，摇了摇头，然后低头继续整理公司各部门经理交上来的员工岗位绩效考核评估表。整理好这些以后，只要拿去给刘长东签上字，他们人力资源部今年的工作也可以告一段落了。

王修泽看到报纸的时候，起先还不信，又登录了各大网站确认了一番才放下心来，他在世嘉传媒广告部副总监的办公室里跳起了舞，唱起了歌，这下再也没人跟他抢周芸了。

钱然看到《A市都市报》上的这则报道还有些后怕，还好偷拍的家伙没把他照进去。

严筱月看到这个消息的时候，她和王羽尘的事情已经在整个公司里传开了，李冉、李依依和方凌都过来劝她不要生气。严筱月跑到洗手间里打通了王羽尘的电话，开口就骂，骂完了就呼呼地喘气，酝酿着接下来该骂什么。

王羽尘根本没当回事，说，都说打是亲，骂是爱，我怎么没发现你原来这么爱我。

滚——严筱月大骂了一声，挂了电话。

王石川看了报纸上相关的报道以后，气得捶胸顿足，马上让秘书去把王羽尘找来。王羽尘刚在严筱月那里占了上风，正得意着，也没在意，稀里糊涂地就去了。

你这个混账，整天就会在外面胡闹，你如果不想干，就滚回去，别在这里丢人现眼。我跟你说了多少遍，不要跟完美集团旗下各公司有任何的关联，你以前乱来也就算了，现在是我收购完美股份的敏感时期，万一打草惊蛇，就会前功尽弃。你这个废物是不是想把我气死？王石川开口就骂，额头上的青筋直冒。

王羽尘倒是一笑，很讽刺地说，我妈当初跟别人走了，你又何苦非把我留下来呢？我听说我现在还有个妹妹是吧？好像是叫王心玲。您当然就看不上我这个不争气的儿子了。也行，估计家里那个女人也过不了几天安生日子了，正好把我们全扫地出门，您就可以带着那对母女团圆了。用不着借题发挥，你不让我跟完美公司的人有来往，我就偏要去追那个姑娘。

滚——你给我滚——滚得越远越好——王石川气得把杯子摔在了地上，指着王羽尘一顿痛骂，石川集团的一些部门经理都没见过王石川发这么大的脾气，也不敢上去劝。

好好好，我滚，给您腾地方。您老最好保重身体，千万不要生我的气。至于您的收购大计我也不参与了，您爱怎么收怎么收。对了，跟世嘉广告的合同我已经签了，我也已经让财务把合同款打过去了，就当是我这个没用的CEO为集团做的最后一件事，您以后再也不用说我是扶不起的阿斗了，因为我不干了。王羽尘擦了擦溅在脸上的茶水，跟什么事都没有发生一样走出了王石川的办公室。

周芸回到上海的家，周恒远和孙玲就准备了一大堆的文件要她签字。

爸，妈，你们俩这是干吗啊？不说清楚了我就不签，我怎么觉得这些东西跟卖身契一样。周芸一脸的不快。

孙玲说，你这傻丫头，这怎么是卖身契？这是咱们周家、孙家全部的家产和积蓄。芸儿，你外公的身体越来越差了，他特意嘱咐我们，这些东西必须交到你的手里，还说万一他哪天有个三长两短，也就没什么后顾之忧了。现在这些文件就算是看在外公的分上，你也该签了，这是你的责任。

芸儿，该懂事了，不能再像以往那样任性了。我这次把你从 A 市调回，你外公的事情只是一方面，更主要的是，咱们完美集团虽然看上去风平浪静，但是我已经预感到会有变故发生，集团股价近来的走势十分古怪，我怀疑是有人在背后操纵。所以我准备把我手里的股份全部转入你的名下，加上你外公基金持有的股份，你将是完美集团第一大股东。我老了，干不动了，你现在不来帮爸爸，什么时候帮？

好啦，好啦，我签就是啦！等以后你们老了，我养你们！周芸坐在椅子上，一个文件一个文件地签完，这些字一签，她就是完美集团的董事长了，最年轻的董事长。周恒远和孙玲看着女儿签好的文件，心里的石头总算落了地，两个人欣慰地一笑。

快到中午的时候，徐诩和杨冰晶一起去吃午餐，两个人刚走出新世纪大厦，就涌出一群徐诩大学时期的女同学，生拉硬拽地把杨冰晶从他手里夺走了，徐诩还没弄明白怎么回事，那群老同学就冲着他喊，徐诩，把你女朋友借我们用一个中午，下午保证完好无损地给你送回来！

徐诩说，人都抢走了，我就是不愿意也没用了，赶紧走吧，当心我反悔。

那群女人嘻嘻哈哈地带着杨冰晶上了停在路边的车，杨冰晶有些舍不得地看着徐诩，徐诩很委屈地挥了挥手，还用双手比出一个爱心，看着她离开。

车开走以后，徐诩的手机就响了，一看是王修泽的电话，徐诩就不耐烦地说，你那个广告到底还拍不拍了？就你们这办事效率，你们世嘉广告传媒趁早关门得了。

王修泽不爽地说，这合同刚签下来嘛！

电话那头，王羽尘突然把电话抢过去说，我已经从石川集团 CEO 变成一个无业游民了，现在广告资金已经到位，你们赶紧拍完，我交了差就去找地方搬砖了。

不是吧？你什么情况？这事儿我必须过来听听，你们俩在哪儿呢？

王羽尘说，老地方。

徐诩挂了电话，开车直奔潮州菜馆。

听了王羽尘离开石川集团的前情回顾，徐诩敬了他一杯，说，那你接下来怎么办？总得先找个地方住下来吧？那些酒店你肯定是回不去了。

王修泽说，哎，你不是在城市之星买了套房吗？搬那儿去啊！

这个主意好，你们俩正好当邻居，先体验体验。周芸的房子修泽还要帮忙照看，你过去，三套房，想住哪套住哪套。

王羽尘却说，城市之星是王石川的公司开发的，我不想去。我告诉你们，现在我最不想看到人的就是他。

徐诩问他，是不是昨天你强吻严筱月的事儿引爆了媒体，导致老爷子不高兴了？于是你们就大吵了一架，你觉得自己满腹委屈，跑到这儿，预备一醉解千愁，还拉着王修泽一起。

王羽尘狠狠地点了点头，把一杯 52 度的二锅头一饮而尽。

那你这抗打击能力也太差了，动不动就寻死觅活的。徐诩生怕这两个家伙又喝得大醉，急忙把剩下的大半瓶酒交到服务员手里，让他拿走。

徐诩，你还是不是朋友？我都这样了，你还不让我喝个痛快。王羽尘一脸悲苦地说，你看看王修泽，这才叫朋友，二话没说，直接陪我上这儿来了，还要我晚上去他那儿住。

徐诩不屑地说，就他？典型的消极主义代表，你跟他学呀！

徐诩此话一出，王羽尘就说不喝了，他突然站起身，拉着徐诩的手说，哥们儿，带我去找严筱月，我必须当面跟她说清楚，现在就走！

王羽尘拽着徐诩的胳膊朝外走，这家伙喝了酒，劲儿是真大。

徐诩拿着碗嚷嚷着，等我吃饱了再去啊！我还没怎么吃呢！你急什么呀！

看着王羽尘离开的背影，王修泽感慨万千地说，一场幽梦同谁近，千古情人我独痴。

王羽尘进了完美化妆品公司的大门后，直接去了总经理办公室所在的楼层，徐诩跟在他后面说，你去了也没用，她中午回家休息了，肯定还没来呢！

王羽尘毫不妥协地说，那我在门口等她！

麻烦问一句，你想跟她说什么呀？

王羽尘说，我要向她求婚。

徐诩吓得赶紧拉住他，王羽尘像头牛一样地往上冲，这家伙跟疯了一样。

公司的一些同事看见王羽尘来了，又想到报纸和网络上的报道，马上就把王羽尘和严筱月联系在了一起，他们一个个都伸长了脖子，连午饭都不吃了，跑出来看热闹。没一会儿，总经理办公室的那一层全挤满了人，只见王羽尘坐在办公室门前的地上，等着严筱月。

徐诩急忙给杨冰晶打了一个电话，让她赶紧回来救场，还好刘长东不在。

喂，干吗？想我了啊？我正跟你的同学们在一起吃饭呢！你中午吃饭了吗？杨冰晶拿起电话就向徐诩撒娇。

王羽尘中午喝了酒，来我们公司找严筱月，还说要求婚，你快回来，让严筱月也赶紧来，我一个人控制不住场面啊！不说了，这家伙又开始闹了。

没多久，李冉和李依依，方凌和万芳玲都上楼来了，她们一脸不解地看着徐诩抱着王羽尘，王羽尘一边挣扎一边耍赖说，徐诩，我也来这里上班算了，我不走了。

万芳玲一眼就认出了王羽尘，她和王石川的关系虽然一直秘而不宣，但是她也没有理由坐视不管。万芳玲说，徐诩，把他带到我办公室吧，他这样闹，会影响到下面员工的。

徐诩生拉硬拽地把王羽尘拖进了财务总监的办公室。万芳玲给王羽尘倒了杯水，突然，王羽尘从椅子上坐到了地上，然后抱住万芳玲的腰就不松手，一边放声大哭，一边喊妈，一把鼻涕一把眼泪的，把万芳玲着实吓了个够呛。

坐在地上大哭叫妈的王羽尘那撕心裂肺的劲儿让财务总监办公室门口围的人是里一层外一层，杨冰晶和严筱月赶到的时候，挤都挤不进去。

严筱月看着王羽尘要死要活的样儿，一本正经地对万芳玲说，芳玲姐，要不要打电话通知保卫处的人过来？

听到严筱月的声音，王羽尘把眼泪一抹，站起来指着严筱月的鼻子就嚷嚷，你这个倒霉的女人，今天咱们必须面对面地把话说清楚，都是因为你，害得我无家可归，公司也回不去了，你必须对我负责！

笑话，我凭什么对你负责？你有没有家，回不回公司跟我有什么关系？

怎么没有关系？昨天是谁没话找话，冷嘲热讽？是谁在机场踢的瓶子故意激怒我？又是谁一次又一次地挑战我的底线？如果不是你，我能被记者拍到吗？如果不是你，这一切就不会发生。

你真是无耻啊！强吻我的事我没找你算账，你还倒打一耙，在这里装起无辜来了。严筱月的唾沫星子溅了在旁观战的徐诩一脸，徐诩和万芳玲赶紧跑出了财务总监的办公室。

大约过去了十分钟，争吵声总算是停了，严筱月面红耳赤地开门出来，往总经理办公的楼层走去，王羽尘紧随其后。

一整个下午，王羽尘什么也没干，就跟在严筱月后面，当了一下午的跟屁虫，还说要跟她跟到天荒地老。严筱月工作的时候，王羽尘坐在旁边的椅子上一声不吭地看着她；严筱月去销售部找杨冰晶说话，王羽尘就像个保镖一样地杵在她身边。

两个人比耐心，比了一个下午，到下班的时候，时间一到，严筱月拔腿就跑。

严筱月回到自己住的小区，乘电梯上楼刚准备开门，就看见有个人已经站在楼道里了。

严筱月神色慌张地说，王羽尘！你怎么上来的？

我爬楼梯上来的。王羽尘用手指了指安全通道的门。

严筱月缓了缓神，说，我告诉你，你不要跟着我了，你再跟着我，我就报警了。

你报警吧！反正我也没有地方去。

无赖。你就赖着吧，有本事就在这儿赖一晚上。严筱月说完，砰的一声关上了门。

半夜的时候，严筱月突然就醒了，然后就翻来覆去地睡不着。她开始好奇门外的"无赖"还在不在，就踮着脚尖走到了客厅的门边，附耳听上去，没有听到任何声音。严筱月把门打开一道缝向外瞄，在楼道灯光的映衬下，看到王羽尘坐在地上，上半身倚着墙，手里抱着清洁用的拖把，睡得正香。

严筱月忍不住一笑，她走了出来，伸出手架住他的身体，吃力地把王羽尘拖进了门。

王羽尘从公司走了以后，王石川也没有托人去打听他儿子的下落，他是把这些年对王羽尘的纵容借着这个机会发泄了出来。都说子不教父之过，可毕竟王羽尘是他唯一的儿子，加上王心玲还小，石川集团迟早还是要交到王羽尘的手上。当年陈言秋离开他，王羽尘才刚满周岁，这个孩子打小就缺少母爱，说一千道一万，是王石川欠了这个孩子太多。想着想着，王石川又觉得自己的话重了。

王石川下了车，走进了家门。

程晓冉的报复

晚上回去以后，万芳玲给女儿烧好了饭，她思索再三，还是给王石川打了一个电话，想告诉他王羽尘在严筱月那里，让他放心。电话通了，却一直没有人接，万芳玲听着电话里的忙音，有一种莫名的担心。

程晓冉躺在薛万里的怀里，说，等这次事情结束了，你要带我回上海，我不想待在 A 市了，这么多年你知道我心里是什么滋味吗？

薛万里用手摩挲着她的脸说，当年如果不是为了自保，我是绝对不会眼睁睁地看着周恒远把你送到王石川身边的，这个二十多年的局布到今天真是苦了你了。我已经拉拢了好几家投资公司和风投的基金，银行的项目贷款也已经到位，而且我告诉你，海外的一家家族财团——陈氏家族已经回到国内了，这个人你也认识，就是陈言秋。她的父亲去世以后，现在陈氏风投的总裁就是她，当年完美能把雪球滚大，依靠的资金除了孙玲她们家的，还有一部分就是来自陈氏。我在三个月以前就跟陈言秋通过电话，我帮她把完美集团这块净水给搅浑，她就答应我一起合作来狙击完美的股票，夺回完美集团的实际控制权。我已经接到了陈言秋派来洽谈的代表的电话，明天商谈具体的合作细节，就连陈欣都是我们故意派往 A 市做火力侦察的。现在我们已经拥有充裕的资金来下这盘棋，国内跟我合作的几家公司老板大都是当年被周恒远清洗掉的老员工，只待完美集团的股价出现断崖式下跌，到时候我们就做空完美股份，这一部分会有专业的操盘团队替我们操作。我听说王石川也在筹划收购完美股份，等这两个老家伙斗得两败俱伤的时候，我们就进场坐收渔人之利，一旦时机成熟，便可以低价收购完美集团。

这些年我花着王石川的钱，给周恒远充当眼线，替王石川传递消息，等的还不是今天。你一定要准备足够的资金，可别到时候弄得前功尽弃。另外，陈言秋这个女人不可信，她和王石川还有个儿子，王石川对外宣称我是王羽尘的母亲，其实，很多人都不知道，陈言秋才是。王石川不是一般的角色，而且他早已经开始秘密吸入完美的股份了，我也不知道他手里的筹码究竟有多少。

你放心，我会见机行事的。至于王石川，我不是告诉你陈言秋的生日了吗？她和孙玲的档案我当年全看过，你可以用陈言秋的生日尝试打开王石川的保险柜，他这个人十分重感情，而且怀旧。他当初利用陈言秋拿到徐豫在完美的原始股都没能斗过周恒远，现在更是没多少长进。你拿到那份婚前的协议之后立即销毁，作为他合法的妻子，一旦法院判决你们离婚，他王石川就算收购了再多的完美股份，分割夫妻财产的时候，起码有一半应该是你的。等到完美股东大会的时候，只要你站在我这边，我们就可以名正言顺地接手完美集团。到那时候，你想要什么我都满足你。我们可以结婚，你可以拿着拥有的一切在孙玲这个老同学面前找回丢失的尊严，让她和陈言秋看看，你也可以活得跟她们一样。完美集团从此以后就再也不姓周了。

程晓冉一脸媚笑地说，协议我早就拿到手了，我猜出密码的那天晚上就把那一纸协议烧成了灰，然后冲进了马桶里。如果不是他们父子俩经常不回家，我也没有这么容易得手，这么多年了，他王石川也该给我一些补偿了。程晓冉躺在薛万里的怀里，眼睛里闪过一丝敌意，她已经开始准备报复那些伤害过她的人了。可谁又真正伤害过她呢？当初周恒远把她介绍给王石川的时候，她也只是在比较王石川和薛万里这两个男人。当年的薛万里还只是一个小小的部门经理，而王石川是完美的合伙人之一，她自己愿意选择荣华富贵的生活，才签了一纸婚前协议。其实她跟这两个男人都没有感情，只有利益，她想要的是奢侈富足的生活，就像贪欲一样，没有止境。她只是把那些妨碍她获得利益的人当成了敌人，这个女人就像一条蛇，一旦稍有不慎，她说不定就会反咬一口，不论你是谁。

王石川走到房门外，听到屋里的声音，怒火把王石川从脖颈到脸部都烧得通红，他一脚踹开了房门，顺手抄起一根高尔夫球杆，朝着床上的两个人发泄心中的怒火。

见二人都动弹不得了，王石川才冷笑了一声，说，哎哟，这不是完美集团的薛副总吗？你们这关系应该算是老情人了吧？我要是把这件事情公布给媒体，会是一个很好的噱头。

薛万里穿上衣服以后，有血渗透到他的衬衣上，一块一块的。看着他一身的血，王石川这才发现，薛万里对程晓冉还是有感情的，正是薛万里用身体护着，才没有让程晓冉挨到一下。而他和程晓冉之间却没有一丝感情，只有互相利用。

王石川说，薛副总，我敬你是条汉子，可这个女人目前还是我老婆，我跟她之间的账还没有算清楚，请你先从这个房子里出去！

薛万里出去以后，王石川迎面就给了程晓冉一记耳光，他喘着气说，你这个贱女人，离婚协议我早已经准备好了，签完字你就可以滚了。

程晓冉冷笑了一声说，想让我签字？别做梦了！你的财产必须有我一半，否则，咱们就法院见。

王石川又一记耳光打了过去，讥笑地说，你这个不要脸的，这么多年，一边花着我的钱，一边出卖石川集团的消息给周恒远。你做的那些龌龊事，我一清二楚。

怎么？不行吗？我现在还是你的合法妻子，结婚证在我手里，你如果不同意，咱们就法院见。程晓冉异常地冷静，似乎对这一切的发生早有准备。

王石川的心突然一阵绞痛，他忍住痛，又打了程晓冉一记耳光。

程晓冉笑着捂着脸，满足地说，现在我不欠你了，我挨你三记耳光，从此我们夫妻的情分一刀两断，等着收律师函吧！

程晓冉推着箱子出了门，满脸红肿，尽管夜色很深，但是在路灯的映射下，还是十分的明显。程晓冉走路摇摇晃晃的，薛万里急忙走过去扶住她的身体。

看着薛万里，王石川还是好心地提醒他，当年完美公司成立的时候，你是第一批进来的员工，我记得应该是徐豫把你招进来的吧！你这个人没什么过人的经商天赋和头脑，就是老实勤快，执行力强。我奉劝你一句，离这个女人远一点，她的眼里只有利益。就算当初是周恒远派她来卧底的，我也觉得这个女人应该是迫不得已，可她的心里只有钱，她的心和那些钱一样的冷。老弟，你保重。王石川说完，背对着两个人关上了门。

程晓冉冷冰冰地看着门，然后发了疯一样地尖叫着，王石川——我一定会让你后悔的！

上车以后，程晓冉说，立即联系律师，帮我打这起离婚官司，防止王石川转移财产，他最近在和几家大型的商业集团密谈收购完美的意向，应该很快就会有针对完美集团的行动了。

薛万里拿出电话，打给了他的律师，嘱咐律师尽快让程晓冉和王石川的离婚官司进入司法程序，尽快完成财产分割。而他最看重的，还是程晓冉能拿到多少完美集团的股份。

程晓冉走了以后，王石川按着胸口，坐在客厅的椅子上喘着粗气，想到程晓冉在门口说的那句话，王石川突然意识到了什么，他急忙跑进书房，打开保险柜，结果和他预料的一样，那份他和程晓冉签订的婚前财产协议已经不见了踪影。

王石川瘫倒在地上，他拿出手机，想给他的儿子王羽尘打个电话，按下拨号键以后，王石川的心突然一阵剧痛，然后就昏死了过去。

万芳玲越想越担心，把女儿哄睡着了以后，穿上衣服出了门。坐在出租车里想着王石川一个人在家，万芳玲的心就像车窗外的夜色一样，伸出手去就感觉迷失了方向。走到王石川住的别墅区，万芳玲发现大门紧锁，她拨通了王石川的电话，听见房间里响起了手机的铃声，却迟迟没有人接。万芳玲又拨了很多遍王石川的电话，渐渐地感到事情不对，她知道王石川有冠状动脉粥样硬化性心脏病，于是急忙拨打了120急救电话。

王石川被推进急诊科的抢救室里没多久，一个医生出来问，谁是病人家属？

万芳玲毫不犹豫地走上前说，我是，医生，情况怎么样了？

医生说，病人的情况很不乐观，心肌梗死导致心力衰竭，需要立即手术，否则会有生命危险，现在需要病人家属签署相关的手术文件，同意医院手术。

我签，请立即安排手术。万芳玲说完，在一名手术室护士递来的文件上签下了自己的名字。

这个时候的王羽尘在严筱月家的地板上呼呼大睡，对于家里发生的一切浑然不知，他把手机调成了静音，在梦里寻找一张照片上的女人，这张照片一直揣在他上衣的荷包里，揣了很多很多年。

天渐渐地亮了。杨冰晶睡得正香，突然，一阵急促的手机铃声响起。

谁啊？这么一大早地打电话过来。

杨冰晶拿起手机，看到是万芳玲打来的电话，这才按了接听键。

芳玲姐，这么早什么事啊？

冰晶，我给严筱月和王羽尘打电话，他们都不接，你赶紧联系一下王羽尘，让徐诩联系也行，他父亲王石川心脏病发正在抢救，赶紧打，我怕会再发生什么突发事件，医生说了，病人现在情况很严重。

好，好，好，我马上打，实在不行我就去小月住的地方找她。芳玲姐，你别着急，别担心，我们马上就来。杨冰晶挂掉电话，跳下床之前踹了徐诩一脚，说，快起来，你赶紧给王羽尘打电话，我给严筱月打，快点！

徐诩咻溜一下坐起身，揉着眼睛说，什么事啊？瞧把你急的，他们俩是要结婚了，还是要私奔了？

别贫嘴了，是王羽尘的父亲王石川心脏病发，已经推进抢救室了，很严重，万芳玲给他们俩打电话都没人接，让我们试着联系一下，万一联系不上，你就带我去严筱月住的地方，我知道她住哪儿。她跟王羽尘昨天在公司里闹了半天，王羽尘八成在她那儿。

徐诩拿起手机，拨通了王羽尘的电话，响了半天还是没人接。杨冰晶打了严筱月的电话，却提示已经关机了，不知道是没电了，还是这丫头把手机掉在卫生间了。

两个人匆忙洗漱，又随便吃了口东西，徐诩就开车带着杨冰晶去严筱月住的地方找人。上楼以后，徐诩在外面猛敲房门，总算是把在地上睡死的王羽尘给叫醒了，王羽尘醒的时候发现自己的身上盖着毛毯，那是昨天晚上严筱月不忍心他冻死才给他盖上的。

王羽尘打开房门，看见徐诩和杨冰晶着急的样子，很不爽地说，什么事啊？大早上把人吵醒，号丧啊你们？

杨冰晶说，今天早上芳玲姐给我打电话说你爸心脏病突发，已经推进抢救室了，情况很糟，让你赶快去医院。

听完杨冰晶的话，王羽尘整个人都吓傻了，徐诩以前不知道什么叫魂飞魄散，现在看到王羽尘的样子，总算彻底明白了。他这次是真的慌了，打小没有妈的他，如果这次王石川再有什么不测，他就真的是无依无靠了。

发什么愣啊！赶紧走啊！徐诩拉着鞋都没有穿好的王羽尘往外走，一边走一边抱怨，你什么破手机啊？打了无数个电话都不接。

严筱月昏昏沉沉地起了床，从窗户看见急匆匆走掉的三个人，没心没肺的她还以为有什么好事，连忙冲着他们三个人的背影嚷嚷着，喂——你们去哪儿啊？带我一起去嘛！

看着已经开走的车，严筱月气得直跺脚，她觉得自从杨冰晶和徐诩在一起了以后，有什么好玩的事情，杨冰晶都不再想着她这个好闺蜜了。穿着短裤和背心的严筱月这才意识到外面刺骨的寒风，她不禁搓了搓自己的手臂，像一只刺猬一样缩成一团，关上门，又钻回被窝里睡回笼觉去了。

王羽尘他们三人赶到了Ａ大第一附属医院，守在手术室外面的只有万芳玲一个人。

杨冰晶拉着万芳玲的手问，芳玲姐，情况怎么样了？

万芳玲说，已经推进抢救室六个多小时了，现在还不知道手术的具体情况。

王羽尘突然一声怒吼，怎么会这样？然后一拳打在了墙上。

喂，你不要乱来！控制情绪，你爸还在里面做手术呢！徐诩提醒王羽尘注意这里是医院。

我是担心老王出事，所以连夜过去看了看，结果真的就出事了。

程晓冉呢？我爸犯病了，她就视而不见吗？这个女人在干什么？

万芳玲说，我赶去的时候，只有你爸一个人倒在书房里，我没有看见程晓冉。听医生说，你爸是受了很严重的刺激，加上又没有一直喝药控制，这才有了现在糟糕的病情。

一定是程晓冉那个女人干的。这么多年，我爸身边也没个人照顾他，因为我妈的事情，我一直恨他，惹他生气，都是我的错，如果我昨天晚上回家就不会发生这样的事了。王羽尘一脸自责地打开自己的手机，看着自己手机上出现了王石川打来的十几个未接的电话，眼泪唰唰地就下来了。

徐诩是第三次看见王羽尘哭了。杨冰晶转过身去站在了徐诩的身后，徐诩拍着王羽尘的肩膀说，行了，正抢救呢！六个多小时了，说明还有希望，你这样哭，别人还以为老爷子没救了。不许哭！

王羽尘立马就不哭了，乖乖地待在急救室门口等着消息。

芳玲姐，守了这么久肯定饿了吧？我去给你们买早点！杨冰晶说完就跑出了急诊。

杨冰晶回来的时候看见王修泽带着钱然和赵石磊过来了，他们正和徐诩在一起说着话。

芳玲姐，王羽尘，徐诩，快过来吃早饭！我买了粥和包子，有很多呢！修泽你们要不要也吃一点儿？

王修泽他们也不客气，一人拿了俩包子就开吃。

王羽尘硬撑着说自己不饿，他刚张开嘴，徐诩就一个包子塞了进去，说，你小子别像个泄了气的皮球一样，等老爷子醒了，你还要在这里陪床呢！

万芳玲给自己的家里打了一个电话，让她父母帮忙送王心玲去上学。打完电话以后，杨冰晶递给了她一碗粥，万芳玲微笑地说了一声谢谢。

到了早上八点十分的时候，抢救室的门终于开了，医生一脸憔悴地出来，他摘下口罩，问，谁是病人家属？

万芳玲急忙冲了过去，着急万分地说，医生，我是，病人情况怎么样了？

由于抢救及时，手术很成功，病人已经脱离了生命危险，先转入 ICU 病房观察几天，等各项指标都稳定了再转入普通病房。

万芳玲喜极而泣地说，谢谢医生，谢谢医生。

杨冰晶走上去抱着情绪激动的万芳玲，她也不知道应该说什么，只是那样抱着她。

徐诩推了王羽尘一下，说，老爷子总算是逃过一劫，这接下来喂药、喂饭、擦身子和倒尿袋的事就交给你了。

王羽尘突然一句话也说不出来，万芳玲看着他的样子，赶紧说，这些事情还是我来吧！老王这一病也不知道要多久，石川集团有很多事情等着人去处理，就让羽尘去吧！这里交给我就行了。

万芳玲说，徐诩，还得麻烦你替我请个假，这假可能有点长，万一公司要用钱什么的，你可以代替我行使财务总监的权力，我跟刘长东已经打过电话了，他也同意。

行。我答应你，你就安心在医院照顾病人吧，公司的事你放心。徐诩看了看表说，我该回公司了，我要是不在，这人力资源部保管跟菜市场一样热闹。

杨冰晶跟着说，是啊！销售部的那群疯丫头要是没人管着也不行。

哈哈，看你们说的，自从徐诩来公司以后，我觉得公司员工的工作效率比以前提高了很多，你们俩快去吧。

徐诩说，王羽尘，走吧！我们先送你回石川集团，你爸的公司是你想不管就能不管的吗？

杨冰晶开着车，王羽尘坐在车上一声不吭，徐诩从后视镜里看着他一脸愁苦的样子，心里想到了一个人，这个时候，或许只有她才能拯救王羽尘了。

徐诩凑到杨冰晶的耳边，轻声地说出了自己的想法，杨冰晶听了扑哧一笑，夸徐诩聪明。

王羽尘在石川集团门口下了车，走进石川集团大楼，所有人看见他还是一如既往毕恭毕敬地打着招呼，王羽尘走进自己的办公室才知道，王石川并没有撤了他CEO的职务，他的辞职也没有得到董事会批准。

严筱月起床以后，在客厅的地上捡到了一张照片，一张很老的照片，照片上的漂亮女人就是王羽尘的亲生母亲陈言秋。严筱月看着照片说，这小子把这样的一张照片揣在身上，想必有什么特殊的关系。严筱月把照片放进自己的包包，急急忙忙去上班了。

严筱月刚到新世纪大厦的门口，徐诩和杨冰晶就把她堵住了。

你们俩这是干吗？都迟到了，赶紧去打卡啊！

徐诩和杨冰晶同时开口说，我们等你！

严筱月紧张地说，等我干什么？你们有好事不叫我，现在是有麻烦了才来找我是吧？

哟——这小妮子，看来是心有怨气呀！你是怪我们早上带王羽尘出去却没有捎上你？实话对你说吧，他老爸王石川心脏病发，人差点儿没救过来，我们想求你去拯救一下情绪低落的王羽尘。

王羽尘？你们没搞错吧？我为什么要去拯救他？他是死是活跟我有什么关系？严筱月说完，急忙上了电梯。

完美化妆品公司上上下下的一些女同事看见徐诩来了，都热情地打着招呼，这种受欢迎的感觉让徐诩十分享受，徐诩记得自己上一次这么受欢迎还要追溯到大学时期参加 A 市大学生辩论大赛的时候。

看着徐诩得意的样儿，杨冰晶就莫名其妙火大，她用力踢了徐诩一脚，然后扭头就走。

徐诩又转过头对杨冰晶说，还有一个多月就要过年了，你答应过我的，过年跟我一块儿回老家。

不去！杨冰晶说得斩钉截铁。

小调皮，你再说一遍？

哼，我才不怕你呢！

徐诩二话没说冲上去把杨冰晶抱了起来，杨冰晶又羞又恼，不停地催徐诩赶紧放下她。

那你过年跟不跟我回去？

杨冰晶红着脸说，我不跟你回去跟谁回去？你忘了，我都答应你爸了。

这还差不多。徐诩满意地一笑，这才把杨冰晶放了下来。

七天以后，王石川的病情基本稳定了，他已经可以开口说话了，这次去鬼门关转了一圈，醒来的时候看见万芳玲守在他的床边，王石川难得地开口笑了。程晓冉的事情在他的心里仿佛成了过眼云烟，已经没有什么分量了。

来，再吃一口。

看着万芳玲温柔的眼睛，王石川又喝了一口她喂到嘴边的粥，这是一碗很普通的米粥，王石川却吃出了甜甜的感觉。

吃完粥以后，王心玲爬到了王石川的身边，突然开口叫了一声，爸爸。

王石川咧嘴一笑，笑得什么事情都忘记了。

陈言秋得知王石川住院的消息，只身一人去了医院，在门外看着被万芳玲照顾的王石川一脸笑容，看着他们的女儿王心玲，陈言秋把一束鲜花放在了病房门口，欣慰地一笑，转身就走掉了。

与此同时，石川集团已经接到了程晓冉的代理律师发出的律师函，一场离婚的财产分割官司即将上演，这场官司震动了整个 A 市，而程晓冉的报复才刚刚开始。

母亲眼睛里的孩子

严筱月把包包里的那张老照片拿出来看了又看，不禁感叹着，这个女人真的好美呀！她想了想，拿起了电话说，麻烦帮我订一束花儿，就康乃馨吧。

这个时候电脑的一角突然弹出一个爆炸新闻，周恒远辞去完美集团董事长一职，由他的女儿周芸出任完美集团新一届董事会董事长。

一时间，整个公司全沸腾了，杨冰晶看到这个新闻以后，小声嘀咕了一句，完了，她不会再来找我麻烦吧？

徐诩点开新闻，看到了更为详细的报道，由于周芸的私人代理律师向公司董事会出具了周恒远的股份转让协议以及周芸的外祖父孙楚才亲自签署的遗产继承人的公证书，孙楚才名下原来由 SCC 公司所持有的 6% 的完美股份将改由法定继承人周芸持有，目前完美集团董事长周芸所持有的完美集团股份有她自己名下的 9% 和周恒远名下的 15%，以及这次孙楚才的 6%，总共是30%，周芸女士将成为完美集团第一大股东，临时股东大会结束以后，将由周芸女士出任完美集团董事长兼总经理。目前，除了集团副总薛万里手里的5% 以外，其他董事会成员总共拥有 6% 的股权，完美集团董事会共计持股将近 41% 左右。

周芸继任完美集团董事长兼总经理的消息已经在朋友圈里激起了千层浪，一些在职场发展不理想的同学纷纷发语音给周芸，打听完美化妆品公司最近有没有合适的职位空缺，并表示非常愿意来完美发展。

周芸在微信群里回复说，同学们，完美集团在全国各地分公司的招聘工作主要集中在春季，到时候可以关注完美集团的官方网站。周芸说了这话以后就消失了，群里又开始沸腾了。

杨冰晶放下手机，朝人力资源部走去。推开人力资源部总监办公室的门，杨冰晶那一双可爱的大眼睛到处乱瞄，然后问徐诩，就你一个人啊？

徐诩说，什么风把你吹来了？

我是想我们应该去看望一下王羽尘的老爸王石川，毕竟王羽尘现在是石川集团的掌门人了，为了公司业务的拓展，争取合作是大势所趋，可我以前拒绝过他，他会不会记仇啊？

徐诩说，这一次去，有芳玲姐替你说话，加上王石川退居幕后，不会对你有过多的微词。如果斗争了二十几年的两大集团能在你的手上达成合作协议，这对完美而言，不仅是得到了前所未有的发展机遇，更是了却了一桩宿怨。放心，我陪你一起去。

徐诩说，要促成完美和石川集团的合作，我想到了一个关键人，那就是你的好闺蜜，严筱月。但是最近程晓冉和王石川的离婚官司已经摆上了台面，他们还是名义上的夫妻，一切恐怕要等这笔旧账算清楚了才行，现在去谈合作还为时尚早。

杨冰晶觉得徐诩的分析很有道理，她捧着徐诩的脑袋，调皮地说，晚上咱们去吃饭看电影，上次看了《画皮》以后，我一直都想跟你再去电影院。

徐诩嘴上应了一声，好！转念又想到了自己母亲，如果他和杨冰晶真的在一起了，那个叫陈言秋的女人会来参加他的婚礼吗？

石川集团。王羽尘正看着公司法务部送来的律师函，秘书走进来说，王总，您约见的朋友赵先生已经到了，是否请他进来？

王羽尘回过神来说，快请，快请。

王石川正抱着王心玲在病床上看新闻，万芳玲在给他削苹果。这场病以后，王石川"因病得福"，万芳玲没有再拒他于千里之外，每天按时伺候他吃药，敦促他睡觉，两个人的感情还升温了。听着周恒远退位的消息，王石川意味深长地说，这个老狐狸，居然跟我玩这一套，别以为你把闺女推到幕前就完事了，咱们的恩怨还没了呢！

万芳玲不高兴地说，怎么？你还想去跟你的对头大战三百回合啊？斗了二十多年还没够？人家既然把闺女推到幕前，你也把儿子推出去呗！你这身体，就别跟着操心了。

小玲，你这一招高啊！我怎么没想到。好！明天我就让集团宣布，石川集团 CEO 王羽尘接替我的职务，全权处理公司一切事务。但是让身在上海的周恒远也想不到的是，他这些年安插在王石川身边的那颗棋子很快也要来将他的军了。

吃苹果，全部吃完，不许剩。万芳玲把削好的苹果递给王石川。

王心玲突然插了句嘴，爸爸，你如果吃不完，玲儿帮你吃。

王石川听了笑得合不拢嘴，用力地亲了王心玲一口，大笑着说，好！好闺女，真乖。

王心玲捂着自己的小脸说，爸爸，你的胡子扎疼我了。

王心玲说完，王石川乐得笑开了花。

这时候，严筱月捧着花走进了病房。

万芳玲看见严筱月进来，马上站起身说，小月，你怎么来了？

严筱月有些害羞地说，我听王羽尘说他爸住院了，就过来看看。严筱月把花和带来的补品都交给了万芳玲，这时候王心玲下了床，抱着严筱月的腿说，姐姐好，我叫王心玲，今年六岁了。

严筱月看着王心玲可爱的样子，问万芳玲，芳玲姐，这就是你的女儿吧？

万芳玲点头说，是，可调皮了。

正在严筱月想和王心玲一起玩儿的时候，她的手机响了。

王羽尘在电话里说，我有事找你帮忙，赶紧来石川集团大厦 29 楼。

严筱月用手捂住话筒，对万芳玲说，芳玲姐，我有点事情先走了，叔叔再见！心玲再见！

严筱月出了病房以后，大声呵斥王羽尘，王羽尘，你有病啊！找我帮忙？我能帮你什么忙？是答应你长期蹭吃蹭喝蹭住吗？

听着严筱月渐渐远去的说话声，万芳玲对王石川说，这个丫头倒很可能是你未来的儿媳妇。

王石川木讷地说，她？

王心玲走到王石川的床边说，我喜欢她。稚嫩的声音让王石川和万芳玲都笑出了声。

晚上，徐诩和杨冰晶看完电影回家，他们看了一部经典的老片子——《罗马假日》。虽然杨冰晶不是公主，徐诩也不是记者，电影的最后，两个相爱的人并没有在一起。可是这部经典的作品还是让杨冰晶感觉很甜蜜，徐诩深深地感到，虽然这个时代跟过去不同了，可爱情依然是永恒的。

徐诩牵着杨冰晶的手沿着一块一块方形石砖铺成的路往回走，杨冰晶在上面跳来跳去，那步子应该是练过跳舞的。

杨冰晶突然说，我饿了。

徐诩举手说，那就吃烧烤去！

还要来杯啤酒。

没问题！

两个人坐在了一家烧烤店的外面，看着那烟雾缭绕的情景，徐诩想起了老家的父亲，双眼又自然地流下泪来。

杨冰晶问他，怎么了？你怎么哭了？

我爸在老家做的也是烧烤，突然想他了。

杨冰晶抓住他的手，就这样安静地陪着他。

路口的不远处停下了一辆车，是那辆凯迪拉克商务车。车上下来两个人，陈梨沁问陈言秋，妈，是他吗？我还是先把照片拿出来看一看。

不用看了，是他，他就是我的第二个儿子，他长得不太像他的父亲，他更像我。陈言秋说着说着也流下了眼泪，可看着自己的儿子和一个美丽的姑娘在互相喂着食物的时候，她想起了当年的自己，于是她又笑了。

天上掉下一个哥哥来

王石川睡了一个好觉，这么多年，他从来没有像昨天晚上一样，睡得这么安稳过了。

王羽尘面无表情地看着醒来的父亲，他也不知道应该说什么，多年的积怨让他们父子之间多少显得有些生疏，从前是我不愿理你，你也看不起我，现在父子俩的关系开始渐渐有了缓和的迹象，最起码他们愿意跟对方说话了，愿意听对方说话了。这当中，万芳玲起了很大的作用。王羽尘起身帮忙把床头摇了起来，王石川看着自己的这个儿子，叹了口气说，你妈应该回来了，这两天公司有人告诉了我她回来的消息，我也收到了她留在门口的花。

真的吗？那她人呢？我怎么没有看见她？

王石川说，她一定是不想见我，但是你是她的儿子，她会找你的。官司的事情我已经听说了，现在集团的事情你做主，你小子游手好闲了这么多年，我怕你应付不来，所以已经介绍了职业经理人团队给你，他们会助你一臂之力。

王羽尘却说，我现在根本不相信那些外人，我不知道他们是不是来刺探情报或者另有所图，我宁愿相信我的几个朋友。

你的朋友？难道又是酒吧里的那些狐朋狗友？儿子，老爸这次没死成，但是集团这么大的产业请你不要当成儿戏。我现在只想能亲眼看见你成家，能在有生之年看到心玲考上大学，那样的话我就满足了。至于入主完美集团的事，我也不想再纠缠了。去鬼门关走了一趟，现在终于明白身边的亲人是最重要的。我手里的那些股份已经全部转入你的名下，你想怎么做都行。

爸，你觉得咱们Ａ市完美化妆品公司的人力资源总监、Ａ市都市报的首席记者、世嘉广告传媒的代理总监和石高平律师事务所的金牌律师这些人都是狐朋狗友吗？这场官司我已经跟赵石磊律师签订了授权委托书了，我相信他的能力。再说了，你做完手术推出来的时候，我的这些朋友可都守在医院里，就跟推出来的人是他们的老爸一样。

王石川问他，你小子什么时候认识的这些人？

因为追一个姑娘认识的，他们待会儿应该都会来看你，我现在觉得有这些靠谱的朋友还是挺好的。

王石川一激动就不停地咳嗽，王羽尘赶紧拍着他的后背说，好了好了，我不说了，免得你这身子受不了，我怕那对母女会更受不了。

我受不了？如果我告诉你，你还有一个同母异父的弟弟，你受得了吗？

啥？啥时候我又多了个弟弟？您老年轻的时候是有多风流啊！怎么着，一个王心玲还不够，您还想再多找个人回来继承家产？您可别忘了，程晓冉的事情已经火烧眉毛了，还嫌不够乱啊？

臭小子！谁没年轻过，要不是周恒远，哪里会有这么多乱七八糟的事情？

王羽尘堵着耳朵说，我不想听你们那本陈年旧账，我需要把我还有个弟弟的事情消化消化，天啊，我竟然又要当哥哥了，真是荒唐。现在我只想见一见我妈，也不知道她现在是什么样子，跟照片上的那个人有没有什么不一样。

看着王羽尘的样子，王石川接着说，你妈妈陈言秋是富商陈丰实的女儿，当年她跟徐豫走了以后，没多久我就收到了她委托律师送来的离婚协议书，我手里的财产她一分都没要，她和徐豫的股份，也全部没要。她只让我记住，说我这一生欠了三个人，一个是她，一个是徐豫，还有一个就是你。所以这些年你小子在外面闯祸胡来，我也不忍心说你，你以为我真下不了那个手？我是愧对你妈妈，要不然我早就大耳刮子伺候了，你还想逍遥快活那么多年？现在集团交给你，你要是弄砸了，咱们全喝西北风去，你小子还要替我去还徐豫的人情债，集团的股份里有一部分都是当年你妈妈从徐豫那里要来的完美集团原始股的资金。

王羽尘感慨地说，别的富二代都是继承万贯家财，我怎么就继承了一笔人情债，真是见了鬼了，这些钱和股份你觉得烫手就扔给我，我扔给谁去？不过，等官司打完了，我这富二代的帽子也可以摘了，正好凉快凉快。

你这个臭小子，我……

好了好了，您该吃药了。王羽尘把药倒在瓶盖里，连同杯子一起递给了王石川。

一大早，严筱月和杨冰晶在完美化妆品公司的休息区里说着话。

这个王羽尘，真是可恶，昨天他像个老板一样地命令我去石川集团跟他见面，你知道他都跟我说了些什么吗？简直把我气死了。

杨冰晶喝了一口现磨的咖啡，咖啡豆放的时间有些久，味道大不如前了，她只是一笑，说，他跟你说什么了？你没看电视吗？人家现在是石川集团的一号男主啊！你应该高兴啊！难得他对你这么上心，当初他追我的时候就是个虚有其表的富家公子哥，现在看上去似乎有所改观，至少没有对你三分钟热度啊！

怎么，你想跟他试试啊？好啊！你把徐诩让给我，我成全你。

你这个死丫头，看我不撕烂你的嘴！杨冰晶急了，放下手里的杯子，开始全面进攻。

严筱月负隅顽抗了一会儿，投降说，好了好了，真是没想到徐诩在你这傻姑娘心里能有这么高的地位。既然你这么看重他，就赶紧给他生个孩子呗！

杨冰晶羞红了脸说，呸——哪有还没结婚就生孩子的？现在她和徐诩的生米已经成了熟饭，杨冰晶反而还害羞了。

这种事情多了去了，你怎么也在怀孕的事情上这么保守啊？

那当然！不说这个了，王羽尘到底跟你说什么了，让你这一肚子火气。

严筱月提起这个就来气，跺着脚说，他居然让我假扮他的女朋友。

杨冰晶说，应该是王石川跟他说了什么吧！没想到催婚现在都能催到他头上了。看在他一片孝心的分上，你就不要计较了。

我生气的不是这个，是这个混蛋说完了以后立即掏出两万块钱，说是什么演出费，气得我当时就把钱砸在他脸上了，然后我头也不回地走了，还把桌子旁边的一个纸篓踢飞了。对了，给你看一张照片，好像是那家伙妈妈的照片。严筱月把王羽尘落在她家里的照片交给了杨冰晶。

杨冰晶看了一眼照片，马上说，哎，不对啊，这照片里的女人怎么跟徐诩妈妈的照片是同一个人？我在徐诩的家里看过他妈妈的照片，还有一个老式的音乐盒。

两个女孩子面面相觑，很显然，她们对于徐豫、王石川、周恒远、孙玲、程晓冉和陈言秋的那段往事一无所知。

徐诩到公司以后直接去了销售部，看到杨冰晶以后，拉着她的手就往外走。杨冰晶慌乱地放下杯子，有一些猝不及防。

上车以后，杨冰晶埋怨地说，哪有你这样的，一句话不说拉着人家就走。

徐诩发动了车，这才松了一口气说，我是怕你们部门的那些疯丫头，我只要一说话，肯定就走不了了，不是说好了上午去医院看望王石川的吗？

两个人走进 A 大第一附属医院的住院部，杨冰晶看见了背着书包出来的王心玲和她的外公外婆，她笑盈盈地从袋子里掏出了一个苹果递给王心玲，王心玲乖巧地说了声，谢谢姐姐。

徐诩跟着杨冰晶进了病房，病房里只有躺在病床上的王石川，以及在一旁伺候他吃药的万芳玲和破天荒拿着拖把拖地的王羽尘。

万芳玲看见杨冰晶，笑着说，冰晶，徐诩，你们俩怎么来了？公司有事就别来了。

杨冰晶说，芳玲姐，王总动这么大的手术，总算是有惊无险，我们于情于理都应该来看望。

王石川一眼就注意了站在杨冰晶身边的徐诩，他看到徐诩的第一眼就想到了陈言秋，跟当初在上海的时候周恒远见到徐诩的表情是一样的。

王石川指着徐诩问，这位是？

杨冰晶说，王总，他就是我们公司的人力资源总监徐诩，现在还代理芳玲姐财务总监的职务，也是我的男朋友。

听到男朋友这三个字，王石川一脸郁闷，她怎么就被徐诩给骗到手了呢？

徐诩？王石川小声嘀咕着，他猛地想到了徐豫，那种吃惊，让王石川又忍不住多看了徐诩几眼。

从王石川的神情里，聪明的杨冰晶已经知道了症结所在，联系王羽尘的那张照片，她明白了其中的关系。

杨冰晶在病房里跟王石川试探地聊了一会儿关于双方公司的合作意向，王石川只说集团的事情现在归王羽尘全权处理，让杨冰晶去跟他的儿子谈，王石川的心思现在全在徐诩的身上。

五个人在病房里说着话，王石川放下手里的苹果问杨冰晶，我听芳玲说他爱上了一个姑娘，这事儿是真的吗？

王羽尘一听这话，立马慌了神，背着王石川作揖求徐诩和杨冰晶千万要嘴下留情。

徐诩和杨冰晶对视了一眼，说，应该是真的。

什么叫应该是啊？他这小子做事情从来没有认真过，我怕他这次又胡来，我现在这状况，想打他也打不动了。

徐诩说，王总，他们两个人之间的主动权不在王羽尘身上，在那姑娘身上。您都不知道，王羽尘在那姑娘面前温驯得跟一只小绵羊一样。

王石川听了以后大笑，这下我就放心了，有人替我教训他，告诉那姑娘，千万别让这小子再这么胡闹下去了，等我出院了，我一定请她来家里做客。

王羽尘一听大事不妙，赶紧把徐诩和杨冰晶撵了出去。

在医院的过道里，王羽尘对他们俩说，你们俩行，生怕老爷子不知道这事儿是吧？

徐诩说，我们也没多说什么，要不要我进去告诉王总，就说那姑娘叫严筱月，你还在机场里亲了人家。

王羽尘一听头都大了，急忙把徐诩和杨冰晶赶走了，边赶边说，怕你们了，赶紧走，赶紧走。

两个人从医院出来，杨冰晶一直都笑着不说话。徐诩问她，什么事让你这么开心啊？是因为王羽尘被严筱月降服了吗？

杨冰晶把照片拿出来递给徐诩说，若是我所料不错，你和王羽尘应该是同母异父的亲兄弟，这张照片是王羽尘随身带着的母亲的照片，是小月月给我的，我记得这个人也藏在你的相册里。

徐诩拿过照片一看，的确，照片上的人就是他的妈妈陈言秋。

王羽尘应该是你的哥哥，我从王石川刚才的表情里已经看出了端倪。

哥哥？徐诩和王羽尘一样，一时半会儿接受不了这个事实，他晚上回去有必要打电话问一下自己的父亲。

杨冰晶说，我是想，如果你们真是亲兄弟，你妈妈肯定会回来的，因为母亲是放不下孩子的，这是永远都无法回避的本能。只要你妈妈回来，我们的婚事就完整了，得到双方父母的祝福才是我最开心的事情。

徐诩拉着她的手说，你就这么迫不及待地想要嫁给我呀？放心吧。只要是你要的，我一定尽全力去完成，我不会让你受一丁点儿委屈。如果连这么一个小小的要求我都满足不了你，那我也太不称职了，又还有什么资格说爱你呢？

来势汹汹

刘长东带着刘淼淼和两个孩子去了大溪地，他在公司的微信群里不停地发照片，一家四口其乐融融。

杨冰晶很恼火地发了句语音，刘恶魔，我们这些部门总监天天忙得要死，这几天石川集团的王羽尘还跑来公司闹事，你倒是快活似神仙啊！这模样看上去至少胖了五斤。享受完了赶紧回窝，我发现自从在你手下工作开始，除了加薪，好像什么事儿都有我。

刘长东乐呵呵地说，那当然了，没这么多经验值，没有我，你这小丫头能三年就升到总监的位置上吗？放在古代，我对你是有知遇之恩的！你必须结草衔环相报才对。

杨冰晶不满地说，当初是吴明把我招到销售部的，跟你这恶魔有什么关系？还结草衔环呢！

你这丫头，没有部门总监的推荐，你能那么顺利地升经理吗？吴明多么圆滑的人，公司出事，他调回总部以后还不是安稳地退休了，这其中的道理徐诩一个资深的 HR 应该清楚啊！他没给你说道说道？

徐诩赶紧插了句嘴说，周总一回上海，你就带着媳妇儿出去享受生活，你桌子上的文件一大堆呢！我们这些人没有分公司老总的权力，赶紧回来把字签了，把年终奖发了，公司的同志们都等着米下锅。还有，我这个双料总监的加班费是不是也赶紧发了？你发了奖金，我一定结草衔环相报！

杨冰晶，徐诩，你们俩还真是一对儿，当初徐诩来完美面试的时候我就看出这小子动机不纯，那目光就没从你杨冰晶的身上离开过。如今你小子媳妇儿都得着了，还问我要加班费？这样，你们俩如果不打算在一起了，你徐诩就来我这里领加班费，我还给你双倍，怎么样？

刘长东！有你这样的吗？好歹我也在你手下卖命了三年，就允许你跟淼淼姐在一起，我跟徐诩就不行了？

杨冰晶一说完，公司群里又炸了锅，各种语音和表情铺天盖地而来。

刘长东装作哭笑不得地说，各位同仁，我休的是婚假好不好？公司福利制度里写得那么清楚，要我念给你们听一听吗？

杨冰晶说，你少来！我们加班的时候怎么没听你提什么制度？再说了，你都二婚了，能跟第一套房的待遇相提并论吗？

徐诩嬉皮笑脸地说，刘总，有很多事情不是靠规章和制度就能解释清楚的，我觉得刘总还是应该把这些感激、歉意、人情、理解和关心都集中体现在年终奖金里，这样才能彰显出公司人性化的一面。

徐诩，老虎不在家，猴子充大王是吧？你小子，代理公司的财务总监就明目张胆地来跟我要年终奖，行，等我回来，看我怎么收拾你！

徐诩拿起手机说，完美的美女和帅哥们，速到会议室里集合开一个远程视频会议，我们需要跟刘长东同志面对面好好地聊一聊年终奖的问题。

公司的会议室里很快就人满为患，很多人一听说年终奖的事情，淘宝也不逛了，手机也不玩了，一些精神不振的小姑娘瞬时神采飞扬。

连接好网络和投影，大家见到了阔别了半个多月的刘长东和刘淼淼。有好多公关部的小姑娘跳着脚尖叫，淼淼姐，我们好想你！

徐诩说，刘总，你看看，这就是民意啊！

看着满满一会议室的人，刘长东苦笑着说，你们这一个一个的，见到我也不先假模假样地说几句祝福我新婚快乐的话，开口就谈钱，儿子、闺女，过来跟叔叔阿姨们问个好！

两个可爱的孩子钻进了镜头里，对着镜头挥着小手一字一字地说，叔叔好！阿姨好！

打完招呼，两个孩子又拎起几个大袋子，装的都是满满的小礼物，然后镜头又扫到了地上摆的一些当地特产什么的。

刘淼淼抱着两个孩子说，徐诩，关于年终奖的事情，长东已经向总部请示过了，你可以依照公司财务的相关标准执行，这件事情由你全权处理，账目的问题留给芳玲姐回来再做，你这个代理财务总监还可以趁着这次机会好好地收买一下公司的人心，这对你们人事部门以后的工作可是有百利而无一害啊！

徐诩点头哈腰地说，感谢二位新人对我工作的大力支持，这么大的人情实在是让我感激涕零，你们放心，不管刘总回来以后让我干什么，就算是让我去扫厕所我也毫无怨言。

旁边的一个公关部的小姑娘突然说，我猜刘总回来让你做的第一件事情就是去公司保卫处代职一星期，每天早上站在公司大门口跟所有的同事们问好，这套路我们以前的一些主管已经领教过了，徐总监，如果这次让你去，按照你人力资源总监的身份来套，起码也是个保安队长的级别。

刘长东听了以后哈哈大笑，两个孩子挥着手说，漂亮的阿姨们，我们要去海边玩了，再见！接着，视频通话就关闭了。

得到了年终奖的消息，公司的那群姑娘们都乐疯了。

徐诩委屈地说，你们是开心了，我却要去看大门了，美女们，你们是不是应该报答一下我？

李冉带着一群姑娘走过来安慰他，你现在是最招公司姑娘们喜欢的人了，你看大门一个星期的早饭和咖啡，我们管了。

姑娘们群笑而去，会议室里就剩下杨冰晶和徐诩两个人。

杨冰晶似乎也被刘长东和刘淼淼幸福的样子感染了，羡慕地说，刘总的两个孩子真可爱。

周末，徐诩、王羽尘和王修泽在摄影棚里做广告拍摄的收尾工作，临近中午的时候，杨冰晶来给他们几个送饭。

王修泽说，徐诩，今天拍完最后几个镜头就杀青了，广告的拍摄酬劳会直接打到你的卡上。

杨冰晶突然拦住说，不能打到他的卡上，打到我卡上，不能让他拿那么多的钱。修泽，我把卡号发给你。

徐诩无辜地说，给水晶买狗粮的钱都被收缴了，完了。

王修泽拍着徐诩的肩膀说，我觉得你媳妇儿的话很有道理，钱你还是别经手了。

王羽尘说，兄弟，你知不知道我跟杨冰晶是四年的大学同学？我追了她这么多年，最后她居然看上了你，你有什么不满的？如果她愿意跟我，别说这么一点儿小钱，把整个石川集团给她我都愿意。

杨冰晶把王羽尘掉的那张照片塞到他手里说，你别多想了，我现在的身份是你弟媳妇。

王羽尘头皮发麻地说，什么？弟媳妇？老王说我有一个同母异父的弟弟难道是徐诩？

徐诩指着照片说，对，陈言秋也是我妈，只不过在二十多年前她也同样离开了我。徐诩也拿出了一张陈言秋的照片，放在了王羽尘那张照片的旁边。

王修泽目瞪口呆地看着徐诩和王羽尘，又把两张照片比了比，说，你们俩要不要去验一下DNA？

王羽尘拍了拍屁股站起身，说，不用了。然后就带着两张照片上了车，离开了摄影棚。

徐诩知道他可能一时半会儿接受不了，他又何尝不是如此。

下午拍摄完最后几个镜头，徐诩就带着杨冰晶先走了。两个人回到徐诩住的小房子里，打通了小镇老家的电话。

喂？臭小子，这么长时间才想起给我打电话。徐豫看见这个电话号码就觉得亲切。

徐诩半天没出声，杨冰晶抢过电话说，叔叔，是我，冰晶，你还好吗？天冷了，可别着凉了，要多注意身体。

徐豫听到杨冰晶的声音，那简直比过年还高兴，笑呵呵地说，丫头，我可想你了，就盼着过年你和徐诩一起回来。我已经跟镇上的街坊邻居们说了，我儿子要带一个很漂亮的媳妇儿回来，我还在徐诩爷爷奶奶的坟头前烧了纸，告诉了他们徐诩就要娶媳妇儿了。徐豫一激动就停不住嘴，又和杨冰晶说了一些烧烤摊子上的琐事，杨冰晶听得却很认真。

等杨冰晶和父亲聊得差不多了，徐诩才接过电话问，爸，王石川的儿子王羽尘那里也有一张妈妈的照片，他说陈言秋也是他的妈妈，难道妈妈当年先后生了两个孩子？我和王羽尘难道真的是亲兄弟吗？这是真的吗？

电话是通的，对面却一直没有出声，徐豫沉默了好久才说，是，是真的。

我都多大了，您为什么不早点告诉我？您想瞒我瞒到什么时候？徐诩的嗓门儿有点失控，杨冰晶拉着他的手，劝他不要激动。

二十多年的往事了，爸一个人活在过去就行了，你有你自己的路要走，有你自己的世界，爸不想让你也跟着活在过去里。

是，您是活在过去里，守着一个烧烤摊子活了这么多年，我妈不还是没有回来吗？活在过去里又有什么用？

过去的事如果影响到你了，儿子，你愿意接受就接受，如果接受不了，想恨的话就恨我好了。等了这么多年，你妈妈毕竟还是回来了，她没有忘了我。徐豫说着说着就想到了那天陈言秋和陈梨沁回来小镇时的情景，他等了这么多年，还是值得的。

徐诩还想再说什么的时候，电话那头已经断了，而他想再打过去的时候，却怎么也打不通了。妈妈回来了？徐诩看了身边的杨冰晶一眼，她说的话竟然成了真。这时候的徐豫一个人坐在那块漆黑的招牌下面，这是一块铭记着他人生岁月的招牌，徐豫抽了一支烟，流着二十多年积攒的眼泪，哭过以后，人轻松多了。

而王羽尘这段时间，晚上在追梦人里喝得烂醉，白天在酒店里呼呼大睡，似乎全世界都跟他无关了。

就在这几周里，股市上有不明团队分几个账户在大量低价抛售石川集团的股份，先连抛了三天。接着就有人放出了消息，说石川集团王石川病重住院，现任董事长王羽尘近期买醉于酒吧，不思进取，不顾及众股东的利益，对公司管理缺乏责任心，各主力基金纷纷减持，甚至还呼吁石川集团的大股东撤资，尽量减少损失。这些负面消息的汇集让石川集团的股票在每天开盘两小时不到就跌停了，股票价格从最高时的51.2元每股下跌到了如今的28.8元上下。

陈言秋看着A市电视台报道的关于石川集团的新闻，三个西装革履的男人站在陈言秋的面前，一字一句地汇报他们已经办好的事情。

关于羽言投资公司的工商审批注册和税务登记工作已经完成，随时可以挂牌开业。

公司的选址按照您的要求有两处符合条件，第一处是望京西路上的一栋写字楼，价钱不贵，环境好，交通便利，距离A大很近；第二处位于银河广场边上的一栋高层商业办公楼的第26层到第30层，属于A市的市中心CBD商业办公区，商业位置极佳，就是价格有些高。

您要调查的关于徐诩的情况，他已经有了女朋友，叫杨冰晶，跟他在同一家公司，目前是完美化妆品公司的销售总监，年龄25岁，二人不是同学关系，具体怎么认识的并不清楚，而徐诩进入完美化妆品公司也只有半年左右的时间，他从前一家工作了五年的外企离职了以后就进入了目前的这家公司，听人说，他进入这家公司就是为了这个女孩子，这是杨冰晶的照片。最后一个西装革履的男人把杨冰晶的资料交到了陈言秋的手里。

陈言秋看着杨冰晶的资料说，我知道了，这几天辛苦你们了，下去休息吧。

三个男人依次退出了房间，陈梨沁拿过杨冰晶的照片一看，很赞许地说，这个姑娘真的很美，我这个徐诩哥哥还是挺有眼光的嘛！

陈梨沁从房间跑出去之后，陈言秋才如释重负地说，还好这孩子没有跟周芸在一起，至于杨冰晶，我得亲自去见她一面。

石川集团的管理层早已人心惶惶，好多公司董事都跑去了 A 大第一附属医院，他们纷纷要求王石川从儿子手里收回股份和控制权，重新接管集团，防止股价继续下跌。

王石川躺在病床上轻声问了一句，公司股价现在是多少？

今天上午跌停板以后，目前是 26 块。

王石川思索了一番后说，你们先回去吧，我会让公司股价回稳到 39 块左右，回到当初你们注资时的价格。

万芳玲在公司董事走了以后说，石川，集团发生这么大的事情，羽尘怎么能不管不顾呢？

是我的问题。这孩子的确没有管理公司的能力，也没有抵御各种风险的能力，我告诉了他还有一个亲弟弟的消息，他也知道她妈妈陈言秋回来了，一定是找她去了，又或者跑到酒吧里继续他逃避现实的那一套。

因为王羽尘的逃避和不负责任，石川集团已经蒸发了二十多个亿，公司的股东发起了罢免王羽尘集团董事长职务的临时股东大会。

现在距离王石川和程晓冉的离婚诉讼也没有几天了，如今的石川集团处在各路媒体的风口浪尖，各种不利的消息和预测铺天盖地，谁都没有想到，原本还踌躇满志准备入主完美集团的王石川，却因为一个女人，让石川集团面临前所未有的危机，而这场危机来势汹汹。

心里的孩子

第二天，王石川坐着轮椅，在万芳玲的推扶下，回到了石川集团大厦，经过一个长时间的集团内部会议，石川集团随即对外界宣布公司股票停牌。

王石川做多了完美的股票导致公司的资金不足，一旦有人针对石川集团的股票，便无法快速回笼资金还击，程晓冉利用了这个时间差，快速增持，一跃成了石川集团第二大股东。

陈言秋看着电脑屏幕上的消息脸色凝重，陈梨沁却神色笃定地说，这应该是程晓冉和薛万里搞的鬼，看来他们手上的筹码还不少，处心积虑应该不是一天两天了，时间也抓得准，趁着王石川住院发起攻击，难怪这个羽尘哥哥会败得如此惨烈。

陈言秋说，是啊！如果这两个人真的是预谋已久，他们肯定提前沽了期货，石川集团损失的二十多个亿有一大部分应该进了他们的腰包。可我总觉得他们烧的这把火目的并不是石川集团，趁火打劫了以后，他们应该还有别的阴谋。或者说，石川集团的这次折损只是一个开胃菜而已。

石川集团的临时股东大会，几乎所有的股东都赞成罢免王羽尘的董事长职务，公司事务暂且由几个大股东组成的临时董事会掌控，连王石川对临时股东大会的决议都无能为力。

陈梨沁说，妈，我们接下来怎么做？

我猜王石川和程晓冉的离婚官司应该快开庭了，石川集团股票复牌以后开始吃进，尽量做得隐秘些，让跟我们有合作的投资方帮忙打打掩护。

好的。我马上去办。

陈梨沁走了以后，陈言秋自言自语地说，我不会让徐豫的辛苦钱落到你们手里。

陈言秋掏出手机给王石川打了一个电话。她本不想打这个电话，可石川集团的烂摊子让她不得不打这个电话。

王石川听到陈言秋的声音，大病初愈的他拿电话的手都不停地颤抖。

行了，知道你心脏搭桥捡回了一条命，听到我的声音也不要过于激动，我是真不明白，你就是再不济，也不至于把公司弄成现在这个样子。

王石川有气无力地说，我是怕我进了手术室会出不来，才想让羽尘尽早接手。

你把他带在身边这么多年，你应该知道这孩子不是做生意的料。当年让你把孩子给我，你死活不肯，我就不该把羽尘留在你身边。你这个人只知道自己，除了你自己，你对别人做过什么？这个孩子这么多年除了花天酒地，他还会什么？石川集团不是你一个人的，公司股票停牌又是你的主意吧？这样示弱只会让程晓冉那个女人更加有恃无恐，你跟程晓冉名存实亡的婚姻关系才是关键，她一定是想利用你们的婚姻去分割更大的利益。我知道羽尘在哪儿，你这个当爹的是准备把公司拱手送人吗？这样，羽尘的事情你不用管，安心应对好这场官司，另外，一定要保住你手里18%的完美股份，不要想着出手来变换资金护盘，你的石川集团股份跳水已成定局，我觉得程晓冉这个女人的目标极有可能是完美，并且有利用石川集团的财力和资源实现她借刀杀人的目的。

言秋，我已经对公司的几个大股东许诺会把股价稳定在39块，如果食言，我担心这些股东会倒戈。

这个问题你不用管。你的那些股份现在在羽尘的手上，这孩子什么都不懂，你让一个小孩儿捧着金条满世界招摇，结果能不被抢吗？

王石川叹了口气说，如果不是为了增持完美的股份，我的石川集团不会被人钻了空子。言秋，集团的事就拜托你和儿子了，我过几天出庭去了结和程晓冉这二十多年的恩怨，你就别来看我的笑话了。

陈言秋有些无可奈何地吁了口气，意味深长地说，你还是照顾好自己的身体，这边儿子还没成家，你这个当爹的就想撒手不管吗？

陈言秋说完就挂了电话，她现在最担心的还是王羽尘，这个大儿子究竟该怎么管，以后的路究竟该怎么走，陈言秋心里也没有一个确切的答案。

陈梨沁和陈言秋一起去了丽丝卡尔酒店，在前台打听到了王羽尘住的房间。

母女俩一起走到王羽尘的房间门前，陈梨沁按了几声门铃发现房间里没动静，就对着房门踹了好几脚。

王羽尘被突如其来的敲门声惊醒，火冒三丈地踢掉被子，打开房门怒吼着，敲什么敲！不是说了早上不要敲门打扫卫生吗？

王羽尘看到陈言秋的脸，马上抱着陈言秋哭着鼻子喊，妈，你终于回来了！妈，你终于回来了！妈——

陈梨沁说，妈，这就是我那个大哥哥？算了吧，我还是想先去看看二哥哥。真丢人！

你这死丫头谁啊？出去！

陈言秋呵斥道，她是你妹妹。

我妹妹？我不认她！

陈梨沁忍不住笑了出来，轻描淡写地说，你还不认我，我会稀罕认你？

行了。陈言秋摩挲着王羽尘的脸说，你今天跟我走，不要住在酒店了，妈在 A 市有住的地方。

妈，那我爸呢？

陈言秋说，王石川拖着病体回集团了，除了宣布公司股票停盘，没有什么大的动作，他现在的身体情况你也知道。

王羽尘说，这几天到底是怎么了，一会儿弟弟，一会儿妹妹的，妈，你这样让我接受，考虑过我的感受吗？

不管你接受不接受，事实就摆在那里。现在马上跟我回家，你以为你住在酒店里就万事大吉了？你现在虽然被罢免了董事长的职务，但你还是石川集团的第一大股东，那是你爸的公司，你必须要承担自己的责任。

陈梨沁说，就是，你就像一只把脑袋埋在沙子里的鸵鸟一样，自欺欺人。

我自欺欺人？我告诉你，我爸跟那个女人的官司最后还得靠我。

行了，梨沁，还不赶紧去把车备好。等把羽尘安顿好了，我们还要去见一见你的另一个哥哥。

是二哥吗？就是那天晚上和一个漂亮的姑娘吃烧烤的男人吗？哇——太好了，他才像我的哥哥呀！看着就觉得暖心。

陈言秋抚摸着王羽尘的头发说，羽尘，今天和我们一起去见一见徐诩，不管怎么说他也是你的弟弟。

王羽尘马上站起身说，妈，我就不去了，你们去吧，一想起我跟他曾经还争过一个姑娘，我就不好意思见他了。再说了，突然让我管他叫弟弟，我也开不了那个口，我需要时间冷静冷静。王羽尘像一只受了惊吓的老鼠一样，逃掉了。

陈梨沁准备好以后跑过来说，妈，我们走吧！咦，那个抱着你不放的家伙呢？

陈言秋叹了口气说，这孩子，只会逃避。

陈梨沁撇着小嘴说，就这水准，连个人都不敢见，还敢号称什么集团CEO？还好爷爷没有把他列入集团继承人名单，要不然就太丢人了。

陈言秋何尝不知，当初陈丰实只知道王羽尘是王石川和程晓冉的儿子，她没有把其中的真相告诉父亲，除了怨陈丰实骗她，拆散了她和徐豫之外，当初她也恨王石川的自私，恨他的心里没有自己的位置。可等到自己后悔的时候已经来不及了。

　　行了，梨沁，羽尘这孩子从小就单纯，我知道跟他相认不用多费周章。但是徐诩就不一样了，这么多年我都没有给他打过一个电话，没有买过一个生日礼物，甚至没有寄过一封信，我欠他的太多了。

　　看着陈言秋那双渐渐潮湿的眼睛，陈梨沁一句话也说不出来，只能默默地陪着她。

　　当年陈言秋偷偷离开的时候，徐诩还在玩着玩具，对于妈妈的离开浑然不知，陈言秋当时坐在车里，看着蹲在地上玩着玩具的徐诩，看着他稚嫩的小脸，心如刀绞。陈言秋何尝不知，五岁以后的徐诩，每天都承受着失去妈妈的痛，每天晚上不再有妈妈温暖的怀抱，不再有妈妈动听的歌谣，每天有的只是数不清的噩梦，梦里都是乌云、黑夜、猛兽，还有让人心颤的雷电声。

三个女人

夜里的陈言秋又在思念她的孩子徐诩了,她的眼前浮现出徐诩小时候蹲在地上玩着玩具的画面。

陈言秋决定天亮以后去完美化妆品公司正式见一见杨冰晶,看一看这个女孩子配不配得上她日思夜想的儿子。

亮着万家灯火的 A 市也渐渐地进入了梦乡,除了整齐亮着的街灯,似乎也能听见这个城市呼吸的声音。

第二天一早,就在所有人陆续来上班的时候,刘长东和刘淼淼却在完美化妆品公司里闪亮登场了。

严筱月惊喜地说,神仙眷侣,你们还知道回来啊?

徐诩和杨冰晶肩并肩走进公司,看到刘长东和刘淼淼以后,杨冰晶冲上去跟刘淼淼紧紧地抱在了一起。刘淼淼原本精致无瑕的妆容和新熨过的外套经过杨冰晶的一番袭扰以后,平添了几分慌乱和褶皱,可新婚而来的刘淼淼还是很随和的美美一笑,众人眼里的她散发着满满的女人味,让公司里很多还在憧憬爱情的小姑娘一脸钦羡。

刘淼淼把一个精心准备的礼品袋塞到杨冰晶的手里说,这是带给你和徐诩的礼物,希望你们俩喜欢。

徐诩说,我肯定喜欢,她喜不喜欢就不知道了。

刘长东大笑说，好了，公司还有很多文件等着我去处理，我先上去了。

严筱月跟着刘长东一起走了，徐诩和杨冰晶跟着刘淼淼去各个部门发礼物，所到之处都是恭喜和祝福的声音，刘淼淼对每一个人都保持她一贯的热情，她的这种热情不止体现在工作上，似乎已经融入了她的身体里。

从法务部出来以后，刘淼淼说，徐诩，你这套西装穿了多少次了？去买套新的呀！你又不缺钱。这次年终奖，公司对于总监级别的奖金设置可是不低啊！

徐诩无奈地说，我周末时候接些私活的钱都被收缴了，还谈什么年终奖，不谈了，不谈了。

杨冰晶听到徐诩的抱怨就不高兴了，脸色一黑地瞪着徐诩问，怎么了，你不愿意啊？

徐诩立即挽着杨冰晶的胳膊说，愿意，当然愿意，你才是老天赐予我最珍贵的礼物，钱财又算得了什么，我只要有你就足够了。

我先回公关部了。你们俩就继续腻歪吧！刘淼淼捂着嘴巴一笑，转身走掉了。

徐诩把手插在空空如也的裤兜里说，穷啊！我也回了。

刘淼淼和徐诩都走了以后，杨冰晶一个人生气地跺着脚，她走出了新世纪大厦，准备去附近的咖啡厅里吃些甜的，徐诩平时总管着她，不让她多吃那些甜品，她现在就想一口气吃个够，就算长胖几斤她也愿意，杨冰晶也不知是哪儿来的气，只觉得这样才会好受一些。

在走过那家熟悉的意式餐厅的时候，突然有两个女人站在了杨冰晶的面前。

陈梨沁盯着杨冰晶阴云未散的脸蛋儿说，你就是杨冰晶呀！本人比照片还要美，难怪我徐诩哥哥喜欢你。

杨冰晶看到陈言秋的时候，立即想到了徐诩房间里照片上的女人，这个女人就是他的妈妈，真的好美，虽然有些年纪了，但还是好美，这种美似乎代表了那个时代，无法言喻。杨冰晶也没有想到徐诩的妈妈竟然会这样突兀地出现在自己面前，她有一些自私地庆幸自己的婚礼可以完整了。回过神的杨冰晶马上恭敬地对陈言秋说，阿姨你好！

陈言秋问，难道你认识我？

杨冰晶说，我在徐诩的相册里见过你。你是他的母亲陈言秋。只是这个姑娘我不认识，不过看你们这么亲密，这个姑娘该不会是你的女儿，徐诩的妹妹吧？杨冰晶打量着一身高端奢侈品的陈梨沁，这个女孩儿在杨冰晶的眼里就像一缕和煦的风，把杨冰晶心里还剩的怨气一时间全部带走了。

三个女人坐在点满甜品的餐桌旁，三杯散着热气的咖啡，浓郁的咖啡香在她们交汇的眼神之间弥漫开来。

阿姨，您为什么不直接去找徐诩？他这些年想你都想疯了，晚上说梦话的时候都在喊妈妈，我觉得他如果见到你，不会怨你的，只会更舍不得你。

没有那么简单，这孩子什么都好，就是心事重。我怕我唐突地出现在他面前会让他更怨我，更恨我。

陈言秋这么一说，杨冰晶也想到了这一点，当初周芸离开他，他用了五年多的时间才走出来；而与小时候陈言秋离开他相比，这二十多年，他又要花多久才能走出来？

阿姨，您想让我为你和徐诩做些什么？只要我能做到的，您只管开口就行。

陈梨沁放下手里的蛋糕，伸出手说，打住！你跟我徐诩哥哥已经住在一起了吗？你们怎么可以这样啊！我不管，我不管，这样不公平！

陈言秋拉着陈梨沁的手腕说，梨沁，不许任性，再怎么说她也是你哥哥的女朋友，你要有礼貌。

杨冰晶喜笑颜开地说，梨沁，好好听的名字啊！你是徐诩的妹妹呀？那从今天开始你要喊我嫂子哟！

哼——我才不喊你嫂子呢！你又比我大不了多少。妈！你不是说过要把我嫁给徐诩哥哥的吗？

你这个傻孩子，如果你徐诩哥哥没有女朋友，我当然会把你嫁给他，可他现在不是有女朋友了吗？你再提这个就是不懂事了。

听到陈梨沁也想要嫁给徐诩，杨冰晶更是一脸的惊愕。

陈梨沁气呼呼地跑出去了，陈言秋这才对杨冰晶说，梨沁这孩子是徐诩的外公外婆在她很小的时候收养的，她很善良很天真，你不要介意啊！

杨冰晶摇头说，不会，我觉得她真的很讨人喜欢。

陈言秋把杨冰晶的手指一根一根地抚摸着，然后从包里拿出一个很古朴的盒子，盒子里有一个精美的手镯，这个手镯就是徐诩的奶奶生前留给她的，她理应交给自己的儿媳妇，尽管这么做对王羽尘来说有一些偏心。

陈言秋说，我把这个镯子送给你，这是徐诩奶奶的上一辈传下来的，就当是见面礼了。今天我们见面的事情你先不要告诉徐诩，我怕他心里还记恨着我。

阿姨，这么贵重的礼物我不能收。我会想办法让徐诩跟您见面的。而且我也不愿意我们结婚的时候，您作为徐诩的母亲没有出现在我们婚礼的现场，那样的话，将是我最大的遗憾。

陈言秋错愕地问，你们俩准备结婚了吗？

是啊！徐诩已经去我家上门拜访过了，他今年过年还要带我回他的老家见叔叔。叔叔一直盼着我们回去呢！还说要告诉我们关于你的消息。叔叔这几天天天都打电话来，日子应该是在过年以后了。

是这样。陈言秋惊讶的同时显得又有些慌乱，同时又窃喜，窃喜自己没有错过徐诩的婚礼，她把盒子塞到杨冰晶的手里说，收下它，你既然不想让我缺席你们的婚礼，就应该明白我把这个镯子送给你意味着什么。

杨冰晶捧着盒子激动地说，我一定会好好保管它的。

陈言秋坐到杨冰晶的身边，抚摸着她长长的头发，这个美丽的姑娘跟年轻时候的自己有很多相似的地方。

而王羽尘这段时间，还是会时不时地跑去严筱月那里蹭吃蹭喝蹭住，他在严筱月的房间里体会到了家的味道。严筱月三番五次地跟他索要房租和生活费，还强调，要住她那儿就得交钱，不能白吃白住，否则就要把他赶出去。

赊个戒指去求婚

也许是被刘长东和刘淼淼满满的幸福感给传染了，跟杨冰晶在一起这么久了，徐诩想着，想着，有了一个连他自己都兴奋的决定。

徐诩的工资卡、信用卡都被杨冰晶收走了，徐父留下的银行卡也在杨冰晶的手里。徐诩把自己的裤兜翻了出来，只有这个月几百块的零花钱。杨冰晶近来情绪反常，徐诩怎么会不知道她想要什么。

徐诩决定给杨冰晶一个求婚的惊喜，仪式感还是重要的。他跑到银河广场的瑞丰商超珠宝专柜看了看最近珠宝市场的行情，结果却把自己吓了一跳，徐诩也再一次体验到了现实的残酷。

瑞丰商超的马总正好在做日常巡查，看到了在钻石专柜前来回晃悠的徐诩，马上走过去招呼，马总握着徐诩的手说，这不是完美的徐总监吗？你来买戒指？看上了哪一款，我给你打折。

徐诩犹豫了一下，还是把自己的情况和马总说了出来，马总当机立断地说，我可以借给你最新的一款钻石戒指去求婚，但是我有一个条件，你结婚拍婚纱照的时候，必须用我们瑞丰商超代理的这个品牌的珠宝。

行啊！马总，我答应你。不过我是不是先写个借据比较好？

马总摆着手说，不用了，你这完美化妆品公司的人力资源总监，我还怕你跑了不成？

徐诩说，马总，那不行，这不合规矩，如果我这次求婚成功了，我肯定会买下来，到时候你再把借据还给我。马总已经帮了我大忙，我怎么能让马总担风险呢！不过这赊戒指求婚倒是我有生以来头一回。

马总拍着徐诩的肩膀说，那我就预祝你求婚成功！这么漂亮的戒指，没有姑娘不心动的，只要姑娘真的喜欢你，我保证，她一定会答应你的求婚。

徐诩傻笑着说，谢谢，谢谢，承马总吉言。

写完借据，徐诩带着戒指走出了瑞丰商超，晚上他跟大学的那几个室友约好了喝两杯，现在过去正好赶得上，还可以跟他们聊一聊自己计划求婚的事情。

一听说徐诩要求婚，钱然顿时坐不住了，只有王修泽没什么情绪，周芸回上海了以后，他这个世嘉广告传媒的广告部总监整天一副憔悴的样子。至于钱然和李依依，四石和方凌，感情都还稳定，老钱这么兴奋也是想从徐诩的求婚中借鉴一些宝贵经验，为日后的幸福做好准备。

想到赵石磊，徐诩问，四石呢？怎么没看见他？

王修泽说，他一直在忙着处理王石川和程晓冉之间的离婚官司。对了，徐诩，你小子干吗要去赊戒指？买个钻戒不至于赊吧？

修泽，这个事情你知道啊！上次帮你们世嘉广告传媒做兼职摄影师，那费用全让你嫂子拿走了，我所有的卡也被她收了，唉——

别扯这些没用的，你准备在哪儿求婚啊？提前通个气，我们好准备准备，给你加油啊！老钱一下子变得好兴奋，徐诩，哥们儿到时候带个相机过去，把你求婚的过程拍成照片，报纸一登出来，肯定火遍整个 A 市。

王修泽吃着烤串儿说，哥们儿，你赊来的戒指呢？拿出来瞧瞧。

徐诩把装着戒指的盒子放在了一堆竹签子和花生壳的桌子上，王修泽把盒子打开以后，那一闪一闪的光，完全闪瞎了两个家伙的眼睛。

王修泽说，徐诩，你可以啊！赊这么贵的戒指去求婚，嫂子戴上以后得有多幸福啊！

老钱却马上开始埋怨，我说徐诩，你把起点定得这么高，到时候我要去求李依依嫁给我的话，这姑娘之间肯定得相互比较，你这不是无形中给我设置障碍吗？

王修泽点头说，是啊！现在的姑娘就喜欢互相攀比，稍有不如意，就认为是你不爱她，不在乎她。

徐诩把戒指收了起来说，李依依在我手下干了这么久的助理，她的性格我最了解，她是一个很善良很单纯的姑娘，有一点儿认死理儿，但也能知错就改，娶回家绝对是你的福气。至于求婚，只要姑娘愿意，你就是拿个易拉罐的拉环去求都能成；如果姑娘不愿意，你就是把珠宝店买下来，人家照样拒绝你。

钱然说，徐诩，这次要不要我们这帮兄弟帮忙？去现场好助你一臂之力呀！

徐诩说，我想在新世纪大厦下面升热气球求婚，你们觉得怎么样？热气球上就写着，杨冰晶，marry me。我就在大厦下面的广场上站着，正好让所有人都来见证一下。这事儿现在只有我们三个人知道，老钱，你千万不要跟李依依透露口风，注意保密，不然就不惊喜了。

钱然说，放一万个心吧。

修泽，大的热气球和户外求婚的广告就看你的了，做得漂亮一点儿。

王修泽说，放一万个心吧，我可是专业的。你弄这么大的阵仗，嫂子肯定当场就答应你了。对了，要不要多准备一些玫瑰花？

钱然问，你准备什么时候求？给我们一个具体时间，好安排啊！

至于具体日子，徐诩拿出手机，翻了翻日历说，我看就定在圣诞节好了，趁着中午的空隙来个突然袭击。

后天就是圣诞节啊！我先不喝了，回去联系你要用的热气球，感觉这回跟拍电影似的。王修泽说完，拿起一串烤翅先走了。

钱然问，你今天没开车吧？待会儿喝多了，我可背不动你。

徐诩一听就乐了，搂着钱然的肩膀说，大学的时候，每次喝醉都是老钱你把我扛了回去，现在想想，那个时候的生活真是让人怀念，怀念我们四个在一起的日子。

行了，走吧！咱们哥俩再一次相互搀扶着走回去，我的车也不开了，就扔在这里。

徐诩和钱然勾肩搭背地走在路上，嘴里含混不清地唱着周华健的《朋友》：一句话，一辈子，一生情，一杯酒……

回到杨冰晶住的地方，徐诩左摇右晃地上了电梯，他觉得这个地方才是他在 A 市的家。徐诩上楼了以后，发现家的大门虚掩着，客厅的灯光从缝隙里钻出来，只听见有人穿着拖鞋在来回地走动。徐诩忍不住叫了一声，我回来了。大门迅速地打开，先跑出来的竟然是水晶，水晶闻到徐诩身上的酒味马上就扭头回去了，接着一个熟悉的身影急匆匆地从里面跑了出来，看到穿着睡衣的杨冰晶，看到她关心的样子，虽然徐诩渐渐听不清她说了什么，可她在徐诩的眼里是那样的美。

第二天早上，徐诩去了厨房，搂着杨冰晶的腰说，明天中午我有个惊喜要送给你，你不要安排别的事情，等我的电话。

杨冰晶差点把牛奶倒在了杯子外面，有些好奇地问，你要干吗呀？

到时候你自然就知道了，现在告诉你还能叫惊喜吗？

哟——还卖上关子了，行吧，我等着你的惊喜。杨冰晶忍不住想把陈言秋回来的事情告诉徐诩，这样的话，徐诩的心结也许就能彻底解开。可想到自己答应了陈言秋，话到嘴边的时候，杨冰晶终究还是忍住了没有说出口。而就在当晚，杨冰晶还是偷偷地给陈言秋打了一个电话。

圣诞节当天，A 市很多地方都有红色的苹果卖，很多店铺装饰着彩色的丝带，有的户外广告牌上还有很大的 MC 的图案。

临近中午的时候，钱然和王修泽给徐诩打了个电话，报告说万事俱备，只欠他和嫂子出场了。

徐诩走出新世纪大厦，来到场地的中央，示意王修泽可以开始给气球充气了。一辆货车的后车厢慢慢打开，几个师傅抬着一个瘪着的球体出来，虽然还看不出是气球，但是上面的字迹十分的明显，尤其是一个晶字和一个me。随着加热的气体充进瘪着的帆布里，一个八米左右半径的球体开始升了起来，在很多人仰起头望着气球升到半空的时候，陈梨沁和陈言秋也出现在了新世纪大厦前的小广场上，陈言秋远远地看着徐诩，却没有迈开脚走过去，只是远远地看着。

完美化妆品公司所在的楼层正好能看见升上来的热气球的正面，很多小姑娘都跑到了窗户边上，对着楼下站着的徐诩疯狂尖叫。

李冉听到尖叫声，转身正好看见了巨大的热气球悬停在玻璃窗外，上面写着的"杨冰晶，marry me"的 logo 把销售部的所有人都给惊呆了。

李冉赶紧冲进了总监办公室，把杨冰晶从办公室里拉了出来。

钱然和王修泽在楼下一人手里拿着一个喇叭喊着，嫂子，下来！

杨冰晶看到热气球上的字以后，飞速地朝楼下跑去。她没有去按电梯，而是从楼梯跑了下来，跑到徐诩面前的时候，气喘吁吁，但是脸上满是甜蜜和惊喜，还有喜极而泣流下来的眼泪。

徐诩单膝跪在杨冰晶的面前，捧着戒指对她说，冰晶，你愿意嫁给我吗？

站在徐诩面前的杨冰晶此刻看见了不远处的陈言秋和陈梨沁，她缓了缓激动的情绪，一边流泪一边对徐诩说，徐诩，还记得当初你答应我的三个任务吗？只要你完成最后这个任务，我就答应你。我的第三个任务就是，原谅你的妈妈当初离开你，原谅她，接受她。因为她是你的妈妈，她当年离开你也是因为她的妈妈，你的外婆病重，不管当初是真是假，并不能证明她不爱你，当年她离开王石川的时候是一个人，离开你爸的时候还是一个人，你有想过她的心里是多么痛苦吗？所以徐诩，你不可以恨她。放下你心里这二十多年的包袱，我希望嫁给一个崭新的徐诩，可以从过去的阴霾里彻底走出来，可以真正地快乐和微笑。

徐诩用力地将杨冰晶拥入怀中，给她戴上戒指，然后当着众人的面，亲吻着她。

　　钱然不停地按着快门，这篇热点新闻稿的名字他都想好了，就叫"告白气球"。

风起云涌

徐诩和杨冰晶幸福地站在一起。陈梨沁走上前去搂着徐诩的脖子竟当众亲了一下他的脸。杨冰晶看着陈梨沁调皮的样子，抱着玫瑰花很自然地一笑。

徐诩吓得把脸擦了又擦，慌里慌张地说，小妹妹，你是谁呀？

对啊！我就是你的小妹妹呀！陈梨沁说完，挽着徐诩的另一只手，和杨冰晶一起把徐诩径直带到了站在不远处的陈言秋面前。

就在徐诩见到陈言秋的那一瞬间，他的双眼就像拧开的水龙头一样，眼泪不停地流，求婚的成功和妈妈的出现在徐诩的心里成了两股相反的情绪，让徐诩一时间透不过气来，他甚至没有勇气站在陈言秋的面前，一转身，快速地逃离了。钱然和王修泽互相看了一眼，也不知道发生了什么。

陈言秋看着逃掉的徐诩，对杨冰晶说，你看，我就知道事情没有这么简单，不过还是谢谢你，孩子。谢谢你把第三个任务用在了我们母子身上。

杨冰晶说，阿姨，徐诩会接受你的，我相信他，他不是一个说话不算话的人。

陈言秋拉起杨冰晶的手，摸了摸那颗闪亮的戒指，笑着说，不管小诩原不原谅我，阿姨都谢谢你。我本来是想把梨沁嫁给徐诩的，现在看到你们感情这么好，我不会做拆散有情人的事，因为我曾经真切切地感受过，那种滋味生不如死。希望你和小诩在一起快快乐乐的，一直幸福下去，你们结婚的时候阿姨会去的。阿姨先走了，徐诩现在情绪很不稳定，你要多陪陪他，这孩子，现在能劝得了他的也只有你了。

陈言秋带着陈梨沁离开了，周围的人也渐渐地散了，李冉跑过来说，冰晶，那个女人是谁啊？

李依依也愤愤地说，是啊！把老钱拉过来拍照放气球，他却跑没影了，真是的。

杨冰晶喜笑颜开地说，没事，没事，都回去了，下午还有工作，等我们结婚的时候，去婚礼现场让你们看个够。

徐诩回到了自己的住处，打开一罐啤酒，拨通了老家的电话，他想和父亲说说话。

徐豫正忙着切肉，突然响起的电话声打断了他的忙碌。

爸，我妈回来了。

徐豫说，我知道，她来过我这里了。

爸，感谢您把我养大，真的，感谢您。

徐豫拿起茶杯，坐下说，傻小子，我是你爸，我不养你，谁养你。

爸，你说我应该接受妈妈吗？冰晶让我原谅她，我想原谅，可我又不知道该怎么原谅。这么多年，我们受的苦她知道吗？她能想象吗？

儿子，还记得我们在一起看过的那个电视剧吗？那个时候上初中的你说电视剧里的台词写得真好，那句台词是怎么说的？

徐诩听了父亲的话，流着眼泪一笑，说，没有值不值得，只有愿不愿意。

是啊！因为你妈妈是陈言秋，所以我愿意。

爸，我知道该怎么做了，谢谢爸。

徐豫满意地说，孩子，你长大了，我可以放心了。行了，挂了吧，长途电话费挺贵的。

徐诩挂上电话，拿起啤酒又喝了一口，这时候，杨冰晶推开门走了进来。

我就知道你躲在这里。你是不是怨我把你妈妈陈言秋叫来了现场？其实我昨天晚上就从李依依那里知道了你要跟我求婚的事情，老钱负责报道和修泽安排气球的事情也早就被李依依掌握了。他们都藏不住事。

杨冰晶把左手举起来，戴着钻戒的无名指显得格外闪亮，你这家伙居然还背着我藏了私房钱，老实交代，你这戒指花了多少钱？

徐诩一本正经地说，这戒指是我赊的，我还给马总写了借据。至于求婚的气球和鲜花都是老钱和王修泽找人赞助的。所以，这次求婚我一分钱没花，就"阴谋得逞"了。

混蛋你！杨冰晶羞红着脸捶了徐诩一拳。

徐诩把杨冰晶往怀里一拉，深情地说，虽然戒指是赊的，但是我对你的情是真的。看着杨冰晶柔情似水的眼睛和红润的双唇，徐诩吻了上去。

徐诩亲完她，又在杨冰晶的耳边说了一些没规矩的话，杨冰晶拧着徐诩的耳朵，把他整个人都提了起来。

吵闹归吵闹，很快，徐诩就准备去做饭了。看着厨房里冒出的烟火气，杨冰晶站起身走了过去，她用双手环住徐诩的腰，又把脸贴在徐诩的背上，轻声地说，为了我，你愿意再接受她，愿意从过去二十多年的负重里走出来，真的谢谢你徐诩，谢谢你。

徐诩揪着杨冰晶的小脸说，好了，谁让你是我媳妇儿，她是我妈呢？

杨冰晶帮着徐诩一起把饭菜端上桌，两个人又开始有说有笑。

下面播放一则本台刚刚收到的消息，我市著名上市公司石川集团前任董事长王石川的离婚官司已经作出了一审判决，以下是详细情况：一、原告程晓冉与被告王石川离婚。二、在财产分割方面，由于原告方在婚姻关系存续期间有出轨行为，并擅自烧毁婚前协议，被告方所出示的视频证据真实、充分、有效，经法庭调解，双方达成一致，被告王石川愿意将 A 市的九套房产和名下全部存款划归原告程晓冉所有，被告王石川名下的所有股票以及有价证券由被告方继续持有，不再进行分割……

徐诩和杨冰晶看着电视里的新闻，都没有说话。

陈言秋和王羽尘听到这个消息，都轻松了很多，这场二十多年的婚姻闹剧终于告一段落了，王石川什么都没有得到，这纸判决如同一个带着尖刺的蒺藜，让王石川痛不欲生。

周恒远看着报纸上关于王石川和程晓冉的离婚报道，他感慨万千，这同时也意味着他和王石川之间关于公司经营理念的争斗彻底结束了，二十多年的争斗，现在看来，只有程晓冉成了暂时的胜利者。他们都把程晓冉当成了棋子，结果却都被程晓冉当成了脚踏石。

薛万里和程晓冉坐在一起，两个人举杯对饮。

薛万里说，你用了这么多年，现在拥有了这样一笔巨大的财富，觉得值吗？

当然值得。陈言秋和孙玲，她们能拥有的，我今天也能拥有。就是没有从王石川那里获得更大的利益，我还以为可以分到他一半的家产，现在却只能得到这一点小甜头。程晓冉满足地饮着红酒，她腥红的唇仿佛被血浸泡过一样，谁能想到，一个女人的虚荣、妒忌和占有欲竟能有如此大的破坏力。

周恒远那个老狐狸把他的女儿推到幕前当挡箭牌，我们不用跟他客气，只是现在咱们手里的砝码太少，毕竟只有5%的完美股份，我们要先想办法不动声色地吃掉集团董事会别的董事手里的股份。有几个老家伙的把柄在我手里，我已经想办法拿到了其中的3%，只是现在这8%完全不足以与周芸手里30%的完美集团股份相抗衡，我们需要釜底抽薪才行。

刘长东回来的第一件事就是按照周芸的指示给陈欣发了offer，让徐诩通知陈欣第二天来公司报到。

刘长东还特地来人力资源部为陈欣接风，对徐诩和她说，徐诩，以后在工作上要多照顾陈欣。陈欣，待会儿就让徐诩帮你把入职的手续办了。你们俩以后要通力合作，晚上我在潮州菜馆订了包间，给陈欣接风洗尘，我跟瑞丰商超的马总还有个约，你们聊。

陈言秋站在落地窗边，看着银河广场周围如织的车流和行人，她对陈梨沁说，现在是时候了，轮到我们去收拾石川集团的残局了，羽尘已经把他手里的石川集团股份委托我全权处置，我有义务保下公司，这里面有徐豫的一部分。让公司操盘手在一周以内把石川集团的股票价格抬高到 39 块，记住，不要去碰法律的红线，我手里有资金。另外，放出消息，就说有主力资金接盘，给石川集团注资。我们现在最重要的是收复失地，程晓冉他们虽然在石川身上狠捞了一笔，但是，企业最重要的不是钱，而是人，留住这些员工和管理层才是公司永久的财富，钱没了可以去赚，但是公司的很多项目都需要这些多年为公司打拼的员工，这些可不是钱可以办到的。

随着石川集团各种利好消息的接踵而至，石川集团董事会内部已经基本稳定，加上持有王羽尘亲笔签署的股份授权书，陈言秋获得了董事会内部绝大多数董事的支持。同时，陈言秋在很短的时间内对石川集团进行了重组，缩减了石川集团的经营范围，把主力资金集中用于地产和金融，以防再有人乘虚而入。陈言秋所有的举动都是为了提高石川集团的防卫能力，现在的石川集团只要稳固防守，按兵不动，任何针对石川集团股票的操盘行为都已经失去了意义。

陈梨沁说，妈，你花这么大的功夫保住石川集团，还有什么用意呀？

陈言秋端着一杯热茶说，梨沁，我们让石川集团的股票价格回升到跳水前的价位，程晓冉到时候肯定会清仓她手里的石川股份再赚一笔，因为她的目标一定是完美，只要她把手里的石川股份清仓，我们到时候如数吃进，不仅彻底稳定住了石川集团现在的局面，同时也能够避免在石川和完美之间双线作战，这对于我们来说更有利，对付程晓冉，战线不能铺得太长，我就是再有资金，也经不起在两家上市公司之间来回灭火。

哦——妈，你是想引蛇出洞，吃掉程晓冉手里留有的石川股份，让我们没有后顾之忧。

乖女儿，你还挺聪明的嘛！

最近，石川集团股份的持续利好让程晓冉十分得意，薛万里让程晓冉在石川集团股票价格到达 42 块 6 的时候全部清仓，他自己则已经返回了上海完美集团的总部，准备和程晓冉来一个里应外合。堡垒总是容易从内部被攻破，薛万里密谋在完美集团再刮起一阵旋风，掌握完美集团的实际控制权，成功上位。另外，薛万里纠集的那些投机者也都等着在这次混乱中分一杯羹。

三个男人走进陈言秋的办公室，报告说，对方已经大量出货。

接，有多少接多少，把程晓冉手里的石川股份全部接回来，她现在急需资金，势必把石川集团的股票趁机清仓。

好的，我们马上去办。

接下来的几天，石川集团的股票连续拉了几个涨停板，几乎都是每天一开盘就迅速封上涨停。

陈言秋看着 A 市熟悉的景致说，这里大势已定，看来一切还是要在上海结束，唉——我终究还是要回到那个地方。梨沁，我去上海以后，你留在 A 市打理羽言投资公司的一切事务，这也是一个不错的锻炼机会。我们以后在这里会有更多新的投资项目，你要尽快熟悉和成长起来。

临走的前一天晚上，陈言秋一个人去了徐诩住的小户型房子，她很想给自己的孩子买一个大房子，留给徐诩和杨冰晶结婚用。

陈言秋乘电梯上了楼，敲门的时候心里竟然有些紧张，也说不清是因为什么。徐诩在忙着烧菜，穿着短裤在客厅里看电视的杨冰晶听到有人敲门，马上光着脚丫去开门。

杨冰晶打开门一看是陈言秋，惊喜地说，阿姨，你怎么来了？快进来！

你这疯丫头，跟我那个女儿一样，这么冷的天，穿这么少，当心感冒！

嘻嘻，开了空调和暖气，还好啦。

小晶晶，谁来了呀？听你笑得那么开心，你有多久没这么对我笑过了？徐诩转过身，看见是陈言秋来了，手里的碗随之摔碎在了地上。

徐诩激动地说，妈，你怎么来了？

小诩，过来坐下，让妈妈好好看看你。

徐诩噙着泪水坐到陈言秋的身边，还是童年熟悉的味道，还是那足以让人去战胜一切的笑容，将徐诩儿时所有的记忆全部唤醒。

徐诩把陈言秋死死地抱住，开始放声大哭。

杨冰晶见到母子俩抱在了一起，转过身，躲进卧室里去了。

躺在陈言秋的怀里，徐诩哭累了，整个人都轻松了，就像是重新活过来了一样。

徐诩擦干眼泪，拉着陈言秋的手说，妈，吃饭去。冰晶，快过来陪妈吃饭。

来咯！杨冰晶兴奋地冲出了卧室。

第二天一早，徐诩、王羽尘、陈梨沁和杨冰晶都到机场给陈言秋送行。

我把羽言投资公司的所有事务都交到了梨沁的手里，梨沁在业内的经验还不是很足，徐诩，你是她哥哥，要好好帮助她，要照顾好她。还有，石川集团那边，羽尘管理公司的能力还是太弱，徐诩你也要多帮帮他。

妈，我这个也帮，那个也帮，谁来帮我呀？我都累死了，年底了，公司还有一堆事呢！再说了，我虽然是市场营销专业毕业，可我做 HR 这么多年了，经营管理的那一套我都荒废了。

小诩，天赋这个东西我是知道的，你有管理公司的天赋，而羽尘没有，就当你帮帮妈妈。

陈言秋取出一张现金支票交到徐诩的手里，让他转交给徐豫。利用石川集团股份的近期利好，陈言秋已经将徐豫当初的那一部分股份按照原价套现了出来。

徐诩有些为难地说，妈，你干吗不自己去交给爸？我给他，他能收吗？这么大的一笔钱，他是绝对不会收的。

陈言秋说，这笔钱如果不还给徐豫，我和羽尘他爸这一生内心都不会安宁的。

杨冰晶把徐诩准备退回去的手给拦住了，她笑眯眯地说，阿姨，交给我，我有办法让叔叔收下，您就放心吧！

陈言秋温柔地抚摸着杨冰晶的头发，还捏了捏她的小脸，杨冰晶的懂事让她越来越喜欢了。

　　陈言秋在三个西装男人的陪同下走进了安检，徐诩和杨冰晶冲她挥了挥手，陈言秋看着她的四个孩子，终于真真切切地体会到了幸福的味道。

陈言秋入股完美解困局

薛万里回到上海以后，利用自己在完美集团多年积攒的人脉和资源，私会一些媒体，释放不利于集团的各种消息，并将其全都透露给了上海最大的电媒和网媒，薛万里这一招背地里的重磅炸弹把完美集团上到周芸，下到普通职员，全部给炸蒙了。

不可否认的是，周恒远的仓促让权对完美集团自身存在的问题并没有什么实质上的成效，另外，周芸在公司管理上还稍显稚嫩，经验不足，一些革新的制度和措施得不到有效施行。同时，完美集团总部内部开始分裂，尤其是以薛万里为首的部分老股东已经不受集团控制了。

薛万里还以完美集团近期的资金紧张为由，擅自叫停了好几个准备实施的大项目。公司的中级管理层对于集团近期出现的一系列变故都不明所以，一些员工已经开始在私下里议论纷纷。网络上也出现了很多五花八门的言论，与石川集团的危机相比，完美这次所遭受的内忧外患看似猝不及防，实则由来已久，只是借着一个股票下挫的口子释放了出来。更有甚者，不想着去化解矛盾，只顾着浑水摸鱼，而划破这个口子的人就是薛万里。

在接下来的十几个交易日里，薛万里和他纠集的一批投机者，这两个幕后的庄家指使手下的人每天连续申报卖出完美的股票，并在成交前撤回申报，通过这样连续买卖，对倒交易的方式，在自己实际控制的众多账户之间，进行不以真实成交为目的的账户交易，从而把股价拉低，合谋操纵完美集团股票价格，为他们低价吃进完美的股份创造环境。

薛万里还开始与一部分主力的券商相勾结，卖空完美股份，打击散户和投资者的信心，完美集团的股票价格从最高的 87 块每股一路跌到了 42 块左右。

元旦以后，完美集团似乎成了一块任人宰割的肥肉，周芸对于薛万里这次处心积虑的设计显得毫无办法。

薛万里看着自己不断增加的完美股权，心里十分得意。

尹丽茜在天使创投天天盯着完美股份的走势图，对她的操作团队只说了一句话，不要让薛万里那么轻易地得逞，我们的资金充足，可以适当地跟薛万里抢抢货，以自然人的形式买入，不要打着公司的名义。

漫步在黄浦江畔的陈言秋心情很好，跟徐诩的相认是她这二十多年来最幸福的事情，这里也是她和徐豫、王石川第一次相见的地方，她也想不到自己这一生会嫁给两个男人。完美集团的事情她已经有所耳闻，现在的陈言秋对于完美集团发生的一切显得毫不在意，真正让她牵挂的还是留在 A 市的四个孩子。她准备去孙玲那里见一见这个多年未见的表妹，薛万里的这种手段在她看来简直不值一提，现在最棘手的是要抓住他操纵股票价格的证据，陈言秋想到了一个人，这让她对完美集团局势的掌控显得成竹在胸。

离开黄浦江畔，陈言秋直接去了孙玲住的地方。

陈言秋再次见到孙玲，这个二十多年没见的表妹如今也已经由那个貌美如花的姑娘变成了一个中年女人。

言秋姐姐，真没想到我们今生还能再见面。孙玲只说了这一句话，眼泪就流了下来。

这次针对完美集团的种种行动可谓是蓄谋已久，我从吴晴那里已经得知幕后的主使者就是你们的集团副总薛万里。他和程晓冉打着王石川的婚姻牌捞足了钱就跑，现在怕是要来烧完美集团的这把火了。

周恒远说，言秋，我欠徐豫和石川的，等这次事情过去，我将采纳你的建议，让完美集团和石川集团合并重组，恢复他们当初应得的份额。

你闺女她能答应吗？你现在早已不是完美集团的掌门人了。

周芸这时候走过来说，我欠徐诩的情，我答应。

陈言秋说，打开天窗说亮话吧，我就是完美集团那15%股份的实际持有人，当时从两家主力基金手里购入这15%的完美股份是我委托相关机构操作的，本来想着用这15%的股份对付你周恒远，当年你对王石川和徐豫所做的事情，我都还记着呢！我本来已经计划跟薛万里联手对付完美，又想着与狼共舞无异于引火烧身，我就使了一招缓兵之计。周恒远啊！周恒远！当初手把手的兄弟你不信，薛万里和程晓冉这样的小人你倒是信个十足，我记得我跟孙玲说过薛万里和程晓冉之间不清不楚，让孙玲提醒你不要相信这两个人，你倒好，还硬要把程晓冉介绍给王石川。现在活该你的完美集团老巢着火，这火说来说去还不是你自己点的。完美的股票现在居然能跌成这样，一个出来帮你的人都没有，墙倒众人推啊！

周恒远自责地说，周芸这孩子还压不住场面，董事会的那帮人她也应付不来，这是我的责任。我也没有想到薛万里的野心这么大，是我太大意了。

行了行了，我今天来就是要跟你们商量一下怎么对付来势汹汹的薛万里和程晓冉。可不能任由完美的股票这么跌下去了，不护盘可不行，我们现在最重要的就是给吴晴争取时间，让她有足够的时间去获取薛万里操纵完美股票价格的证据，周芸现在手里握有大约30%的完美股份，先大张旗鼓地减持掉10%，一来可以让薛万里和程晓冉把他们在石川集团股份上捞的钱吐出来，二来可以麻痹对手，让他更加肆无忌惮，放松警惕，同时还能适当地提升完美的股价。有时候火上浇水只会越浇越旺，先让这把火烧一烧，我们索性就多添些柴进去再看看，借力打力，看看薛万里手里都有什么牌，等把薛万里手里的牌都弄清楚了，同时又拿到了他操纵完美股票价格的证据，这把火自灭。这次薛万里跳出来夺权，完美集团内部势力的分流很快就能显现出来了。到时候该怎么做，不用我多说了吧！完美近几年的发展是越来越迟缓了，很多工作都是敷衍了事，总部员工自身的问题严重，连最起码的规矩都不遵守，你们这个完美集团现在哪里还像个上市公司。

孙玲说，言秋，我们按你说的去做。

详细的方案我已经做好了，希望我们可以配合吴晴演好这出戏。

周恒远说，当初是我看在吴明的面子上，才把吴晴调回总部，后来又安排她到薛万里手下工作，可这次这么重要的行动，吴晴值得信任吗？她会不会已经被薛万里收买了？她在 A 市完美化妆品公司曾经把公司的商业机密出卖给 MT 公司，虽然她改变了很多，但是不得不让人担心啊！

陈言秋把具体行动的方案放了茶几上，意味深长地说，吴晴比你们集团所有人都值得信任，能勇敢地去改正自己错误的人才是最值得信任的。再说了，MT 公司现在归我管，我现在代替王羽尘行使石川集团所有子公司的权力，你可以不信吴晴，信我就行。明天按照方案行动，薛万里不会怀疑，这都是我事先跟他商量好了的。

第二天，完美集团董事长周芸减持 10% 的完美股份以及新加坡陈氏集团总裁陈言秋战略入股完美的消息一举驱散了此前的各种流言，占据了沪深股市板块的头条，随着股市一开盘，完美股份的市价立即止跌转升，当天用了不到三个小时就涨停了。

一周以后，完美集团的股价攀升到了 58 块上下。

薛万里抱着程晓冉得意地说，这老周真是够意思，我正愁没地方吃进公司的股份，他倒让自己的女儿吐出来了，这次我们准备够充分，吃进了其中的 6%，加上我们这段时间趁完美价格下跌抢购了 9% 的完美股份，这下我们总共持有大约 23% 的完美股份了，周芸这次的减持，让她手里的股份减少到了 20%，即使董事会剩下的那帮人全支持她，我也足以成为完美集团最大的股东。

程晓冉一脸媚笑地说，我手里还有一部分资金，你忘了王石川给我的那部分了？拿出来在二级市场再增持个 4% 还不是轻而易举的事？

薛万里在程晓冉的脸上亲了一口，说，等我接管了公司，你就是董事长夫人。

程晓冉一脸媚笑地说，这还差不多。

尹丽茜的天使创投此次也加入了增持完美股份的行动当中，由于反应的时间和调动资金的速度没有跟上，仅仅从原先的 6% 增持到了 8% 左右。

完美集团的动静这么大，各地的分公司自然少不了关注。A 市的刘长东就像热锅上的蚂蚁，坐立不安。杨冰晶的销售部在统计产品销售量的时候发现，完美集团近期的异常让公司产品销售量呈现出下降的态势，本来看好的产品市场却出现了疲软。

烟消云散人团圆

春节前的最后一周，完美集团临时股东大会在完美集团大厦的顶层会议室里召开。为了谨慎起见，会议内场没有对媒体和记者开放。

周芸作为集团董事长兼总经理和众多董事在会议室里等了副总薛万里半个多小时，薛万里和程晓冉才姗姗来迟。

集团律师根据董事会持股股东的现有名单及所持股份的比例说，由于公司副总薛万里所持股份达到了23%，超过了集团现任董事长周芸女士所持有的20%，在座的集团董事手里还握有3%左右的股权，现在需要大家举手表决，是支持周芸董事长，还是支持薛副总，以确定新一任集团董事长的人选。

剩下的那些手上还持有公司股份的董事都受到了陈言秋入股集团的利好影响，纷纷举手表示支持周芸。

程晓冉这时候得意地笑了出来，将一份持股的法律文书放在了桌上，无比骄傲地说，这是我个人新增持的4%的完美股权，我和集团副总薛万里目前总共持有27%的完美股权。另外，这是一份法人持股的名单，包括上海威远公司在内的几家投资公司累计持有的完美股份接近3%，薛万里协议可控的完美股份总计接近30%，因此，我建议董事会改选集团董事长，由副总薛万里担任。

30%的股权就想鸠占鹊巢？也太天真了吧！

就是，怎么也没人问问我们同不同意？

周芸听到了两个熟悉的声音。进来的人，一个是她的同学，天使创投基金合伙人尹丽茜；还有一个就是吴晴。

程晓冉问尹丽茜，你是谁？

你不需要知道我是谁，你只要知道我手里有 8% 的完美股份就行了，我是周芸的大学同学，也是天使创投的执行董事，我支持周芸继续留任完美集团董事长一职。

吴晴说，这是一份授权委托书，有人委托我行使她手里 15% 完美股份的表决权，我同样支持周芸留任。

好，由于天使创投基金和吴晴女士选择支持现任董事长周芸，目前周芸所获得的股权支持达到了 43%，我宣布，由周芸女士继续担任完美集团董事长一职。律师一说完，全场的董事都热烈地鼓掌，见到这一幕的薛万里气急败坏踢了一脚桌子，他把翻盘的希望都寄托在了陈言秋的许诺上，他千算万算，没料到会出来一个尹丽茜和他的下属吴晴，而这场临时股东大会，陈言秋并没有出现。

薛万里拉着程晓冉的手准备离开，两个民警在这时候走进了会议室，向薛万里出示了逮捕令，同时宣布薛万里名下的所有财产和股票已经被依法冻结，随即将薛万里带离了完美集团的会议室。

薛万里被警察带出会议室的时候，看到了一脸平静的吴晴，薛万里这才明白究竟是怎么一回事，他万万没有想到，陈言秋轻而易举地就利用了他膨胀的欲望和野心，薛万里终究还是敌不过陈言秋，他轻敌了，轻信了陈言秋的一面之词，他以为陈言秋会跟他和程晓冉一样去不择手段报复周恒远，薛万里棋差一招，陈言秋所做的一切都是佯攻，真正的目的是要掩护吴晴那把尖刀，周恒远和周芸都只是配合演戏而已。薛万里没有在意程晓冉的提醒，他也注定不是陈言秋这个睿智女人的对手。他非法勾当的所有证据如今都已落在公安机关经侦部门的手里，上海证监会稽查部门已经接受委托介入调查了。

薛万里被警察带走以后，程晓冉瞬时慌了神，她惊慌失措地离开了完美集团大厦，连摘下的手套都忘记了拿走。

完美集团临时董事会结束以后不久，陈言秋和周恒远才姗姗来迟，并且立即对外宣布了石川集团和完美集团合并重组的决定以及一连串整顿清理的人员名单，同时陈言秋和周芸还当场签署了合并重组意向框架协议书。第二天，完美集团股份和石川股份随即停牌，石川集团的股权划归完美集团，石川集团股票退市。

陈言秋作为发言人宣布，石川集团和完美集团将合并为美石集团，完美股份复牌以后将采用美石股份的全新名称，新集团总部依旧设在上海，石川集团和完美集团原先所处各地的分公司按照重组方案统一执行。徐诩和杨冰晶看着两家公司合并的新闻，两个人相互依偎着，都松了一口气。

徐诩说，我亲爱的女神，你晚上想吃什么呀？

我想吃疙瘩汤！

OK，等着瞧好吧！徐诩说完就钻进了厨房里。这时候，小水晶摇头摆尾地出来，脑袋蹭着杨冰晶的腿，那意思就是，我饿了，我也要吃饭。

杨冰晶抱着水晶的脑袋，不停地捋着它黄色的毛，在水晶吃饭的碗里倒了满满一碗的狗粮。水晶高兴地叫了两声，然后满足地享用着晚餐。

陈言秋在上海没有作任何停留，在当天晚上就飞回了A市，回到A市以后就急急忙忙跑去了徐诩住的地方，就像一个下班以后着急回家的母亲。

杨冰晶和徐诩吃着疙瘩汤的时候，陈言秋已经上楼来了，小水晶叫了两声，它知道有人来了。

徐诩打开门，吃惊地说，妈，你怎么这么快就赶回来了？为什么不在上海多待一个晚上？

杨冰晶拿筷子敲着徐诩的脑袋说，妈一定是想你了呗，这么多年没见你，妈在上海哪里还待得住。

陈言秋笑着说，看看，你还不如冰晶懂我呢！我赶着回来吃儿子做的饭，不行吗？

徐诩赶紧进厨房给陈言秋盛了一碗，高兴地说，行，以后我天天给冰晶和妈妈做饭。

这个时候又有人敲门，杨冰晶打开门，见到了陈梨沁。

陈梨沁进屋以后说，饭店里的饭太难吃了。她端起了碗，没吃过疙瘩汤的陈梨沁感觉从来没有吃过这么好吃的东西。

四个人围着桌子吃饭。温暖的灯光，特别是有家人和爱人的陪伴，让徐诩丝毫感受不到窗外的寒冬。

徐诩、陈言秋、陈梨沁和杨冰晶坐在一起有说有笑，还有水晶时不时地来凑热闹，这大概就是幸福的极致了吧。

薛万里涉嫌非法集资操纵股价和倒卖公司机密，被上海市检察机关依法提起公诉了。程晓冉出售掉了手里 4% 的完美股份和 A 市的 9 处房产，去了哪里，连陈言秋和孙玲都不清楚。

随着春节的临近，徐诩带着杨冰晶，准备回老家跟父亲过年团聚。开车出了小区没多远，陈言秋和梨沁就拎着大包小包，在路旁拦住了他的车。

妈，你们怎么在这儿？徐诩赶紧下车去帮陈言秋拿东西。

陈言秋说，跟儿子一起回家过年。

梨沁妹妹，快上车！杨冰晶见了陈梨沁就兴奋，水晶也把脑袋伸出窗外，叫了两声。

徐诩载着一家人回老家过年，他能想象得到父亲见到他们的时候会是多么地幸福。

车开进镇子，没有料到的是，王羽尘带着王石川和万芳玲还有王心玲也来到了小镇，周恒远、孙玲和周芸也连夜坐飞机从上海赶了过来。

徐豫站在店门口见到他们的时候，颤抖着的满是老茧的手都不知道应该放在哪里。

周恒远拉着徐豫的手说，你这个老家伙，躲了我二十多年了，非要我亲自过来看你呀！你就不知道给我打个电话什么的？

王石川拉着徐豫的另一只手说，老东西，当年你用你手里的股份把言秋从我手里抢走了，一个人躲在这么好的地方快活了这么多年，怕是早就把我们这些人给忘了。

没有，没有，你们能来，我这一生知足了。快进屋，外面冷。徐豫把小店重新整理过了，显得宽敞了很多，屋子里生着炭火，炭火边烤着糍粑和红薯，桌子上摆着花生和枣，还热着茶，空气很暖，很舒服。

徐豫、周恒远和王石川在一起回忆他们当年合伙办公司创业的往事。陈言秋、孙玲和万芳玲吃着农家的小吃，烤着炭火，说着孩子教育的事。陈梨沁、杨冰晶、周芸和王羽尘跑到里屋去看徐诩小时候的照片和上学时候的奖状，陈梨沁还嘲笑王羽尘连一张奖状都没有，王心玲和水晶在一起开心地打闹着。

周恒远说，我觉得这里很不错，在这里投资办个旅游休闲的旅店应该很赚钱。这个钱我来掏，你们不要跟我抢，我准备把这个旅店送给徐豫，算我入股，等周芸出嫁了，我就来这里养老，没事钓钓鱼爬爬山，还可以弄弄花草、瓜果蔬菜什么的。

王石川抢着说，那我也要来。你们两个玩好的吃好的，敢不带着我？下棋的时候，我还能给你们劝架呢！

这时候王心玲抢着说了一句，爸爸，你不能贪玩，你还要陪心玲上学，教心玲儿歌，给心玲讲故事呢！

徐豫和周恒远听了王心玲的话，都乐得哈哈大笑。

三家人在小镇里待过了大年十五才离开，临走以前，杨冰晶把那张支票交到了徐豫的手里。

徐豫被这么大的一笔钱给吓着了，推托说不敢要。

陈言秋握着徐豫的手说，你就拿着吧，这是你自己的钱，等我忙完了手里的工作，我就回来陪你。你和王石川、周恒远现在在美石集团都留有股份了，以后不缺钱。这些年，我欠你的太多了，只能用我今后的时间来弥补你了。

杨冰晶突然站出来说，爸，您如果收下这张支票，我就给您生个孙子，怎么样？

杨冰晶此话一出，把陈言秋、陈梨沁还有王羽尘都吓着了，连徐诩都惊得不敢说话。

徐豫大笑着说，好，那就用这些钱在镇子里再修一条新路，然后把我这个小店翻新整修一下，让你们回来也能有个住的地方。徐豫也不知道应该送给杨冰晶这个儿媳妇什么东西好，到里屋拿出一个首饰盒交到了杨冰晶手里。

杨冰晶问徐豫，爸，这是什么呀？

徐诩聪明地说，肯定是另一只镯子，你看妈手上戴的这一只，另一只肯定在爸这里，正好一对。

杨冰晶打开盒子，还真是一只精美的镯子，跟陈言秋手腕上戴着的确是一对。

谢谢爸！杨冰晶幸福地把盒子握在手里说，春节以后，您要快点来 A 市，我跟徐诩的婚事需要您来主持。

徐豫乐开了花，大笑着说，好孩子，我把家里收拾好了就去。

临走前，徐诩抱着父亲说，爸，我把水晶留下来陪您几天，这样您就不孤单了。

水晶明显听懂了徐诩的话，安静地蹲坐在徐豫的身边。

随着车开出小镇，父亲站在街头的身影不再像当年徐诩上大学离开的时候那样苍老而凄凉，回头一看，父亲的脸上正堆着笑，小水晶不停地叫唤着，车开出很远都能听见水晶的声音，他们所有人都在幸福地期待着再一次的相聚。

爱情最重的时候

从老家回来的第二天，徐诩和杨冰晶就去 A 市民政局办理结婚登记了。两个人还跑遍了 A 市所有照大头贴的地方，照了一堆照片。给徐豫和陈言秋打完电话，他们便手拉手回了杨冰晶父母的家里。

杨冰莹看着姐姐的结婚证，一脸羡慕。

徐诩拿着结婚证说，冰莹妹妹，我现在是你的合法姐夫了，关于你毕业实习的事情我已经和我哥王羽尘说了，你去美石化妆品公司直接找严筱月姐姐就行了，她是你姐的死党，又是新的市场部总监，关系铁得不要不要的。

杨冰莹站起身敬礼说，谢谢姐姐、姐夫。

徐诩说，爸，妈，我爸和我妈明天就回 A 市，晚上在丽丝卡尔酒店请你们二老和冰莹妹妹吃饭，把我和冰晶婚礼的事情正式定下来。可我们已经先领了证，现在才安排你们二老见面，这顺序是不是反了？

杨冰莹调皮地说，确实是反了。

杨母敲了一下小女儿的脑袋，还是很高兴地说，没关系，我和冰晶她爸不在乎这些无关紧要的顺序，只要你们俩在一起快快乐乐的，就比什么都重要。

杨父说，是啊！我们既然同意你们结婚了，见亲家还不是顺带的事情。我在徐诩的身上看到了责任，把冰晶交给你，我放心了。

谢谢爸！谢谢妈！徐诩端起茶杯敬了二老一杯。

第二天晚上，两家人都来齐了，徐诩这边的亲人最多，陈梨沁和王羽尘也来了。

吃完饭，大家热热闹闹地挤在徐诩的那个小房子里说着话。徐诩和杨冰晶的婚礼现在成了陈言秋和徐豫最大的事情。

陈言秋还在 A 市给徐诩和杨冰晶买了一个大房子，说是给徐诩准备的婚房，也是她这个母亲的一份心意。

徐豫还威胁儿子，说徐诩如果不要，他就再去买一套更大的。

晚些时候，等家里就剩下徐豫和陈言秋，徐诩带着杨冰晶给父母行了礼，徐诩跪在陈言秋的面前说，妈，我知道爸卡里的钱都是你临走的时候留下的，爸一个人养我那么多年，怎么可能还存有什么钱。现在你们二老不要再为我们操心了，也不要为我和冰晶买这买那的，冰晶当初其实就是想我们结婚的时候妈能来，现在妈回来了，能像现在这样快快乐乐地在一起，还有什么不满足的。

陈言秋抚摸着徐诩的脸，把一份律师起草的股权转让协议交到了徐诩手里，陈言秋已经把她在美石集团 27% 的股份全部转让给了徐诩。

妈，你这是干吗呀？这么大的公司突然交给我，也不跟我商量一下。

杨冰晶蹭了徐诩一下，说，你先听妈说，妈这么做肯定有妈的道理。

陈言秋对杨冰晶一笑，很温柔地说，你看看，还就是冰晶懂我。小诩，我答应了你爸，等我们一起把你外婆送回新加坡以后，我要回老家去陪他住一段时间，陈欣到时候会跟着我一起，算是我临时借用了。再说了，等你们俩有了孩子，我就更没有时间去打理公司的事情了。你都已经成家了，该挑起这个重担了。而且羽尘现在还没有自食其力的能力，你这个弟弟必须要照顾好他；另外，梨沁作为家族继承人同时还管理着羽言投资公司，她和陈欣的终身大事你恐怕也得帮忙留意。

陈欣跟妈都姓陈，到底是什么关系啊？她对我的事情好像都了如指掌。

陈言秋说，陈欣是我的外甥女，她的父母走得早，在国外工作生活多年都是我帮忙照应。

徐诩无奈地说，怪不得，原来跟《红楼梦》里王夫人的外甥女王熙凤一样！我说怎么这么厉害。给她找对象可不好找，我的这些朋友里，适合她的好像只有王修泽。妈，我能不干吗？我也想像王羽尘一样，有事没事地腻着你。再说了，他是哥哥，我是弟弟，我背这么多责任，我冤不冤啊？

杨冰晶忍不住一笑，说，这恐怕不行，妈把这么大的公司交给你，你不干，那不成了不负责任了吗？

杨冰晶说完，跟陈言秋抱在一起笑，徐诩看着她们俩，陈言秋和杨冰晶现在反而越来越像母女了。徐豫点了一支烟，在家人的笑声里，连烟雾看上去都是暖的。

没一会儿，陈言秋就接到电话，下属告诉她，陈老太太已经在 A 市下了飞机。

徐诩和杨冰晶的婚礼选在了 A 市橘子香水酒店，因为这里是徐诩和杨冰晶第一次约会的地方。

除了双方的亲戚朋友，王修泽、四石和老钱都来了，徐诩还请来了邻居张大妈。至于李依依和方凌，包括原来完美化妆品公司的同事，还有徐诩和杨冰晶大学时的同学，能来的全来了。尹丽茜来的时候，陪着她的竟然是关昕远。听说这两个人走到一起也是因为关昕远英雄救美，打跑了两个拦路打劫的匪徒，这才赢得了尹丽茜的芳心。

徐诩和杨冰晶跪在陈老太太面前行礼，陈老太太见到徐诩的时候哭了，泣不成声。

新婚之夜，徐诩和杨冰晶依偎着，一起回忆他们在一起经历过的每一个浪漫的片刻。杨冰晶说她想听徐诩唱歌，徐诩情不自禁地哼出了那首《亲密爱人》。

第二天，陈梨沁又来徐诩这里蹭饭。陈梨沁说，哥，嫂子，你们俩结婚了以后估计是很难再回 A 市了，我妈说了，你们结婚以后要先回新加坡跟奶奶住两个月，这事儿已经定了。婚假结束以后，你们就要立即返回上海总部，石川集团和完美集团合并重组的各个具体事项已经由新董事会研究通过了，你们俩现在一个是集团董事长，一个是集团分管销售的副总，各地分公司的合并也在同步推进，新的人事任命马上就出来了，哥，你不回去签字，公司就没法运转了。哥，妈已经将她名下美石集团的股份全部转给了你，你和周芸姐姐现在是美石集团最大的两个股东，奶奶也天天催着要你回去继承公司，看你怎么选。

我才不选呢！婚礼结束以后，我跟冰晶先一起回新加坡陪外婆，公司的事情我不管，让周芸先去管一阵子再说。

美石集团春季招聘的广告已经出来了，杨冰晶把它发在了同学群里。

王修泽看到美石的招聘启事以后，立即辞掉了在 A 市世嘉广告传媒的总监职务，去了上海总部应聘，他现在已经是上海美石集团广告策划部的经理了，这小子有事没事就往总经理办公室跑。

吴晴如今是美石广州分公司的总经理。听说她也找到了一个爱的人了，不知道是不是真的。还有很多曾经的同学，都去了 A 市的美石化妆品公司应聘，李依依在筛选简历的时候，还意外发现了金小晴的名字。李冉和方凌现在都升了部门经理，至于周芸在 A 市城市之星的房子，已经便宜处理给了方凌，是周芸亲自要求的。王修泽的那一套房则卖给了四石，还说什么两个相爱的人必须住在一起，现在的四石和方凌反倒成了王羽尘的新邻居。

如今周芸手里握有 24% 的美石集团股份，出任美石集团总经理的她和徐诩一起把舵这艘商界的巨舰，可以牢牢地掌控集团董事会，把握集团的发展方向。

离开国内的时候，徐诩给周芸打了一个电话，让她全权处理公司人事任命和招聘的事宜。

两个月以后，在 A 市的美石化妆品公司。

王羽尘跟在严筱月后面苦苦哀求，我妈我爸天天逼着我找女朋友，你就给我一个机会好不好？

你这么不学无术，我才不给呢！严筱月说话的时候看都不看王羽尘。

王羽尘没辙，故伎重演，严筱月走哪儿，他跟哪儿。公司里的员工们看到了，都偷偷地抿着嘴笑。

严筱月说，王羽尘，你老是跟着我干什么？真讨厌！你就不能换个别的招数？

王羽尘说，我必须把你看紧了，万一你跟别人跑了，我上哪儿去找你这么好的女朋友？

谁是你女朋友？不要脸。

小月月，中午一起去吃饭吧！

不去！

你想吃什么？我去给你买。

你别来烦我。

我兄弟赵石磊和方凌的婚礼你必须跟我一块儿去，否则我就让财务不发你薪水。

严筱月转过身，揪着王羽尘的领带说，你敢！

难得跟严筱月挨得这么近，王羽尘趁机在严筱月的脸蛋上亲了一口，亲完就一溜烟地跑掉了。

严筱月羞红着脸说，讨厌！

在新加坡待了两个月，杨冰晶都舍不得走了。

杨冰晶抱着徐诩说，爸，妈，王羽尘还有梨沁上个月就回国去了，可我还想在这里住。

徐诩说，那就住，我也想陪着外婆，这么多年没见了，下次见也不知道是什么时候了。

陈老太太从别墅里走出来，老太太摸着杨冰晶柔嫩的手，把杨冰晶看了又看，将自己左手手腕上的祖母绿翡翠手镯摘了下来，套在了杨冰晶白皙的左手上。

杨冰晶受宠若惊，急忙推却说，奶奶，这不可以，使不得。

拿着，孩子！我这个老婆子哪里会想到自己还有徐诩这么一个大外孙子，今生能活着见到你们，我已经知足了。等徐诩和梨沁接管了这边的公司，我就算去那边见到老头子，也能有个交代了。快去玩儿吧！我回屋里休息去了。

杨冰晶惊愕地把手腕上的手镯看了又看，还是幸福地一笑。杨冰晶的手里已经有了四个价值不菲的手镯，在这四个手镯的背后，承载的却是三段刻骨铭心的爱情，这三段爱情分属于三个不同的时代，可每段爱情的重量又何止是一个小小的手镯可以相提并论？它们弥足珍贵，它们独一无二。

傍晚时分，陈老太太拿着报纸，看着在沙滩上嬉戏的徐诩和杨冰晶，仿佛看见了当年的自己和陈丰实，一切恍如隔世，人生数十年，唯一不变的只有当年的那份真情，至今回想起，还是让陈老太太感觉无比的幸福。

徐诩和杨冰晶手牵着手走在沙滩上，双脚被海水一次一次地吻过。

徐诩趁她不注意，把杨冰晶背了起来，沿着沙滩一直朝前走，沙滩上留下了一排深深的足迹。这时候，杨冰晶搂着徐诩的脖子问他，徐诩，你的爱情有多重啊？

徐诩掂了掂杨冰晶柔软的娇躯说，我的爱情就在我的背上，它跟你一样重。

杨冰晶贴着徐诩的耳朵说，以后可能会更重了。

徐诩问她，为什么？

杨冰晶幸福而甜蜜地告诉他，因为我的肚子里有一个小徐诩了。

徐诩小心地把杨冰晶放下来，像个傻子一样问她，你……怀……孕……了？

杨冰晶把徐诩推倒在沙滩上，赤脚踩着沙子在海边疯跑，徐诩吓得不行，伸出双手在后面护着，紧张又慌张地说，你跑慢一点儿，慢一点儿。小水晶跟在他们两人的身后，徐诩觉得，现在的杨冰晶就是他的整个世界。他能感受到，他的爱情现在很重，很重。

在这个世界上，有人的爱情如过眼云烟，像程晓冉，像金小晴。

有人的爱情却还在萌芽，像王羽尘和严筱月，周芸和王修泽，还有关昕远和尹丽茜。

有人的爱情结出了果实，像刘长东和刘淼淼，像万芳玲和王石川，还有徐诩和杨冰晶。

这样就形成了家，也是爱情最重的时候。徐诩看着在沙滩上嬉戏的杨冰晶，他不会像王石川那辈人一样为了所谓的事业放弃身边的人，悔恨半生。他会陪着他们，陪着他们走过人生的每一个阶段，这一生都不缺席，直到死亡。

在这个世上，爱情的重量有大也有小。把爱情看得重的人，视之为珍宝，一旦拥有，别无他求；把爱情看得轻的人，觉得爱情就像擤过鼻涕的卫生纸，要扔得远远的，唯恐避之而不及。

现在，徐诩和杨冰晶的床头仍然摆着那个古旧的音乐盒，音乐盒已经让杨冰晶拿去修好了，它已经能够放出那首《你是如此难以忘记》的老歌旋律了。